Alle Rechte beim Autor
Herstellung Libri Books on Demand
ISBN 3-8311-0890-0

Geerbte Morde
Kriminalroman von Rudolf G.Siering

Vor Jahren verschwand die Witwe eines Amerikaners samt ihren Millionen aus München. Als zwei Journalisten sie in Nessebar am Schwarzen Meer finden, wird sie erschossen. Es gelingt ihnen mit Hilfe eines Anwaltes, einen jungen Mann, der des Mordes verdächtigt wird, zu entlasten. Die drei suchen jetzt nach dem Erben, der den größten Nutzen vom Tod der Amerikanerin hat. Die Erbin, die sie in New York finden, ist jedoch schon vor mehr als einem halben Jahr tödlich verunglückt. Der Leser weiß bereits, dass es Mord war. Die nächste Erbin, eine bescheidene junge Frau in Leipzig, kommt für die beiden Morde nicht in Frage, da ihr die zwei Frauen, obwohl sie mit ihnen verwandt war, unbekannt sind.

Als die sich jedoch kaum an das Millionenerbe gewöhnt hat, wird es ihr durch einen Trick vom Konto gestohlen. Mit Hilfe Lumumbas, eines schwarzen Hipp-Hoppers, der auch ein trickreicher Computerhacker ist, verfolgen sie den Weg des Geldes und finden den Mörder.

In einem dramatischen Ende können sie den Mörder überwältigen und der Polizei übergeben.

Es war einer der Tage im August, in denen die große Stadt wie leergefegt schien. Jeder, der es sich irgendwie leisten konnte hatte New York den Rücken gekehrt. Es waren jedoch nur wenige, die das als ein Wochenende tun konnten., denn am Montag mussten die meisten wieder an ihrer Arbeitsstelle sein. Den sowieso zu kurzen Urlaub hob man sich für besondere Gelegenheiten auf.

Eine der wenigen war Maria Melkow. Sie hatte den nervenden Wecker abgestellt und war sich nicht sicher, ob sie wirklich aufstehen sollte. Eigentlich hatte sie vor, mit ihrem Pickup ans Meer zu fahren. Irgendwo würde sie sicher eine kleine Pension oder ein Motel finden, wo sie eine Weile Urlaub machen konnte. In ihrer kleinen Boutique, die sie in einer Seitenstraße zur 40. seit einigen Jahren betrieb, war bei dieser Hitze ohnehin nichts los. Sie konnte es sich leisten für einige Tage zu schließen, ohne dass es ihrem Umsatz schadete . Stammkunden hatte sie kaum. Es war mehr ein Laufgeschäft in das man zufällig geriet; meist Touristen die sich hierher verliefen. Große Sprünge konnte sie mit ihrem Verdienst nicht machen, aber es reichte zu einem angenehmen Leben.

Maria war um die vierzig, vielleicht ein, zwei Jahre jünger, aber es gehörte zu ihrem Job, gut auszusehen. Sie war immer geschmackvoll aber dezent gekleidet. Ihr Make Up fiel kaum auf und das hatte sie auch nicht nötig. Die Haut war makellos und die gesunde, braune Gesichtsfarbe unterstrich ihren leicht südländischen Typ. Marias Vorfahren waren irgendwann vom Balkan nach Amerika gekommen. Mit einer Schneiderei, die ihr Großvater später industriell betrieb, hatten sie sich einen kleinen Wohlstand erarbeitet.

Maria hatte von Ihren Eltern ein winziges Konto geerbt und ein kleines Häuschen am Rande der großen Stadt. Dort lebte sie in der Nachbarschaft jüdischer Ladenbesitzer, italienischer Pizzabäcker und deutscher Taxiunternehmer. Sie musste ihr Erbe mit niemandem teilen, denn ihre Stiefschwester, die Tochter aus der ersten Ehe ihrer Mutter, galt seit Jahren als verschollen.

Sie hatte sich jetzt doch entschlossen aufzustehen und ganz früh loszufahren, bevor die große Hitze jede Anstrengung zur Mühe werden ließ. Mit langsamen, schlurfenden Schritten ging sie in die Küche, stellte die Kaffeemaschine an, zog das T-Shirt, welches sie im Bett trug, über den Kopf und stellte sich unter die Dusche.

Eine knappe Stunde später schloss sie das Tor zur Garage auf, legte ihren kleinen Koffer auf die Ladefläche ihres nicht mehr ganz neuen Wagens. Sie hatte nicht viel eingepackt. Ein par Jeans, T-Shirts und zwei Pullis für die Abende am Wasser. Sie wollte nicht viel unternehmen, einfach mal ein paar Tage ausspannen, ein bisschen schwimmen und einfach faulenzen.

Maria fuhr in Richtung Norden an der Küste entlang. Sie hatte kein besonderes Ziel. Irgendwo wo es ihr gefiel wollte sie Halt machen. Es war noch sehr früh und die Sonne fiel schräg von rechts auf den Beifahrersitz. Nicht viel später, würde sie das Dach des Wagens erreichen und ihn ohne Erbarmen aufheizen.

An einem Parkplatz unter Bäumen, den sie ganz für sich alleine hatte, hielt Maria an, holte aus der Kühltasche eine Cola diet und setzte sich auf die Bank, von der sie einen wunderbaren Ausblick über die Steilküste auf das ‚Meer hatte. Ein leichter Wind wehte landwärts. Maria lehnte sich zurück und schloss die Augen.

Das Geräusch des ankommenden Wagens hatte sie nicht gehört. Vielleicht war sie eingeschlafen. Sie fuhr erschreckt hoch, als sie die Stimme des Mannes vernahm. „Verzeihung, Ma´m. Darf ich mich zu Ihnen auf die Bank setzen ?"

Maria war nicht begeistert. Es war schön gewesen, alleine zu sein., aber sie konnte ja schlecht nein sagen. Also nickte sie schweigend mit dem Kopf und rückte zur Seite bis ans Ende der Bank. Der Mann lächelte und sah zu ihr hinüber. „Ich wollte Sie nicht stören." Er machte keine Anstalten näher zu rücken und Maria war es ein bisschen

2

peinlich, dass sie vorhin so demonstrativ wegrückte. Sie lächelte zurück.

„Entschuldigen Sie mich", sagte sie, „ich hatte das Alleinsein genossen und Sie hatten mich ein bisschen erschreckt."

Er gab keine Antwort, nickte ihr aber freundlich zu. Maria musterte ihn unauffällig von der Seite. Der Mann war eine angenehme Erscheinung. Sicher etwas jünger als sie. Er trug eng anliegende helle Leinenhosen, ein blütenweißes Hemd und cremefarbene Lederschuhe. Den großen Ring am linken, kleinen Finger und die schmale Goldkette fand sie affig, aber das war ja wohl seine Sache. Sein Harr war strohgelb und kurzgeschnitten, was in schönem Kontrast zu seiner gesunden, braunen Gesichtsfarbe stand. Eigentlich machte er einen sympathischen Eindruck. Sicher ein sportlicher Banker oder Manager einer großen Ladenkette.

„Ich bin Ronald Summers. Die meisten nennen mich einfach Ron", sagte er mit einer leichten Verbeugung im Sitzen. „Darf ich Sie um etwas bitten ?" Jetzt rückte er doch eine Kleinigkeit näher. „Ich habe ein Hobby. Ich fotografiere. Meistens Landschaften. Sogar eine kleine Ausstellung hatte ich schon. Leider nicht in New York. Würden Sie ein Bild von mir knipsen ? Ich liebe es eine Erinnerung zu haben an schöne Gegenden und schöne Erlebnisse mit schönen Menschen, Frau...?"

„Sagen Sie einfach Maria." Ihren Nachnamen wollte Sie nicht nennen. „Geben Sie mir Ihren Apparat und suchen Sie sich eine schöne Stelle aus." Eigentlich fühlte sie sich überrumpelt und war ärgerlich, aber er verhielt sich ja höflich, und sie wollte es hinter sich bringen.

‚Summers ging zu seinem Auto, einem protzigen Oldsmobil aus den Achtzigern, gepflegt. Als er zurückkam, hatte er eine teure Kamera in der Hand und wollte sie ihr erklären. „Nicht nötig", sagte sie, ich knipse selber ein bisschen.

Er lief zur Steilküste, stellte sich mit dem Rücken zum Wasser und schaute prüfend in die Sonne. „Es ist gutes Licht", sagte er und rief ihr zu: „Bitte machen Sie zwei Aufnahmen. Eine mit Blende elf, eine mit sechzehn.

Maria tat, was er wollte, und nachdem sie zweimal auf den Auslöser gedrückt hatte, drehte sich der Mann zum Meer um. Er schaute in die Tiefe, beugte sich etwas nach vorne und sah plötzlich angestrengt nach unten. „Bitte kommen Sie, Maria. Dort unten aus dem Boot ist ein Mann ins Wasser gefallen. Er scheint nicht schwimmen zu können. Schnell! Haben Sie ein langes Seil im Wagen?"

Hastig rannte Maria zum Küstenrand und schaute ebenfalls angestrengt hinunter. „Ich sehe keinen Mann, und ich sehe auch kein Boot"; rief sie. Plötzlich spürte sie einen leichten Stoß im Rücken und verlor das Gleichgewwicht. Beim Fallen drehte sie sich und sah mit angstvoll aufgerissenen Augen Summers an. Ihr schriller Schrei brach sich an den Klippen des Steilufers und wurde vom Wind übers Meer geweht.

Der Mann, der sich Ron Summers nannte schaute prüfend hinunter und als er sie, merkwürdig verdreht, am Rand des Wassers liegen sah, nickte er zufrieden und schlenderte, als sei nichts geschehen, zu seinem Wagen. Er drehte das Radio an und fuhr zurück in die Richtung, aus der er gekommen war.

„Please, release me let me go…",sang er den Text aus dem Radio mit.

* * *

Der Officer von der Pensylvania Highway Control war von seiner Dienststelle unterrichtet worden, dass ein Surfer eine weibliche Leiche auf dem schmalen Uferstreifen unter der Steilküste gefunden habe. Er winkte seinem Begleiter auf der anderen Maschine, und beiden brausten in Richtung der Fundstelle davon. Der Surfer stand weit unter ihnen auf dem steinigen Uferstreifen und winkte zu ihnen hoch. Die

4

leichten Wellen umspülten die Beine eines weiblichen Körpers. Der Mann im Neoprenanzug hielt eine Hand hoch zu den Polizisten und deutete mit dem Daumen der geballten Hand nach unten: Mit beiden Händen formte er einen Trichter und schrie etwas nach oben. Obwohl die beiden nicht mal einen Laut hörten, wussten sie, dass er ˋtotˊ gerufen hatte. Er machte sich daran, die Frau an den Armen aus dem Wasser zu ziehen, schaut aber vorher noch mal hoch, wo die beiden Polizisten mit ausgestreckten Handflächen aufgeregt winkten. Er verstand und ließ die Frau los.

Der Streifenführer hatte den Helm abgenommen und wischte sich mit dem Handrücken über das schweißnasse Gesicht. „Besser die Leute von der Technick sehen den Tatort so, wie er jetzt ist. Sein Kollege nickte, ohne zu antworten. Er nahm sein Funkgerät und meldete die vorgefundene Situation seinem Vorgesetzten. Es wurde ein langes Gespräch bei dem er öfter mit den Händen fuchtelte. Sein Kollege hatte sich inzwischen auf einen Stein neben der Bank gesetzt. Er wusste, dass er die Bank nicht berühren durfte. Vielleicht gab es da verwertbare Spuren.

„Die wollten, dass wir da hinunterklettern. Ich bin doch kein Zirkusartist. Jetzt schicken Sie ein Boot der Wasserschutzpolizei. Das müssen sie sowieso. Kein Sanitäter bringt die Frau mit der Bahre da herauf. Wir sollen uns um das Auto kümmern, aber Handschuhe benutzen.

„Klugscheißer, die"; knurrte der Streifenführer. „Auf die Idee wäre ich alleine nicht gekommen." Dabei erhob er sich ächzend von seinem Stein, knöpfte die schwere Lederjacke auf und ging zu dem Pickup, den sie bisher noch nicht berührt hatten. Es war nichts besonderes zu finden. Die Kühltasche mit den Getränken, ein Sandwich mit kaltem Rührei, Salat, eine Gurke und Obst. Auf der Ladefläche lag ein kleiner Koffer, den sie jedoch nicht öffneten. „Soll der Chef machen." Im Handschuhfach fanden Sie Ausweis und Fahrzeugpapiere, und als sie nach dem Namen der Frau suchten, hörten Sie die Sirenen eines Polizeiwagens heulen.

Ein Mann stieg aus dem Wagen, nein, er wälzte sich heraus. Er hatte auf dem Beifahrersitz gesessen und musste sich tief bücken. Als er stand, sah man, dass er mindestens einsneunzig groß war. Nicht eigentlich dick, aber seine Schultern und seine Hüften entsprachen seiner Größe. Trotz seiner wuchtigen Gestalt ging er mit leichten, federnden Schritten auf die beiden Polizisten zu. Er hob die Hand, die einer Schaufel ähnelte und grüßte lächelnd „Hi Buck, hi Wiliam. Schlaft ihr auch mal, oder seid ihr immer im Dienst?"

Sehr lustig fand das Buck nicht. „Das fragt mich meine Frau auch immer, und mein Jüngster will wissen, wer der Onkel ist." Dabei verzog er sein Gesicht. „Scheiß Job!"

Der Kommissar war inzwischen an den Rand der Küste getreten und sah vorsichtig hinunter. „Wisst Ihr schon wer das ist? Und was ist passiert?"

Buck reichte ihm die Tasche mit den Papieren. „Maria Melkow, achtunddreißig, Schneiderin, New York.

Der Große zog vorsichtig eine Visitenkarte heraus. `Boutique Maria´ las er, eine Adresse und die Telefonnummer. „Habt ihr die Nummer schon mal angeklingelt?" Als die beiden stumm den Kopf schüttelten, wählte er die Nummer auf seinem Mobiltelefon. Nach kurzer Zeit hob jemand am anderen Ende ab und meldete sich: „Ja?"

„Wer ist denn dort?" Fragte der Kommissar und als Antwort kam die Gegenfrage: „Wer ruft denn an?"
Der Kommissar wurde ärgerlich und seine Stimme wurde lauter. Hier ist Detektiv John Spellmann, Kriminalpolizei." Auf der anderen Seite lachte ein Mann. „Und hier ist Detektiv Bill Clapton, auch Kriminalpolizei, Chef."

„Verdammt, wie kommst du denn in die Leitung, Clappi?", antwortete Spellmann verdutzt. „Ich hab mich im Wagen der Verunglückten umgesehen und da klingelte es im Handschuhfach." Clapton krabbelte aus dem Auto des Opfers und winkte Spellmann zu. Er war der Fahrer des Wagens, in dem Spellmann hierher gekommen war.

Die beiden Motorradpolizisten grinsten. „Wo ist Muller?", fragte einer den beiden. „Der kommt mit der Ärztin und einem der Techniker mit dem Polizeiboot, oder glaubt ihr ich klettere da hinunter?" Die anderen von der KTU müssen auch gleich hier sein."

Und so war es auch. Eine Menge Leute entstiegen zwei Wagen und schwärmten aus wie ein Volk von Ameisen. Ein paar krochen unter dem rot-weißen Band mit der Aufschrift `Police Line - don´t cross!´ hindurch. Die anderen begannen systematisch die Umgebung abzusuchen. Es dauerte eine ganze Weile ehe sie mit ihrer Arbeit fertig waren. Inzwischen war auch das Boot unten angekommen. Zwei Sanitäter brachten den toten Körper der Frau zum Boot, nachdem ihn die Ärztin untersucht hatte. Vorher hatte Spellmann Muller, seinen Assistenten, einen jungen Kriminalanwärter, per Telefon angewiesen Fotos zu machen., was aber ein Techniker bereits getan hatte. Beide suchten den Aufschlagort nach weiteren Spuren ab, fanden aber nur einen roten Seidenschal, der der Toten gehört haben könnte. Dann fuhren alle, auch das Boot, ab. Bei dem Pickup blieb einer von der KTU zurück. Der Wagen würde später abgeschleppt werden.

Die Ärztin obduzierte die Leiche noch am gleichen Tag, konnte jedoch keinerlei Anzeichen für Fremdeinwirkung feststellen. Die Techniker hatten haufenweise Spuren anderer am Unfallort Autos gefunden. Da die tagelange Hitze den Sand des Parkplatzes ausgetrocknet hatte und nah am Wasser ständig ein leichter Wind wehte, war damit nichts anzufangen. Alle auffindbaren Fasern auf der Bank wurden fein säuberlich in Plastiktütchen verpackt, aber diese konnten ja von irgendwem stammen, der irgendwann hier gesessen hatte.

Fünf Tage später saßen alle, die am Fall Maria Melkow gearbeitet hatten, im Büro des leitenden Staatsanwaltes zusammen. Es herrschte eine sachliche, geschäftliche Atmosphäre. Die Sitzung lief ebenso professionell ab wie eine Aufsichtsratssitzung in einem Wirtschaftsbetrieb. Jede Art von Emotionen wurde vermieden.

Die Ärztin fasste nochmals die Ergebnisse der Obduktion zusammen. Sie hatte keine Anzeichen feststellen können, die auf ein Verbrechen hinwiesen. Ein Suizid schien ebenfalls nicht denkbar, da Frau Melkow dann wohl keinen gepackten Koffer mitgenommen hätte und auch keine Verpflegung und Getränke. Der Tod war durch Genickbruch eingetreten. Mit großer Wahrscheinlichkeit durch den Sturz verursacht.

Der Mann von der Kriminaltechnischen Untersuchung kam zu dem gleichen Schluss. Mit Fotos wies er nach, dass am Rand des Abgrundes ein Stück herausgebrochen war, was möglicherweise zu einem versehentlichen Absturz geführt haben könnte. Verwertbare Spuren von Autos oder Fußspuren wurden nicht gefunden. Einige der gefundenen Faserreste stammten zweifelsfrei von der Kleidung der Toten Für die anderen gab es keine Vergleichsfasern um sie jemanden zuzuordnen. Außerdem sei es nicht feststellbar zu welcher Zeit sie dort zurückgelassen wurden. Der bei der Toten gefundene Seidenschal sei als ihr Eigentum verifiziert worden. Der Schal habe sich wahrscheinlich beim Sturz von ihrem Körper gelöst.

Spellmann war nicht ganz zufrieden mit seinem Ermittlungsergebnissen. Er konnte nicht glauben, dass sich eine junge, anscheinend sportliche Frau so unvorsichtig verhalten hatte, dass sie versehentlich abgestürzt war. Trotzdem musste auch er sagen, dass es keine Hinweise auf einen Mord gab. Ihre Vermögensverhältnisse waren relativ bescheiden, aber vollkommen in Ordnung. Keine Schulden, keine Verbindlichkeiten, die der Rede wert gewesen wären. Zwei kleine offene Rechnungen. Bei den Nachbarn und bei ihren Stammkunden, die er aufgesucht hatte, besaß Maria Melkow einen guten Ruf. Kein Alkohol, keine Drogen. Sie ging ab und zu mit

Freunden in eine kleine Speisebar mit einem guten Ansehen in der Gegend. Verwandte hatte sie nicht, zumindest waren keine bekannt. Ihre Eltern waren vor ein paar Jahren verstorben. Erben gab es nach seinen Erkenntnissen keine.

„Ich fasse also zusammen", sagte der Staatsanwalt und die Sekretärin protokollierte.

„Im Fall der Maria Melkow verstorben bei einem wahrscheinlich zufälligen Absturz bei... -die genaue Stelle entnehmen Sie bitte dem Tatortprotokoll- am 11.August 2000 gibt es keinen Hinweis auf Fremdeinwirkung. Da ein Verbrechen nicht vorliegt wird das Verfahren eingestellt. Datum: 16.August 2000

Legen Sie bitte das Protokoll bis morgen allen Anwesenden zur Unterschrift vor.

* * *

Obwohl es erst Juni war herrschte in Leipzig eine unerträglich Hitze. Das Thermometer zeigte 32 Grad C. Die hohen Mauern der Leipziger Plattenbauten hatten die schon lang andauernde Wärme gespeichert, dass nicht mal nachts die Wärme spürbar abfiel. Der Mann, der die Straße entlang lief, trug nur Hemd und Hose. Die vorbeilaufenden Passanten beachteten ihn kaum, nur der eine oder andere wunderte sich, weil er mit schlenkernden Armen, laut pfeifend, in der Mitte des Gehwegs lief, jeden anlächelnd.

Lucas Bernauer ging zielstrebig in Richtung des Stadtzentrums. Es war schon ein paar Jahre her, dass er dort war und es soll ziemlich viel gebaut und renoviert worden sein. Er hoffte in der Nähe der Petersstraße oder Hainstraße ein gutes Restaurant zu finden. Er wollte endlich mal wieder ordentlich essen. Mehr als drei Jahre hatte er darauf verzichten müssen. Da wo er herkam musste heute keiner mehr aus dem Blechnapf löffeln, aber es gab immer noch den lieblos zubereiteten Einheitsfraß, der einem nach so langer Zeit zum Hals heraushing.

An einem Maitag vor drei Jahren kamen die Bullen in seine noble Eigentumswohnung, durchwühlten alle Schränke und Schubladen und packten eine Menge Papiere in große Kartons. Er hatte nur darüber gelächelt, als er erfuhr, dass eine andere Truppe sein Büro im Rosental durchstöberte. Dass sie auch den kleinen, unscheinbaren Raum in einem bröckelnden Altbau im Leipziger Osten gefunden hatten, war ihm zu dieser Zeit noch nicht bekannt, sonst wäre ihm das Lächeln wohl vergangen. Dort hatten sie seine beiden Computer entdeckt und ein paar Papiere, die ihm letztendlich das Genick brachen. Er war so stolz auf die, von ihm selbst ausgetüftelte, Verschlüsselung gewesen, aber ein Polizeiexperte hatte nur ein paar Stunden gebraucht, um die Disketten und die Festplatte zu enträtseln. Gott sei Dank konnte in der Verhandlung nicht geklärt werden, wo die verschwundenen 240 Tausend Mark geblieben waren, die in der Bilanz fehlten. Das Konto in Luxemburg hatten sie nicht gefunden. Er hatte sich dumm gestellt und mit seinen mangelnden Kenntnissen der Buchhaltung das Manko zu erklären versucht. Das hatten Sie zwar nicht geglaubt, aber beweisen konnten sie ihm auch nichts. Das war auch der Grund für die hohe Strafe von fünf Jahren, ohne Bewährung. Heute war er entlassen worden. Den Rest der Strafe hatte man ihm erlassen.

Gegen die Summen mit denen er früher umgegangen war, konnten diese 240 Tausend nur Peanuts sein, wie das die Deutsche Bank nannte. In seiner Lage waren sie aber ein guter Anfang. Ein schlechtes Gewissen hatte er deswegen nicht. Schließlich hatten andere ihn auch beschummelt. Die Wohnung hatte er durch seinen Anwalt verkaufen lassen. An das Geld war der Staatsanwalt jedoch nicht herangekommen, da sie auf den Namen seiner Mutter im Grundbuch eingetragen war. Es lag jetzt ganz legal auf einem deutschen Konto. Man musste nur sehen, dass es bald ins Ausland transferiert wurde. Seine Mutter war schon ziemlich alt, und wenn sie ihm eines Tags das Geld vererben würde, wäre er es ganz schnell wieder los.

Lucas hatte ein Lokal gefunden, das einen guten Eindruck machte. Ob es den rechtfertigte, musste man beim Essen heraus finden. Er besah sich die Karte und bestellte bei einer hübschen, jungen Frau. Als er aber dann den sehr teuren Rotwein aussuchte, sah man ihr an, dass sie sich am liebsten erst das Geld hätte zeigen lassen. Er wollte sie nicht verunsichern und tat, als suche er etwas in seiner Brieftasche, wobei er sie das Bündel Scheine sehen ließ.

Lucas hatte jetzt Zeit über sich und seine Zukunft nachzudenken. Das heißt Zeit hatte er die ganzen Jahre dafür gehabt, aber das war immer nur ein Grübeln gewesen und er fand nie ein Ende. Jetzt bei einem guten Glas Wein und, wie sich herausgestellt hatte, einem ausgezeichneten Essen, war nachzudenken angenehm.

Er war jetzt achtunddreißig, und er hatte sich fest vorgenommen, keine windigen Geschäfte mehr zu machen. Vom Knast hatte er genug, und da wollte er nie wieder rein. Das Luxemburger Geld und der Ertrag aus dem Verkauf seiner Wohnung müsste zu einem neuen Anfang reichen. Was er genau machen wollte, wusste er noch nicht. Er musste sich erst mal kundig machen, was im Augenblick so läuft. Es sollte auf jeden Fall legal sein, sollte guten Gewinn bringen und wenig Risiko. Er war nicht auf den Kopf gefallen, und irgendwas würde er schon finden.

Er gab ein gutes Trinkgeld, das die Kellnerin sogar mit einem Knicke honorierte, und trat hinaus auf die Straße. Fast wäre er in eines der teuren Hotels gegangen, besann sich aber und suchte nach einer sauberen, einfachen Pension, die er am frisch sanierten Bayrischen Bahnhof fand. Das Zimmer, das man ihm anbot war recht gemütlich, aber er nahm sich vor, so bald als möglich eine Wohnung zu suchen, oder vielleicht ganz von hier wegzuziehen, in eine andere Stadt, wo man ihn nicht kannte. Oder ins Ausland? Die EU soll`s ja heute möglich machen.
Er genoss es, auf einem richtigen Bett zu liegen und schlief tatsächlich am hellen Tag ein. Danach duschte er und ging in ein nahe liegendes Geschäft um ein paar Klamotten zu kaufen. Er wusste, wie wertvoll es war, gut gekleidet zu sein und sah nicht auf die Mark. Das musste sein.

Lucas Bernauer fühlte sich in seinen neuen Sachen wie ein neuer Mensch. Jahrelang war musste er im Trainingsanzug und Turnschuhen herumlaufen. Jetzt trug er helle Jeans und ein blütenweißes Hemd. Trotz der Hitze band er sich eine Krawatte um und zog eine leichte Leinenjacke darüber. So machte er sich auf zu einem Stadtbummel und landete in einer kleinen Bodega in der Mädler Passage. Neben zwei jungen Frauen stand ein Mann mit südländischem Aussehen hinter der Bar. Der Mann, der anscheinend der Wirt war oder der Geschäftsführer, bediente ihn selbst. Es zeigte sich, dass er ein guter Weinkenner war und Lucas ausgezeichnet beriet, nachdem er ihn nach seinem Geschmack befragt hatte.

* * *

In einem der Zimmer des noblen Hotels am Bahnhof, in dem früher immer die Partei- und Regierungsgrößen abgestiegen waren, saß ein Mann in den Dreißigern. Er war gut gekleidet, hatte halblanges, dunkelbraunes Haar. Seine sportliche Figur und sein braungebranntes Gesicht ließen ihn gesund aussehen. In der rechten Hand hielt er eine Zigarette mit braunem Papier und am kleinen Finger der linken trug er einen teuer aussehenden Ring mit einem farblosen Stein. Er ging zum Telefon, wählte eine lange Nummer, anscheinend eine Handynummer, und wartete. Nach einer Weile meldete sich ein Mann. „Detektei Lippmann, Jochum am Apparat."

„Ja, Keller hier", meldete sich der Mann aus dem Hotelzimmer. „Wo ist er jetzt?"

Der Detektiv schien zu wissen, wer gemeint war. „Er sitzt in der Bodega, in der Mädler Passage an der Bar und redet mit Alessandro, dem Wirt."

„Gut, was hat er an?"

„Salopp", antwortete der andere, „helle Jeans, weißes Hemd, italienische Schuhe."

„Ich komme jetzt. Wenn Sie mich sehen, machen Sie Feierabend. Bericht brauche ich keinen. Schicken Sie mir die Rechnung ins Hotel. Ende."

Keller, wie er sich nannte, zog sich jetzt auch sportlich elegant an und verließ das Zimmer. An der Rezeption lächelte er die kühle Blondine an. „Sie haben meine Handynummer. Wenn ein Anruf kommt, geben Sie die bitte nicht weiter. Richten Sie aus, ich würde zurückrufen und geben Sie mir Bescheid." Damit verließ er das Hotel und nahm ein Taxi. „Zur Mädler Passage bitte.

Lucas saß noch an der Bar der kleinen Bodega und schien sich sehr wohl zu fühlen. Erst jetzt merkte er, dass er das Niveau einer angenehmen Unterhaltung in den letzten Jahren sehr vermisst hatte. Er hatte eine ausgezeichnete Erziehung genossen, auch wenn seine Eltern stark in der Ideologie der seligen DDR involviert waren, legten sie doch Wert auf eine gediegene Allgemeinbildung. Sein Vater war Direktor eines vokseigenen Betriebes und finanziell ganz gut gestellt. Seine Mutter sorgte für eine angenehme Atmosphäre im Haus. Sie war künstlerisch interessiert und spielte selbst gut Klavier. Lucas war ein Einzelkind. Und er wurde schon als Kind ernst genommen. Sein Horizont ging weit über Fußball hinaus. Das Abitur hatte er dank seines Fleißes und seiner guten Auffassungsgabe mit Auszeichnung bestanden. Er hatte Volkswirtschaft studiert, früher hieß das Ökonomie. Leider hatte er sich die falsche ausgesucht, wie sich später herausstellte. Nach kurzer Einarbeitung wurde er Abteilungsleiter bei der Staatsbank. Viel verlangt wurde nicht. Eine Börse gab es nicht, und Kredite gab es nur für Großbetriebe und die wurden sowieso von anderer Stelle verteilt. Als die Wende kam, hatte sofort begriffen, dass er mit seinem volkseigenen Wissen keinen Blumentopf mehr gewinnen konnte. Er kündigte schnell seinen Job, obwohl die hohe Arbeitslosigkeit vorauszusehen war. Ganz schnell bekam er eine Arbeit bei einem Unternehmensberater, der aus Düsseldorf nach Leipzig gekommen war. Er bot ihm an, ein halbes Jahr ohne Bezahlung für ihn zu arbeiten, wenn er ihn anlernte. Das war dem noch nie vorgekommen und anfangs war er ziemlich misstrauisch. Da er jedoch schnell die Intelligenz Lucas`s bemerkte, gab sich das bald.

Lucas lernte in diesen sechs Monaten mehr als die ganzen Jahre in der DDR. Er interessierte sich für die Börse und war schnell Fachmann genug, um für eine Frankfurter Bank als Broker zu arbeiten. Nach einem Jahr an der Börse entschloss er sich, auf eigene Rechnung zu handeln. Er machte sich selbstständig und verwaltete im Auftrag seiner rasch wachsenden Kundschaft ziemlich hohe Geldbeträge. Gewinnbringend, auch für ihn.

Die Sache lief immer besser bis er durch einen nicht vorhersehbaren Konkurs einer großen Firma viel Verlust machte. Da kam er, wie er heute wusste, auf den dummen Gedanken mit den Kundengeldern zu spekulieren. Er wusste von seinen sechs Monaten bei dem Düsseldorfer Berater, dass andere das auch machten. Leider übersah er damals, dass diese Leute ein Heer von Anwälten bezahlten, die jeden miesen Trick kannten. Die konnte er sich jedoch nicht leisten und die Sache ging schief. Das brachte ihm die fünf Jahre ein. Ein schlechtes Gewissen hatte er deshalb jedoch nicht.

Bei dem Gespräch mit Alessandro stellte sich heraus, dass sie beide den gleichen Musikgeschmack hatten. Sie schwärmten für Jazz. Nicht diesen coolen, keimfreien modernen Stil, sondern die echte schwarze Musik aus New Orleans, Dixiland, Blues, Gospel. Deshalb kam es, dass ich die Gäste wunderten als plötzlich, an einem heißen Sommertag, aus den Lautsprechern Mahalia Jacksons Version von `Stille Nacht, heilige Nacht´ laut ertönte. Zuerst waren alle verdutzt, doch man merkte ihnen schnell an, dass sie von der kehligen Stimme der Sängerin fasziniert waren. Zum Schluss applaudierten sogar einige.

Auch eine Mann im dunkelblauen, zweireihigen Blazer schlug leise die Hände zusammen und nickte dem Barkeeper zu. „Eine wunderbare Aufnahme. Die Frau hat eine große Stimme.

Die beiden, die das Weihnachtskonzert im Juni veranstaltet hatten, freuten sich über das Lob, das eigentlich ihnen galt. Lucas sah zu dem Mann im Blazer. „Darf ich Sie zu einem Glas Rotwein einladen?", aber der schüttelte den Kopf. „Ich fürchte, meine Whyskikehle hätte keine Freude daran", und er deutete auf das Glas das vor ihm stand. „Sie haben einen guten Geschmack. Beim Rotwein aber auch in der Musik. Darf ich fragen ob Sie Musiker sind?"

Als Lucas den Kopf schüttelte fragte er weiter: „Was tun Sie beruflich?" Lucas Bernauer war diese Frage etwas unangenehm, wollte jedoch nicht unhöflich sein. „Zur Zeit eigentlich garnichts."

Jetzt schien dem Gast seine Neugierde unangenehm zu sein. „Ich wollte Sie nicht kränken. Es geht mich ja überhaupt nichts an, aber wie ein Arbeitsloser sehen Sie nicht gerade aus", und er deutete aus sein Outfit.

„Ich bin zur Zeit zwar ohne Arbeit, aber arbeitslos möchte ich das nicht nennen. Ich weiß jedoch noch nicht was ich tun soll."

„Mein Name ist Keller, Martin Keller", sagte der andere und hielt ihm die Hand hin, die Lucas ergriff und sich vorstellte. Nachdem Keller ihn eine Weile gemustert hatte, meinte er: „Herr Bernauer, setzen wir uns an einen Tisch, wo wir uns ungestört unterhalten können. Vielleicht habe ich Ihnen einen Vorschlag zu machen."

Sie gingen an einen der kleinen, runden Tische und setzten sich. Eine der beiden jungen Frauen brachte ihnen die Gläser hinterher. „Damit wir uns klar verstehen, Herr Keller. Ich suche keine Arbeit. Ich suche etwas, das mir Spaß macht und was sich lohnt."

Keller lächelt. „Ich biete Ihnen keine Arbeit. Ich biete Ihnen Spaß. Ich bin sehr impulsiv und schnell entschlossen. Ein Mann der solchen Rotwein trinkt hat guten Geschmack, und wenn er dazu noch im heißen Juni Weihnachtslieder hört, ist er zumindest originell. Wenn er dann noch gute Manieren hat und so Vertrauen erweckend aussieht, wie Sie, ist er genau der Mann, den ich suche."

Lucas begriff später nicht, wie er dazu kam, einem wildfremden Menschen seine Geschichte zu erzählen, aber er tat es. „Gute Menschenkenntnis scheinen Sie nicht zu haben, Herr Keller. Ich bin heute morgen aus dem Knast entlassen worden, und Sie sagen, ich bin Vertrauen erweckend." Er erzählte ihm seine ganze Geschichte und setzte hinzu: „Ich werde auf keinen Fall etwas tun, was mich mit dem Gesetz in Konflikt bringt."

Eine ganze Weile lächelte Keller vor sich hin, bevor er Lucas antwortete. „Herr Bernauer..., darf ich Lucas sagen? Nennen Sie mich Martin. Lucas, für mich sind Sie kein Verbrecher. Sie kamen aus der stickigen Enge Ihres Staates, eigneten sich Wissen an und entdeckten die Verlockungen der Marktwirtschaft. Sie haben Energie entwickelt, und als da plötzlich etwas schief lief, haben Sie in der Panik das Falsche getan. Sie wollen nie wieder etwas ungesetzliches tun. Verständlich. Bei dem was ich Ihnen anbieten kann, haben Sie auch keine Gelegenheit dazu."

Jetzt war Lucas neugierig geworden. „Was soll das sein, Herr Keller. Nein Martin", verbesserte er sich.

„Eine Gegenfrage: Können Sie sich vorstellen ins Ausland zu gehen?"

„Unter Umständen. Wohin?"

„Nach Bulgarien."

16

Lucas blieb der Mund offen stehen. „Nach Bulgarien? Warum in aller Welt nach Bulgarien? Sie kommen doch offenbar aus dem Westen. Weiß so einer überhaupt wo Bulgarien liegt? Und was will er da?" Keller gab ihm seine Karte.

MARTIN KELLER
EXKLUSIV TOURS
LONDON-PRAG-PARIS

„Wie Sie sehen, veranstalte ich exklusive Reisen in alle Welt. Die Schicki-Micki-Gesellschaft wird immer verrückter. Wir haben sie an den Nordpol gebracht, nach Sankt Petersburg zu den weißen Nächten, in die Wüste und nach Nepal. Jetzt sind sie bald bereit in die Ostblockländer zu fahren, selbst wenn da noch nicht alles so exklusiv ist, wie sie es gewohnt sind."

„Und was hätte ich dort zu tun? Ich habe keine Ahnung von der Tourismus-Branche. Ich spreche kein Bulgarisch."

„Ich habe in der Nähe von Nessebar, direkt am Schwarzen Meer ein großes Grundstück mit einem phantastischen Haus. Sie sollen sich darum kümmern."

Lucas hob abwehrend beide Hände. „Zum Hausmeister bin ich nicht geeignet."

Keller lächelte. „Ich habe das Haus auf Vordermann gebracht. In nächster Zeit werden dort nicht allzuviele Gäste kommen. Das braucht noch Promotion.. Sie sollen aber dort sein und dafür sorgen, dass das Hausmeisterehepaar, nette Leute übrigens, alles in Ordnung hat, dass ein Wagen für die Gäste bereitsteht, dass Sie als Repräsentant meiner Firma nett zu den Gästen sind, kurz, als Hausherr fungieren, aber vor allem die Ohren offen halten, und herausfinden ob entsprechende Grundstücke zum Verkauf stehen, die für unsere Zwecke geeignet wären. Wir sollten das aber in aller Ruhe besprechen. Kommen Sie

17

doch morgen in mein Hotel. Wenn Sie meinen Whisky nicht mögen, haben die dort auch einen guten Rotwein. Okay?"

* * *

Lucas Bernauer trat in die geräumige Halle der Hotelrezeption. In allen Ecken standen bequeme Ledersitzgruppen um niedrige Tische mit getönten Glasplatten. Er grüßte die Dame an der Rezeption und fragte nach dem Zimmer von Herrn Martin Keller. Die junge Frau lächelte ihn höflich an. „Sind Sie Herr Bernauer?", und nachdem Lucas bejahte, meinte Sie: „Herr Keller erwartet Sie bereits. Zimmer 4812, vierte Etage. Soll Sie der Page hoch bringen?"

„Danke nein", antwortete Lucas. „Ich finde es schon."

Im vierten Stock stieg er aus einem der gläsernen Aufzüge, die an einer der Säulen in der Halle geräuschlos auf und ab schwebten. Er trat auf einen langen Flur. Seine Füße versanken in einem dicken Teppich. Er klopfte an der Tür mit der Nummer 4812 und, als habe er hinter der Tür gestanden, öffnete Keller. „Hallo Lucas. Kommen Sie rein. Schön dass Sie pünktlich sind. Ich mag das."

Keller führte ihn zu einem tiefen Sessel und schraubte ein Flasche Whisky auf. Dreißig Jahre", sagte er nicht ohne Stolz und hielt die Flasche hoch. „Black Label! Eis, Wasser?", aber Lucas schüttelte den Kopf. „Danke. Pur bitte."

Nachdem sie getrunken hatten bot Keller Zigarren an, doch Lucas nahm lieber eine seiner Zigaretten. „Ich glaube für Zigarren bin ich noch nicht alt genug", witzelte er.

„Was sagen Sie da? Sie sind achtunddreißig. Ich bin drei Jahre jünger." Er rollte die Zigarre vorsichtig zwischen Zeigefinger und Daumen, roch daran und riss ein langes Streichholz an, das er an die Zigarre hielt, die er dabei drehte. Mit sichtlichem Genuss sog er dann den ersten Rauch ein.

18

Lucas war erstaunt. „Woher wissen Sie, wie alt ich bin. Wir haben gestern nicht darüber gesprochen."

Keller lächelte. „Sie glauben doch nicht, dass ich die Katze im Sack kaufe. Lucas Bernauer, achtunddreißig, Abitur mit Auszeichnung, Studium Ökonomie, politische Ökonomie", warf er lächelnd ein. „Bankkaufmann, Staatsbank, nach der Wende Gehilfe bei einem Unternehmensberater, Broker in Frankfurt, selbstständig als Anlageberater, Verurteilung wegen Veruntreuung."

„Woher wissen Sie das alles?", staunte Lucas verblüfft, aber Keller sprach weiter. „Vater Direktor im VEB, kunstsinnige Mutter, gute Pianistin. Beide SED-Mitglieder." Keller genoss sichtlich die Verblüffung Bernauers. „Wissen Sie, um Erfolg zu haben, muss man seine Mitarbeiter genau kennen. Nur dann kann man sich auf sie verlassen. Ich habe mich gefreut, dass Sie gestern auch die unangenehme Gefängnisstrafe nicht ausgelassen haben, obwohl ich Ihnen fremd war. Es ist besser, dass ich es nicht von anderen erfahren habe. Vielleicht hätte ich mich anders entschieden."

Er erklärte Lucas, dass man in der Zeit des Internet alles erfahren könne, wenn man wisse wie und wo.

Lucas musste zugeben, dass er davon nicht all zu viel weiß. „Als ich aus dem Verkehr gezogen wurde, gab es das zwar schon, aber heute hat ja fast jeder so einen Computer. Vielleicht war ich auch nicht interessiert genug. Natürlich kann ich mit einem Computer umgehen, aber ich glaube ich muss noch viel dazu lernen."

Das würde ich Ihnen empfehlen", meinte Keller. „Aber jetzt erst mal zur Hauptsache: Haben Sie sich mein Angebot überlegt?"

Lucas blieb zurückhaltend. „Ich bin zwar interessiert, aber ich möchte doch noch Genaueres wissen."

Keller hob beschwichtigend die Hände. „Aber natürlich. Zuerst das Finanzielle. Ich zahle Ihnen dreitausend pro Monat, netto. Sie sind nicht sozialversichert, aber notwendige Arztrechnungen zahle ich; auch Krankenhausaufenthalt oder Arzneimittel. Um eine deutsche Rentenversicherung müssen Sie sich selbst kümmern." Lucas wollte ihn unterbrechen, aber Keller fiel ihm ins Wort. „Hören Sie sich erst alles bis zum Ende an, dann können Sie sich dazu äußern. Ich weiß, dass Sie mit dreitausend nicht reich werden können, aber bei den Preisen in Bulgarien und dem Umtauschkurs des Lev können Sie leben wie der liebe Gott. Sie werden außerdem kostenlos in einem großen Haus wohnen und werden von der Frau des Hausmeisters versorgt, vom Frühstück bis zum Mitternachts-Imbiss. Sie ist eine vorzügliche Köchin. Sie wird die möglichen Urlauber mit allem versorgen. Es werden vorläufig noch nicht viele sein. Außerdem haben Sie nur die Aufgabe freundlich zu sein und gute Urlaubslaune zu verbreiten. Ich bin daran interessiert, dass Sie sich mit den Leuten dort bekannt machen. Sie haben eine geistreiche und nette Nachbarin. An ihrem Grundstück bin ich besonders interessiert. Wenn Sie mal eine Party geben wollen, kostet Sie das keinen Pfennig Sagen Sie Ihre Wünsche einfach der Köchin oder dem Hausmeister. Sie werden einen eigenen Wagen zur Verfügung haben. Die Kosten sind geregelt. Aber ich habe einige Bedingungen. Wenn Sie diese erfüllen, und wenn Sie mindestens zwei Jahre dort bleiben, zahle ich Ihnen nach dieser Zeit eine Prämie von vierzigtausend Dollar."

Lucas schaute Keller fragend an. „Welche Bedingungen sind das?"

„Gut! Sie kommen auf den Punkt. Ich möchte vorerst nicht selbst in Erscheinung treten. Mein Ruf in der Branche würde dort die Grundstückspreise sofort in die Höhe treiben. Erwecken Sie den Anschein, dass das Haus Ihnen gehört. Spielen Sie den wohlhabenden Nichtstuer. Machen Sie sich in der dortigen Gesellschaft bekannt. Gehen Sie auf Parties. Es gibt da einige einflussreiche und vermögende Leute, auch wenn Ihnen das in einem so armen Land unwahrscheinlich erscheint. Lassen Sie sich nicht auf irgendwelche Geschäfte mit ihnen ein. Nicht alle sind ganz koscher, sauber meine ich. Verkehren Sie aber auch ruhig mit denen. Sorgen Sie dafür, dass man Sie kennt. Nicht nur in Nessebar, das Haus liegt etwa zehn Minuten von dort entfernt. Man sollte Sie mit der Zeit an der ganzen Schwarzmeerküste kennen. Vielleicht wundern Sie sich über mein großzügiges Angebot, aber in zwei Jahren will ich alle Grundstücke dort besitzen, die verkäuflich sind. Sollen die anderen sich ruhig den Hotelkomplex aneignen. Ich will die Privathäuser und die zahlungskräftigen Gäste."

Bernauer schien überzeugt zu sein. „Gut, Machen Sie den Vertrag. Ich unterschreibe."

„Das gerade werde ich nicht machen. Sie werden von mir nichts Schriftliches bekommen. Das wird anders, wenn Sie nach den zwei Jahren bei der Stange bleiben. Ich kann nicht riskieren, dass mein Projekt vorzeitig bekannt wird. Sie müssen mir einfach vertrauen. Das tu ich doch auch. Oder?"

Lucas kam das alles schon recht eigenartig vor, aber „was kann mir schon passieren", dachte er. „Wenn die Sache einen Haken hat, setze ich mich in den nächsten Flieger. Wenn ich nichts Schriftliches bekomme, hat er ja auch nichts von mir in der Hand. Das Schlimmste, was passieren könnte wäre, dass er mich um die versprochene Prämie bescheißt. Aber das muss ich riskieren. Verlieren kann ich bei der Sache nicht.

Er sagte zu, und Keller schien zufrieden zu sein. Keller wollte, dass er bald flöge, und bei einem wirklich guten Essen im Hotelrestaurant einigte man sich auf einen Termin in etwa vierzehn Tagen. Lucas wollte wenigstens seine Mutter noch besuchen.

* * *

Lucas Bernauer stand vor dem Büro seiner Pensionswirtin. Die Tür stand offen, und in Brusthöhe war ein einfaches Brett heruntergeklappt. So wurde das Büro zur Rezeption. Die Frau stand von ihrem Schreibtisch auf und ging auf Lucas zu. „Was kann ich für Sie tun, Herr Bernauer. Haben Sie einen Wunsch? Gibt es Beschwerden?"

„Aber nein, Frau Wagner. Es ist alles sehr nett bei Ihnen. Aber ich hätte gerne die Rechnung. Ich sagte Ihnen doch bereits, dass ich Urlaub machen will."

Frau Wagner bedauerte, dass Lucas nicht länger bliebe. Käme er nach dem Urlaub wieder, oder habe er was besseres gefunden? Lucas erzählte dass er nach Nessebar führe, und vielleicht dort bliebe.

„Oh, Nessebar. Ein schönes altes Städtchen. Wir waren vor Jahren mal dort im Urlaub: Schade war nur, dass man damals unsere Mark nur begrenzt tauschen durfte. Das ist ja heutzutage anders. Sie werden sich nicht einschränken müssen, und die Nebenkosten sollen ja traumhaft niedrig sein. Sie wollen wirklich ganz dort bleiben?"

Beinahe hätte er erzählt, dass er dort einen Job habe, aber dann fiel ihm die Geheimniskrämerei Kellers ein. Vielleicht wäre es ihm nicht recht. Er sagte, das wisse er noch nicht genau. Er zahlte die Rechnung und Frau Wagner wünschte ihm einen guten Flug. Ein Taxifahrer kam zur Tür herein und fragte bei der Wirtin nach ihm. „Ich bin Bernauer", sagte Lucas. „Ich hol nur schnell meine Koffer."

Der Fahrer bot ihm an, tragen zu helfen, aber Lucas lehnte ab. Es seien nur zwei. Keller hatte ihm geraten, nichts mehr einzukaufen. In Bulgarien könne er sich für ein paar Mark vom besten Schneider einkleiden lassen.

„Wohin soll`s gehen?", fragte der Taxifahrer mit einem Blick in den Rückspiegel.
„Zum Flughafen."

Die Fahrt ging am neuen Messegelände vorbei, das Lucas noch nicht gesehen hatte. Vor dem Flughafen wunderte er sich, dass ein Flieger quer über der Autobahn über eine Brücke rollte, und der Taxifahrer erklärte ihm die Problematik der neuen Landebahn. Er gab dem Mann ein gutes Trinkgeld und der trug ihm die Koffer ins Terminal.

Am Schalter der Balkan-Air checkte er ein, und er hoffte, dass man ihn nicht in eine alte Antonow setzte, wurde dann aber angenehm überrascht. Es war kein Jumbo, doch eine durchaus passable Maschine, anscheinend neueren Datums. Er ließ sich von vier hübschen Stewardessen verwöhnen, bis sie nach zwei Stunden in Burgas landeten.

* * *

Außerhalb des Flughafens standen ein paar Zigeunerinnen mit Kindern auf den Armen und bettelten die Fluggäste unverschämt an, bis ein Polizist auftauchte, vor dem sie schnell das Weite suchten. Das Taxi, das von einem älteren Mann mit einem Riesenschnauzbart fast gezogen wurde, war zwar ein Mercedes, sah jedoch nicht so aus, als ob es die Fahrt nach Nessebar überleben werde.

„You english?", wollte der Fahrer wissen.

„No, I`m a german"; antwortete Lucas auf englisch, aber der Mann rief erfreut: „Ah deitsch. Deitsch gute Geste. Deitsch schon aus DDR hier, aber damals wenig Geld. Deitsch gutes Bier. Radeberger." Lucas musste lachen, aber er freute sich, dass der erste Bulgare, den er traf, ihn so freundlich empfangen hatte.

Mit einer lauten Fehlzündung klapperte das Taxi los und Lucas klammerte sich krampfhaft am Haltegriff fest, wenn sich der Fahrer wie Schuhmacher in die Kurven legte. Er hatte ihm einen Zettel mit der Adresse gegeben und nach einer längeren Fahrt hielten sie vor einem parkähnlichen Grundstück, wo hinter Bäumen ein riesengroßes, weißes

Haus zu erkennen war. Er fragte den Fahrer erstaunt warum er hier anhalte. „Das Adresse wo auf Zettel", antwortete er und deutete auf das schmiedeeiserne Tor. Kopfschüttelnd wollte Lucas zahlen, aber da kam ein Mann die Auffahrt entlang und winkte ab. Er hatte eine grüne Schürze umgebunden und zu beiden Seiten des Mundes hing ein schwarzer Bart herab, was ihm einen traurigen Ausdruck verlieh.

„I`ll pay the bill, sir. Excuse me. I don`t speak your language but my wife does. I`m the housekeeper. You are Mister Börnauer?"

Lucas bejahte und fühlte sich mit einem Mal pudelwohl. „Jetzt bin ich ein Schlossherr", dachte er und war froh, dass er Keller zugesagt hatte. Wenn der Hausmeister sogar das Taxi bezahlte, schien Keller sich wohl an seine Zusagen zu halten. Die dreitausend im Monat seien reines Taschengeld hatte er gesagt. Ihm entstünden sonst keine Kosten. Übermütig gab er dem Taxifahrer zwanzig Mark Trinkgeld, der sich überschwänglich bedankte. Der Hausmeister nahm die beiden Koffer und führte Lucas zum Haus. Eine junge Frau stand bereits in der Tür und erwartete sie. „Vielleicht die Tochter des Mannes", dachte Lucas, aber es stellte sich heraus, dass es die Frau des Hausmeisters war. Die Köchin, die ihn verwöhnen werde, wie Keller versprochen hatte.

Sie begrüßte ihn in einem fehlerfreien deutsch. „Ich heiße Sie herzlich willkommen. Bitte fühlen Sie sich wohl hier. Ich bin Swetja. Ich halte das Haus sauber und koche für Sie und die kommenden Gäste. Das ist mein Mann Stojan. Er versorgt den Garten und hält Ihren Wagen in Schuss. Er fährt sie auch, wenn Sie wollen. Leider spricht er kein deutsch. Er war Dozent für englische Literatur und ich habe Germanistik studiert." Als sie seinen verblüfften Gesichtsausdruck sah musste sie lachen. „Keine Angst! Ich koche trotzdem sehr gut. Es ist nur so, dass seit dem Umsturz hier alles ein bisschen durcheinander geht. Viele Leute haben keine Arbeit und das Geld ist knapp. Wir freuen uns, dass Sie uns diese Stelle angeboten haben."
Lucas wollte richtig stellen, dass nicht er sondern Keller..., aber dann dachte er dass dies zu Kellers Geheimnissen gehörte und schwieg. Er

konnte das ja später aufklären. Der Mann hatte dann seine Koffer auf das Zimmer gebracht und war danach in einem Schuppen verschwunden. Swetja zeigte ihm sein neues Zuhause. Es war kein Zimmer wie er sich das vorgestellt hatte, es war ein Appartment. Drei große Räume. Ein riesengroßes Wohnzimmer mit Kamin, ein Schlafzimmer mit einem breiten Bett und ein Arbeitszimmer. Auf dem Schreibtisch stand eine komplette PC-Anlage. Außerdem gab es noch Bad und Toilette.

Er lobte die adrette Sauberkeit der Räume, was Swetja zu freuen schien. „Unsere Gästeappartments sind im Seitenflügel des Hauses, aber das wissen Sie ja. Der Makler hatte Ihnen wohl den Grundriss geschickt. Es macht eine Menge Arbeit, das alles in Ordnung zu halten, aber Stojan hilft mir dabei, wenn er Zeit hat, und Sie bezahlen uns ja auch gut. Unsere kleine Wohnung ist im Souterrain. Sie sind sicher müde von der Reise. Ich zeige Ihnen das alles morgen. Soll ich Ihnen ein Bad einlassen?"

Lucas dankte. „Ich werde lieber duschen und dann werde ich hinübergehen auf die Insel und mir die Altstadt ansehen."

„Stojan wird Ihnen den Wagen aus der Garage holen. In die Stadt ist es von hier aus mehr als eine Stunde Fußweg. Das wird Sie anstrengen."

„Lassen Sie, Swetja. Ein bisschen Laufen wird mir gut tun. Ich bin in den letzten Jahre etwas eingerostet, aber das wird sich jetzt ändern.

Das hatte er sich wirklich vorgenommen. Sicher wird er ein bisschen Joggen, sich vielleicht so ein Kraft-und Ausdauergerät zulegen. Hoffentlich ist hier so etwas zu bekommen. Fitness kann man immer gebrauchen und außerdem macht Sportlichkeit bei einem Mann seines Alters immer einen guten Eindruck.

Gutgelaunt kam er später von seinem Ausflug nach Alt-Nessebar zurück in sein neues Heim. Auf dem Tisch seines Wohnzimmers stand auf einer Kühlplatte, sauber mit Folie abgedeckt ein kleiner Imbiss. Schnittchen, ähnlich den spanischen Tapas mit allerlei Delikatessen. Wenn Swetja als Köchin ebenso gut war, wie als Kaltmamsell (Blödes Wort , dachte er), dann würde er hier gut leben. Auf gutes Essen hatte er schon immer Wert gelegt. Als er die Hausbar inspizierte, fand er sechs Flaschen bulgarischen Rotwein. Dabei lag ein Zettel: Habe ich Ihren Geschmack getroffen? MK.

„Sieh mal an", murmelte Lucas vor sich hin. Es war genau die Sorte leichten, trockenen Rotweins den er mochte.

Zur gleichen Zeit etwa, saß in einem Leipziger Hotelzimmer ein Mann. Er hielt einen Telefonhörer in der Hand und wartete auf Anschluss. Als sich eine Männerstimme in einer fremden Sprache meldete sagte der Mann in Leipzig auf englisch. „Hier ist Ron. Ist er angekommen?"

„Ja", antwortete der Gesprächspartner mit einem harten Akzent - er war Tschetschene- „Ich habe Igor an den Flughafen geschickt. Als Taxifahrer. Er hat ihn richtig abgeliefert. Später hat er einen Ausflug gemacht. Zu Fuß. Auf die Insel. Jetzt sitzt er am Fernseher."

„Gut!" , antwortete der, der sich Ron nannte. „Sieh zu, dass du ihn in der Gesellschaft etablierst. Er muss bei Euch bekannt werden. Schick ihm Einladungen zu Parties. Wenn es dann soweit ist, darf er kein Alibi haben. Er muss der Einzige sein, der in Verdacht gerät. Ermittlungen in anderer Richtung darf es nicht geben."
„ Das geht schon in Ordnung. Du weißt, dass du dich auf mich verlassen kannst."

„Halt mich auf dem laufenden." Damit legte er den Hörer auf.

* * *

In Leipzig in der Eisenbahnstraße, die vorher Ernst-Thälmann-Straße hieß, saß Susanne Marofsky zwischen einem Durcheinander von

Kartons und Kisten. Möbel waren irgendwo provisorisch an den Wänden abgestellt, Stühle und Polstermöbel übereinander gestapelt. Einen Sessel hatte sie sich zurechtgerückt, auf dem sie jetzt saß. Die Füße hatte sie auf eine der Kisten gelegt. In der Hand hielt sie ein Cognacglas, das sie ziemlich voll gegossen hatte. „Verdammter Scheißkerl!", fluchte sie laut vor sich hin.

Gemeint war Adrian Kremer, ihr Kollege, der den Möbelwagen in Empfang nehmen sollte. Sie hatte ihm eine genaue Skizze gemacht, wie die Wohnung eingerichtet werden sollte, aber der Kerl hatte sie anscheinend im Stich gelassen. Adrian war ein guter Fotograf, aber wenn es nicht um seine Arbeit ging ein absoluter Chaot. Sie hätte das wissen müssen, aber jetzt war nichts mehr daran zu ändern. Sie war, als sie hier ankam, zuerst in die Redaktion gegangen, um an einer Sitzung teilzunehmen, zu der man sie eingeladen hatte. Sie wollte ihre neuen Kolleginnen und Kollegen kennen lernen, und sehen, ob sie mit ihnen auskommen würde.

Susanne, die von allen nur Suse genannt wurde, hatte sich von ihrer Redaktion in Köln nach Leipzig versetzen lassen. Ihre Zeitung hatte hier eine Regionalausgabe herausgebracht, die jetzt profiliert werden musste. Sie war achtundzwanzig, ledig und niemandem Rechenschaft schuldig. Die Arbeit, die sie bisher ablieferte, war von allen, vor allem vom Chefredakteur anerkannt, und sie hoffte hier in Leipzig, wo das anfängliche Durcheinander in der Wirtschaft lange normale Formen angenommen hatte, eine Arbeitsatmosphäre zu finden, die noch nicht in starre Bahnen gelaufen war.

Sie hatte hier im Leipziger Osten eine hübsche Wohnung gefunden in einem prächtig rekonstruierten Altbau. Die Zimmer hatten hohe Wände und Stuck an den Deckenkehlen. Das Parkett glänzte neu, und sie würde sich die Bude schon gemütlich einrichten.

Als sie an das große Fenster trat und auf die belebte Straße hinunterschauen wollte, klingelte das Telefon. Da sie es in dem

Durcheinander nicht fand, ließ sie die Leitung von der Steckdose aus durch die Finger gleiten und fand es unter einer Decke, die über einem der Kartons hing.

„Marofsky", brummte sie unwillig.

Von der anderen Seite hörte man Kneipenlärm und ihr Fotograf meldete sich. „Suse, ich hab's verpasst. Es tut mir leid." Sie schrie ins Telefon: „Sei froh dass du nicht hier bist, Mistkerl. Wo bist du?"

Adrian Kremer war Leipziger und gleich nach der Wende nach Köln gegangen. Er war zwar kein Journalist, aber ein guter Fotograf der wusste, wie man Spannung in ein Bild brachte. Als sich Suse entschied, nach Leipzig zu gehen, hatte er sich sehr gefreut, als sie ihn fragte, ob er mitkommen würde. Einerseits war es eine Anerkennung seiner Arbeit, andererseits war er in Köln nie richtig warm geworden. Hier lebten seine alten Freunde. „Ich mach's wieder gut", lispelte er ein bisschen. Anscheinend war er angetütelt. „Ich habe gerade meine Kumpels angeheuert. Wir sind in zwanzig Minuten bei dir, dann geht alles wie geschmiert. Kannste glauben."

Suse musste lachen, blieb aber bei ihrem strengen Ton. „Wehe ihr seid besoffen. Wehe an meinen Möbeln sehe ich einen Kratzer oder ihr zerdeppert mir mein Geschirr. Ich lass euch alle kastrieren." Ohne ein weiteres Wort legte sie auf.

Wirklich standen nach kurzer Zeit vier junge, kräftige Männer vor ihrer Tür. Sie hatten bedepperte Gesichter und bemühten sich, ihre Alkoholfahnen beim Ausatmen zur Seite zu blasen. Sie waren aber nüchtern genug, um, zupacken zu können. Nach ein paar Stunden, in denen es nur Kaffe und Margonwasser gab, sah die neue Wohnung Suses halbwegs bewohnbar aus. „Los ihr Kraftmeier", sagte sie versöhnlich, „Gehen wir einen trinken."

Adrian wollte selbst fahren, aber sie fuhr ihn an: „Wenn du mit mir

arbeiten willst, brauchst du einen Führerschein. Ich rufe ein Taxi.
Adrian nannte dem Fahrer die Adresse einer gemütlichen Szenekneipe.
Seine drei Freunde kannte Adrian schon seit einem Fotozirkel der FDJ
Sie hatten alle vier ihr Hobby zum Beruf gemacht. Edgar war ebenfalls
bei einer Zeitung gelandet, bei der Konkurrenz. Maik war auf dem
Weg, ein bekannter Portraitfotograf zu werden, und Gerald arbeitete
bei der Polizei in einer MTU. Das war die Abteilung, die die
medizinischen und technischen Untersuchungen bei Straffällen
durchführte. Suse registrierte bereits in ihrem Journalistischen
Gedächtnis, wie sie vor allem Gerald für sich und ihre Arbeit nutzen
könne. Schließlich war sie Gerichtsreporterin.

* * *

Es war inzwischen Oktober geworden. Lucas hatte sich ganz gut
eingelebt. Die heißen Tage im Juli, mit über vierzig Grad hatten ihm zu
schaffen gemacht, und es war kaum vorstellbar, dass es in dieser Zeit in
Deutschland kühl und regnerisch war. Jetzt war das Wetter angenehm.
An den Marktständen auf dieser Insel im Schwarzen Meer, die nur
durch einen künstlichen Damm mit dem Festland verbunden war, an
den Marktständen leuchteten die goldenen Farben dieses warmen
Landes. Berge von Paprika, Weintrauben, Äpfeln und vor allem Zöpfe
aus Zwiebeln und Knoblauch. An den Geruch musste man sich erst
gewöhnen. Vor allem, wenn man eine der Fischgaststätten besuchte, in
denen freundliche Menschen jeden Gast willkommen hießen. Lucas
genoss es, in den Freiflächen dieser Gaststätten zu sitzen und einen
bulgarischen Rotwein bei bulgarischer Gastfreundschaft zu genießen.
Bei der Auswahl der Gerichte, war er vorsichtig geworden, denn hier
wurde nicht leicht nach deutscher oder französischer Küche gewürzt
und nicht an Knoblauch gespart. Es schmeckte ausgezeichnet, aber
man konnte dann tagelang nicht mit Leuten verkehren, die das nicht
liebten.

Er hatte bereits eine Menge seiner Nachbarn kennen gelernt, die in
dieser Gegend den gesellschaftlichen Ton angaben. Bulgaren, die sich

wie europäische Landadelige fühlten, und es in gewisser Weise auch waren. Andere, meist Ausländer, die die Möglichkeiten des Umsturzes genutzt hatten, um irgend ein lukratives Geschäft aufzuziehen. Oder undurchsichtige Abenteurer aus aller Herren Länder, von denen keiner genau wusste, wie sie ihr Geld verdienten. Die meisten hatte eine gute Erziehung und benahmen sich auch so. Die protzigen Neureichen waren zwar geduldet, fanden aber nur widerwillig Zutritt in die Kreise, die sich für die Elite hielten.

Dass er so schnell dazu gehörte, verdankte er Katharina.

Katharina Stiller war eine sehr gepflegte Frau um die vierzig. Lucas hatte sie ein paar mal von Weitem gesehen, wenn er an dem Nachbargrundstück seines Hauses (er nannte es schon *sein* Haus) vorbeiging., oder wenn sie mit ihrem kleinen Sportwagen an ihm vorbeiflitzte. Er war gerade mal ein paar Tage hier, als sie mit quietschenden Reifen neben ihm anhielt. Sie lächelte ihn an und sagte: „Ich bin Katharina Stiller, Ihre Nachbarin. Sie müssen Herr Bernauer sein, von dem die ganze Nachbarschaft munkelt und von dem keiner Genaueres weiß."

Lucas verbeugte sich artig. „Ganz recht, Gnädige Frau...", sie unterbrach ihn „lassen Sie das. Ich bin Katharina. Einfach Katharina."

„Also, Katharina. Ich bin Lucas Bernauer, einfach Lucas, der aber nicht weiß, dass man über ihn munkelt." Dabei lächelte er. „Sie sprechen ausgezeichnet deutsch, Katharina. Sind Sie Deutsche?"

„Ich werde Sie Luc nennen, das klingt nicht so katholisch. Und Sie sind ganz schön neugierig, Luc. Wissen Sie was, besuchen Sie mich mal zu einem Kaffee. Dann können wir uns gegenseitig ein bisschen aushorchen

„Die Einladung nehme ich gerne an, aber aushorchen lasse ich mich nicht. Auch nicht von einer schönen Frau.", sagte er galant.

„Ah, ein Schmeichler sind Sie auch. Abgemacht. Ich erwarte Sie morgen um drei." Sie hob grüßend die Hand und brauste ab, ohne auf Antwort zu warten.

Zu Hause versuchte Lucas Swetja über Katharina auszufragen. „Ich glaube, sie ist Amerikanerin. Sie soll sehr reich sein, sagt man hier, aber hier gilt man schon als reich, wenn man ein eigenes Konto hat, egal, wieviel drauf ist. Ich kann die Frau nicht einschätzen. Das steht mir auch nicht zu. Manchmal steht sie in ausgefransten Jeans neben mir am Fisch- oder Gemüsestand und redet mit mir, oder feilscht mit dem Händler wie ein armenischer Jude. Das andere Mal sitzt sie im weißen Kleid auf ihrer Terrasse und sieht durch mich hindurch, wenn ich höflich grüße."

Lucas war so schlau wie vorher. Er zog sich elegant, aber betont lässig an. Statt einer Krawatte band er sich einen Seidenschal um, den er in den V-Ausschnitt seines Swetshirts steckte.. Von Stojan ließ er sich eine ausgesuchte weiße, langstielige Rose schneiden, ging die zehn Minuten zu Fuß und klingelte an der Tür zum Garten der Villa Katharinas. Das Haus war wesentlich kleines als sein eigenes. Der Summer brummte und die Tür öffnete sich. Katharina stand auf der Terrasse in einem zitronengelben Kleid, schmal geschnitten, das ihre Figur wunderbar zur Geltung brachte.

„Willkommen Luc. Eine Frage im Voraus: Wollen Sie mit mir ins Bett?"

Lucas starrte sie einen Moment verblüfft an, fasste sich aber schnell und antwortete diplomatisch. „Auf diese Frage war ich nicht vorbereitet. Es fällt mir schwer, darauf zu antworten. Sage ich ja, halten Sie mich für einen ungehobelten Dummkopf. Sage ich nein, sind Sie beleidigt, dass mich Ihre Schönheit nicht um den Verstand bringt." Er verbeugte sich und überreichte ihr die Rose.
Katharina lachte laut auf. „Ehrlich Luc, ich wollte Sie aus der Fassung bringen. Das ist mir aber wohl nicht gelungen. Sie sind ein Schlawiner

Nachdem Sie ihn durch das Haus geführt hatte, sprach sie weiter. „Wissen Sie, Luc, ich bin hier berüchtigt für meine Direktheit. Aber ich hasse es, wenn mich ein Mann nur nach meinem Aussehen beurteilt, wenn er allzu deutlich seine Gier zeigt. Ein bisschen soll er schon, das geht in meinem Alter runter wie Öl, aber lieber sind mir Menschen mit gutem Benehmen, mit denen man auch mal flirten kann, ohne dass sie einem gleich die Wäsche vom Leib reißen möchten. Solange Sie das beachten, können wir gut miteinander auskommen. Wenn ich es mir anders überlege, lasse ich es Sie merken."

Lucas war es bei diesem Gespräch doch ein bisschen heiß geworden. Er wollte sich das aber nicht anmerken lassen und spielte den Coolen. „Ich werde Ihnen Ihre Wäsche lassen, aber wenn ich es mir anders überlege, werde ich es Sie auch merken lassen."

Katharina schmunzelte „Sie gefallen mir, Luc!"

Es wurde ein netter, angeregter Nachmittag und Katharina erzählte ihm ein bisschen über die Leute, die er kennen lernen würde, aber kein Wort über sich. Und wenn sie geglaubt hatte, etwas über Lucas zu erfahren, hatte sie sich getäuscht. Lucas sagte rechtzeitig, dass er noch etwas Korrespondenz zu erledigen habe und verabschiedete sich, ohne dass Katharina ihn aufzuhalten versuchte. Sie lud ihn zu einer Party ein, die am Wochenende hier stattfinden sollte. „Da lernen Sie eine Menge Leute kennen, die Ihnen hier nützlich sein können." Dann brachte sie ihn bis zur Tür an der Straße. „Kommen Sie wieder, auch ohne Einladung. Wenn ich zu Hause bin, sind Sie willkommen."

Lucas widersprach. „Wenn Sie möchten, dass ich zu Ihrer Party komme, müssen Sie mir versprechen, dass Sie mich in nächster Zeit besuchen. Meine Köchin ist eine Perle. Sie wird uns was Gutes zubereiten. Und wenn Sie einen guten, alten Rotwein schätzen, finden Sie bei mir was passendes." Er trat auf die Straße, und Katharina ging zu ihrem Haus hoch, ohne sich noch mal umzudrehen. Lucas schaute ihr nach, bis sie nicht mehr zu sehen war.

* * *

Mitte November war in Leipzig schon einmal nasser Schnee gefallen, der aber nicht liegen blieb. Die Straßen waren schmutzig-naß, und der kalte Wind blies unangenehm. Jenny Wellinger saß in einem Restaurant in der Katharinenstraße, beide Hände um ein heißes Grogglas gelegt. Sie war stundenlang durch die Straßen gelaufen. Im Trubel der Menschen an den Schaufenstern entlang. Ab und zu war sie in einen der Läden gegangen und hatte unlustig in den Sachen herumgewühlt. Für ihre Kolleginnen und Kollegen hatte sie ein paar Kleinigkeiten einpacken lassen. Jetzt brauchte sie nur noch etwas für Mario, sonst hatte sie keine Verpflichtungen.

Mario hatte sie an einem Regentag im Oktober kennen gelernt. Sie stand an einer Bushaltestelle und wollte nach Hause fahren. Es war schon ziemlich spät. Der Chef hatte wieder mal tausend Wünsche gehabt, und weil sie als Single lebte, war sie immer für die Überstunden zuständig. Jetzt, wo endlich Feierabend war, stand sie im Regen an dieser Haltestelle, und der Bus wollte mal wieder nicht kommen. Am Hauptbahnhof musste sie auch noch in die Siebzehn umsteigen. Da fuhr ein Auto zügig an ihr vorbei durch die Pfütze vor dem Bürgersteig, und von oben bis unten spritzte es sie mit dem schmutzigen, kalten Wasser nass.

„So ein Schwein!", rief sie wütend, aber der würde das ja sowieso nicht hören. Doch zu ihrer Verwunderung hielt der BMW an und fuhr langsam zurück. Ein junger Mann stieg aus und sah sie erschrocken an. „Verzeihen Sie, junge Frau", sagte er. „Ich habe Sie in der Dunkelheit nicht gesehen. Ich werde Ihnen natürlich die Sachen bezahlen, aber wie kommen Sie jetzt nach Hause? Ich kann Sie unmöglich hier so stehen lassen." Er bot ihr an, Sie nach Hause zu fahren.

Jenny war wütend, aber sie musste zugeben, dass der Mann sicher unschuldig war. So konnte sie wirklich nicht auf den Bus warten. Nach einigem Hin und Her stieg sie in das Auto, nicht, ohne sich vorher die Nummer einzuprägen. Aber ihre Vorsicht war unbegründet. Höflich fragte sie der Mann, wo er sie hinbringen dürfe. Sie sagte ihm ihre Adresse in Schönefeld.

„Wenn Sie erlauben hole ich Sie morgen zu einem Einkaufsbummel ab, und wir kaufen Ihnen neue Sachen."

Jenny lehnte ab. „Ich kann das Zeug doch waschen, das ist kein Problem. Danke, dass Sie mich nicht einfach stehen ließen. Das war sehr nett von Ihnen." Sie ging zu ihrer Haustür und winkte noch mal zurück. „Fahren Sie das, nächste Mal langsamer wenn es dunkel ist", rief sie ihm noch nach und schloss ihre Tür auf.

Jenny hatte sich ihn während der Fahrt heimlich von der Seite angesehen, und sie wurde rot als er es bemerkte. Sie hatte kaum Erfahrung mit Männern und war ziemlich schüchtern. Er war um die dreißig, hatte eine sportliche Figur, braungebrannt, kurzgeschnittenes, pechschwarzes Haar. Wenn er sprach, hatte er einen kleinen Akzent, der sich niedlich anhörte.

„Ich bin Mario. Mario Sabatini", stellte er sich vor.

„Italiener

„Ja. Hört man das? Ich gebe mir solche Mühe mit meinem Deutsch. Ich bin italienischer Abstammung, bin aber in der Schweiz geboren und habe einen Schweizer Pass. Ich arbeite für eine Berner Bank hier in einer unserer Filialen, bin aber meist unterwegs. In Frankfurt an der Börse.
„Jenny Wellinger. Ich bin Sachbearbeiterin in einem Import-Export Großhandel

Am nächsten Tag klingelte es an ihrer Wohnungstür. Mario Sabatini stand davor mit einem riesigen Blumenstrauß. Er machte eine tiefe Verbeugung und Jenny, die immer sehr misstrauisch vor Fremden war, bat ihn herein. „Ich möchte mich noch mal wegen des Missgeschicks entschuldigen, Frau Wellinger. Oder darf ich Jenny sagen?"

Das war Anfang September. Er hatte sie zum Essen eingeladen, kam dann regelmäßig und er wurde ihr immer symphatischer. Vor vierzehn Tagen war die zurückhaltende, schüchterne Jenny bei ihm eingezogen. Und jetzt war sie auf der Suche nach einem passenden Weihnachtsgeschenk für ihn. Er besaß anscheinend viel Geld. Was sollte sie ihm schenken? Sie entschloss sich schließlich zu ein paar CD`s. Er mochte Jazz und klassische Musik.

Jenny kam spät nach Hause. Sie hatte sich schon an die luxuriös eingerichtete Drei-Zimmer-Wohnung Marios gewöhnt, hatte aber ihr kleines Appartment noch nicht gekündigt. Mario verstand sie nicht.

„Was willst du mit dieser Wohnung?", hatte er sie gefragt. Im Scherz antwortete sie ihm: „Was tue ich, wenn du mich mal loswerden willst, wenn du mich rausschmeißt?"

Da war er ganz zärtlich geworden. „Dagegen gibt es ein wunderbares Mittel. Heirate mich!"

Das war vor gerade mal acht Tagen. Jenny ging das alles viel zu schnell. Schließlich hatte sie sich erst vor knapp zwei Monaten kennen gelernt. Doch nach einiger Überlegung stimmte sie zu. Mario war ein lieber Kerl, sah gut aus, und sie hatten die gleiche Wellenlänge. Beide liebten Sie Musik und Theater. Er hatte einen sanften Charakter. Sie wusste aber aus seinen Erzählungen, dass er sich in seinem Beruf manchmal hart durchsetzen musste, was sie sich überhaupt nicht vorstellen konnte. Aber er meinte, wenn er seine gutbezahlte Stellung behalten wolle, müsse er der Beste sein.

Mario war rührend bewegt, als Jenny ihm ihr Ja-Wort gab, und er konnte auch Gefühle zeigen. „"Du bist die wunderschönste, die wunderbarste Frau, die ich je kennen gelernt habe. Wir werden glücklich sein und viele Kinder haben, ein kleines Häuschen, am liebsten in den Schweizer Bergen. Aber das wirst du bestimmen. Du wirst alles bestimmen in unserem Leben. Das verspreche ich dir.. Du wirst immer zufrieden sein mit mir." Er nahm ihren Kopf in beide Hände und küsste sie zärtlich.

Jetzt wo Jenny sich entschieden hatte, wollte sie auch schnell heiraten, aber Mario bat sie, noch etwas Geduld zu haben. „Weißt du, ich kann meinen Eltern nicht einfach eine Ehefrau präsentieren. Ich bin sehr konservativ erzogen. Wir haben ein gutes Verhältnis untereinander. Die Familie bedeutet für einen Italiener viel. Mein Chef hat mir für den Juni Urlaub fest zugesagt. Nimm auch du Urlaub, oder besser kündige deine Stelle, und wir fahren in die Schweiz. Ich stelle dich meinen Eltern vor, und die werden es sich nicht nehmen lassen, uns eine schöne Hochzeit auszurichten. Ich habe eine große Verwandtschaft, die es mir übel nähme, wenn ich sie nicht einlüde

Jenny war von seiner Antwort nicht sehr begeistert. „Du hast eine große Familie und sicher viele Freunde um dich herum, und ich bin ganz alleine. Ich werde mich einsam fühlen."

„Aber Jenny", tröstete er sie, „Wenn wir heiraten bist du ein Teil der Familie, und was Freunde betrifft, kannst du halb Leipzig einladen. Wir finden für jeden ein Bett. Meine Familie ist sehr großzügig und ziemlich wohlhabend."

Das alles war Jenny heute wieder durch den Kopf gegangen, als sie an eienem kalten Tag im Februar auf dem Heimweg war. Sie musste nicht mehr mit dem Bus fahren. Mario hatte ihr ein kleines Stadtauto geschenkt. Ihr Verlobung hatten sie zur Jahrtausendwende in Berlin gefeiert. Mario wollte nur mit ihr alleine sein und hatte im mondänen Adlon ein sündhaft teures Appartment gemietet. Es war für Jenny ein traumhafter Tag.

Mario war schon zu Hause, was um diese Zeit selten war. „Ich muss unsere Brötchen verdienen", sagte er, wenn sie sich darüber beschwerte. „In meiner Position kann man nicht nach der Uhr arbeiten. Ich muss arbeiten, solange es Arbeit gibt."

Er saß an seinem Schreibtisch und tippte auf dem Computer. Bevor sie den Mund verzog, stand er auf und umarmte sie. „Ich bin schon fertig. Was hältst du davon, wenn wir fein essen gehen? Italienisch? Griechisch? Französisch? Oder was möchtest du?"

Jenny war es ganz recht, denn sie hatte wirklich keine Lust mehr, um diese Zeit zu kochen. „Am liebsten wäre mir jetzt ein einfacher, guter Sauerbraten mit Thüringer Klößen. Gleich um die Ecke gibt es eine nette Gaststätte mit gutbürgerlicher Küche." Mario zog sich die Jacke über. „Ich habe noch nie Sauerbraten gegessen, und Thüringer Klöße kenne ich auch nicht, aber dir zuliebe esse ich alles. Sie küsste ihn auf die Wange und strich ihm liebevoll übers Haar. „Zieh die Jacke ruhig noch mal aus. Ich muss noch duschen und ziehe mich um. Es geht schnell."

Es ging wirklich schnell, und eine halbe Stunde später waren Sie auf dem Weg zum Restaurant. Sie bekamen einen guten Platz in einer Nische und der Kellner legte ihnen die Speisenkarten vor. Mario wehrte ab. „Danke Herr Ober. Zweimal Sauerbraten mit Thüringer Klößen.", und Jenny fragte er: „Welcher Wein passt dazu?"

„Zwei Radeberger, Herr Ober."

Das Essen war gut, und auch Mario schmeckte es. Er blieb beim Bier und Jenny bestellte eine Karaffe Rheinhessen, Spätlese.

„Ich habe ein schlechtes Gewissen, Jenny", druckste Mario und Jenny schaute ihn erstaunt an.
„Ich muss verreisen. Wir haben ein wenig Ärger mit einem unserer Bankkunden, und ich muss das vor Ort klären. Mein Chef hat schon

einen Termin vereinbart. Am 12. Februar, und das ist übermorgen

„Heißt das, du musst morgen schon weg?", fragte Jenny erschreckt, und Mario nickte. „Mein Flieger geht um sechs Uhr achtzehn

„Das ist ja mitten in der Nacht. Wie lange bist du fort?"

„Acht, höchstens zehn Tage. Es kommt darauf an, wie unser Kunde mitzieht. Ich muss ein paar seiner Betriebe checken, die Bücher prüfen, an verschiedenen Orten. Meine Koffer habe ich schon gepackt. Eine Telefonnummer kann ich dir nicht geben. Ich werde dich aber jeden Tag anrufen. Versprochen."

Jenny wollte ihn am nächsten Tag zum Flughafen fahren, aber Mario lehnte ab. „Meine Sekretärin hat ein Taxi bestellt. Bleib im Bett. Jenny bestand jedoch darauf, ihm ein Frühstück zu machen.

„Ohne Frühstück geht man nicht aus dem Haus!"

* * *

Auch Susanne hatte das Jahr Zweitausend in Berlin begrüßt. Ihr Chef hatte sie hingeschickt. „Wir werden eine große Reportage machen, wie Berlin das neue Jahrtausend empfängt. Alle Medien werden vom großen Feuerwerk in Berlin berichten. Wir gehen auf den Alex, wir berichten vom Brandenburger Tor und aus Kreuzberg. Haltet Rückschau, was im letzten Jahr geleistet wurde. Redet mit den Leuten, die in dieser Nacht arbeiten, redet mit denen die feiern. Geht ins Adlon zu dem Prominenten, geht auf den Prenzlauer Berg. Geht in den Reichstag. Sprecht mit Schröder und vergesst die Putzfrau nicht, die alles in Ordnung hält. Du kriegst so viele Seiten wie du willst. Nimm Kremer mit und wenn ihr genug Ideen mitbringt, machen wir eine Sonderausgabe. Denkt daran, dass für die Mathematiker erst zum nächsten Silvester das neue Jahrtausend beginnt. Kurios."

Susanne war nicht so begeistert über diesen Auftrag. Schließlich war sie keine Rummelplatz Journalistin. Aber Kremer freute sich darauf. Er hatte das letzte Silvester privat in Berlin verbracht und seitdem schwärmte er von der neuen Hauptstadt. Also entwarf Susanne ein Konzept für eine Reportage. Sie war an systematisches Arbeiten gewöhnt.

Irgendwann fand sie dann Spaß an der Aufgabe und sie fuhr mit Kremer schon ein paar Tage früher hin. Auch die drei alten Freunde Kremers schlossen sich an. Edgar hatte von seiner Zeitung den gleichen Auftrag wie Susanne. Maik und Gerald fuhren nur zum Spaß mit. Vielleicht konnten sie ja den beiden anderen ein bisschen zuarbeiten.

Sie hatten alle fleißig gearbeitet und Suse und Adrian Kremer bekamen bereits am 29.12. Ein Interview mit dem Bundeskanzler und Joschka Fischer. Sogar Trittin lächelte eine halbe Minute in Kremers Kamera.

Sie waren mit zwei Autos angereist, aber, obwohl der Trubel nicht mit dem letzten Jahr vergleichbar war, nutzten sie ihnen überhaupt nichts. Es gab kein Vorwärtskommen. Die einzige Möglichkeit, überhaupt mobil zu sein, waren die überfüllten Busse und die S-Bahn. Gerald hatte den rettenden Einfall. Er kam mit einem Kofferroller ins Hotel.

„Ich werde damit Eure Technik transportieren, dann braucht ihr euch nicht abzuschleppen und seid wendiger.

Kremer protestierte. „Und wenn ich ein anderes Objektiv brauche, oder eine andere Kamera, bist du in der Menge verschwunden," aber Gerald beruhigte ihn. „Ich bin zuverlässig und werde immer in Eurer Umgebung sein."

Es war wirklich Gerald, der diese umfangreiche Arbeit ermöglichte. Kremer hatte drei Kameras und ein paar Objekktive in die Tasche gepackt, und es wäre unmöglich gewesen, dies alles mit herumzuschleppen. Suse gab keinen Pardon. Sie hasteten von einem Ende Berlins zum anderen. Am Brandenburger Tor war in dieser Nacht ein unvorstellbarer Trubel . Auf mehreren Bühnen in der Umgebung spielten Rockbands und bekannte Popsänger gaben sich Mühe, den Krach von den Nachbarbühnen zu übertönen. Hunderttausende wälzten sich durch die Straßen von Berlin. Erst spät in den Morgenstunden beendete Suse ihre Jagd nach interessanten Interview-Partnern.

Am nächsten Tag gab es in allen Medien Reportagen von der Jahrtausendnacht. Nicht nur aus Berlin. Auch aus Dresden, Leipzig und den großen Metropolen Deutschlands und der Welt.

Das Titelbild von Suses Extra-Ausgabe war ein Foto Kremers. Eine junge Frau wurde, wie eine Ballerina in der Staatsoper, von kräftigen, jungen Männern in die Höhe gehoben. Sie schaute suchend in die Umgebung. Als Bildunterschrift hatte Suse getextet: *JENNY W., Sachbearbeiterin aus Leipzig sucht ihre Zukunft. Die fröhliche, junge Frau hatte sich um Mitternacht unter dem Brandenburger Tor mit einem Schweizer verlobt. Im Trubel der Silvesterfeier hatte sie ihn in der Menge verloren. Wie wir telefonisch von ihr erfuhren, kam er ziemlich zerzaust am frühen Morgen im Hotel an und nahm sie in seine Arme. Alles Gute Jenny, viel Glück Mario!*

* * *

Auch in Bulgarien hatte man den Jahresbeginn gebührend gefeiert, obwohl nicht allen zum Feiern zu mute war. Vielen fehlte das nötige Geld. In der Villa Katharina Stillers waren etwa dreißig Personen ihrer Einladung gefolgt. „Erbitte Abendgarderobe", stand diskret auf der Einladungskarte. Lucas hatte sich daran erinnert, dass Keller ihm die guten bulgarischen Schneider empfohlen hatte. Er ließ sich einen Smoking anpassen und war sehr zufrieden mit der Arbeit des Meisters. Inzwischen war auch er, wie die meisten hier, sonnengebräunt. In diesem Land schien auch zu Anfang des Winters die Sonne noch warm.

Als er in seinem neuen Outfit vor Katharina stand, rief sie laut in den Saal: „Sieht er nicht gut aus, unser Luc?" Lucas lächelte geschmeichelt den Anwesenden zu, die er inzwischen fast alle mehr oder weniger gut Er hatte viel Zeit, denn in der Zeit, wo er hier war, kam nur ein einziges Mal ein Urlaubsgast in sein Haus. Er hatte Anfang Dezember ein Fax geschickt: „Ankomme 10.12.00 mit Flug BA 509 16.47 h. Bitte um Abholung. Höffer."

Lucas hatte Stojan zum Flughafen geschickt, und es stelle sich heraus, dass es sich um den Chef eines bekannten Reisemagazins handelte, der für zehn Tage bleiben wollte. Im Interesse Kellers und in seinem eigenen Interesse bemühte sich Lucas, es dem Gast so angenehm wie möglich zu machen, aber der war mit Vorurteilen hier her gekommen. Über sein Quartier bei Lucas und die Kochkunst Swetjas, war er voll des Lobes, aber alles andere passte ihm nicht. Der Service in den Lokalen, die schlechten Straßen, schmuddelige Fischerkneipen. „Das ist nicht unser gewohnter europäischer Standard," nörgelte er. „Da muss noch allerhand passieren."

Lucas gab ihm recht. „Aber bedenken Sie doch, dass dies ein armes Land ist, und sie mussten alles neu lernen, während bei uns die Reisekultur nach und nach gewachsen ist. Wenn die Investoren erst einmal die Schönheit dieses Landes entdecken, wird sich ganz schnell etwas ändern."

„Nun, Sie haben ja damit jetzt angefangen. Mögen Sie recht behalten, " meinte Höffer, und Markus schloss daraus, dass auch er ihn für den Eigentümer hielt.

Lucas stand ein bisschen gelangweilt auf Katharinas Silvesterfeier herum. Fast alle Gäste sprachen neben bulgarisch englisch, einige sogar deutsch, aber meist unterhielten sie sich in der Landessprache. Wenn Lucas dazukam, wechselten Sie in englisch oder deutsch, aber gewohnheitsmäßig fielen Sie nach wenigen Sätzen in die Landessprache zurück. Das war nicht unhöflich gemeint, sondern eher

Unaufmerksamkeit. Der einzige, der bei seinem bulgarisch blieb, war der Polizeipräfekt, der, wie Lucas wusste, deutsch sprach, aber anscheinend die Deutschen nicht all zu sehr mochte. Wenn Lucas zu einer Gruppe trat und die Gäste ihre Sprache wechselten, verließ Starow, der Präfekt, scheinbar zufällig die Gruppe.

„Was hat Starow gegen die Deutschen?", fragte Lucas Katharina beiläufig, aber die lachte nur. „Der hat was gegen Sie, Luc. Der glaubt wir schlafen miteinander Sie lachte laut. Anfangs, als ich hier her kam, hat er mich ziemlich bedrängt, aber ich glaube, dass er nicht nur scharf auf mich war. Noch mehr hat ihm imponiert, dass ich nicht arm bin. So gut wird ein bulgarischer Beamter auch nicht bezahlt. Er wurde recht aufdringlich

„Warum laden Sie ihn dann ein?" ‚wunderte sich Lucas.

„Ich habe gelernt, dass man sich im Ausland mit den Ämtern arrangieren muss."

Sie zog ihn an die improvisierte Bar, wo ein gut aussehender Keeper gekonnt mit den Bechern jonglierte. Sie stellte sich so, dass sie gesehen wurde und sprach laut genug, dass es die Umstehenden hören konnten

„Wissen Sie was, Luc. Wir kenne uns jetzt schon eine ganze Weile. Sie sind ein angenehmer Nachbar und ein lieber Kerl. Lassen Sie uns Brüderschaft trinken. Zwei Glas Champagner, Jossip!" Sie prostete ihm zu, trank ihr Glas auf einen Zug aus, fasste seinen Kopf mit beiden Händen und küsste ihn, dass ihm Hören und Sehen vergingen.

„Jetzt haben wir unseren lieben Starow ein bisschen provoziert", flüsterte sie ihm ins Ohr. Und wirklich schaute der böse zu den beiden herüber. Dann wurde Lucas von vielen hübschen und weniger hübschen Frauen geküsst und viele Männer schüttelten ihm die Hand. „Prost Luc!"

Es wurde ein vergnüglicher Abend und als die Uhr Punkt zwölf schlug, wurde im Park ein gigantisches Feuerwerk gezündet. Alle Gäste standen auf der Terrasse und sangen die bulgarische Nationalhymne, die die kleine Band ziemlich unharmonisch intonierte. Lucas stand mit feierlichem Gesicht dabei, konnte aber nicht mitsingen. Zu seinem Erstaunen wurde dann plötzlich von einer CD die deutsche Hymne eingespielt, und fast alle sangen den deutschen Text der dritten Strophe, wenn auch mit ziemlichen Akzent, mit. Lucas war gerührt, und es war ihm sehr peinlich, dass er nur ein paar Bruchstücke des Textes kannte. „Ich habe allen den Text zugeschickt und sie gebeten, ihn zu deinen Ehren auswendig zu lernen" lächelte Katharina ihn an.

Plötzlich, es war schon gegen drei Uhr des neuen Jahres, hörte Lucas einen erregten Streit aus einem Nebenzimmer. Da er Katharinas Stimme erkannte, ging er, sie zu suchen. Die anderen Gäste sahen verlegen zur Seite und taten, als hörten sie nichts. Er sah nur noch, wie ein riesenhafter Kerl, von dem er nur wusste, dass es ein Russe war, wütend das Zimmer verließ. An der Terrassentür blieb er noch einmal stehen, streckte drohend den Zeigefinger in die Luft und zischte: „Ein Wort an die Öffentlichkeit, schöne Katharina, und ich bring dich um." Sie stürmte in ihr Arbeitszimmer, und Lucas folgte ihr."

„Was war los, Katharina:"

„Ach dieser ekelhafte Kerl!", fauchte sie. „Das ist ein Tschetschene. Nach dem ersten Krieg mit Jelzin ist er hier aufgetaucht. Er macht üble Geschäfte. Ich bin nicht allzu moralisch. Die meisten hier verdienen ihr Geld, na sagen wir mal, auf undurchsichtige Weise. Ich weiß das. Alle wissen das. Sogar der Polizeipräfekt. Vielleicht macht der dabei mit. Ich weiß aber auch, dass Politiker und Konzernbosse noch weniger Skrupel haben, wenn es um Geld geht. Mich interessiert das nicht. Aber dieser Kerl wagte es, Rauschgift auf meiner Party zu verkaufen. Ihr habt alle nicht gemerkt, dass wir vorhin ein junges Mädchen ins Krankenhaus bringen mussten. Ein anderes liegt in meinem Gästezimmer. Ich habe ihm gedroht, ihn anzuzeigen und ihm empfohlen mein Haus zu verlassen und es nie wieder zu betreten. Wenn hier Das Giftzeug verkauft wird, kann es mich meine Aufenthaltserlaubnis kosten."

„Er hat dir gedroht, dich umzubringen, sagte Lucas besorgt. „Du solltest ihn ernst nehmen."

„Der bellt nur, beißen kann er nicht. Er ist hier nicht beliebt, und wenn Starow nicht auf seiner Seite wäre, hätte man ihn längst verjagt:" Sie wischte mit der Hand durch die Luft, setzte ihr Lächeln auf und ging zurück zur Party.

* * *

Es war die übliche Redaktionssitzung. Obwohl das Büro ziemlich groß war, stand der Nikotinnebel über dem Sitzungstisch. Die neuen Aufgaben wurden verteilt, die fertigen Texte für die nächste Ausgabe diskutiert, zusammengestrichen, verbessert. Jede Redaktion stritt sich mit dem Chef über die Seiten-oder Zeilenzahl, die er ihnen zugestand. Der Lokalredakteur wollte Suse einen Bericht über einen Stadtrat wegnehmen, der in krumme Geschäfte verwickelt zu sein schien. Das sei eine lokale Angelegenheit. Der Chef entschied zugunsten von Susanne. Sie hatte sich gut eingearbeitet und war, soweit das unter Zeitungsleuten überhaupt möglich ist, beliebt. Manche meinten, der Chefredakteur bevorzuge sie.

Es war also wieder mal heiß hergegangen, und Suse war froh, als die Sitzung beendet wurde. Sie wollte ihre Tasche nehmen und so schnell es ging aus dem Zigarettendunst verschwinden. Da winkte ihr Lohmeyer, der Chefredakteur, zu. Ein bisschen ärgerlich ging sie zu ihm.

„Kommen Sie mal mit in mein Büro, Suse."

Er setzte sich in seinen pompösen Sessel mit der hohen Lehne. Kremer behauptete immer, das sei eine Macke kleingewachsener Leute. Lohmeyer war tatsächlich nicht der Größte.

„Ich habe da einen Tipp bekommen. Haben Sie Lust auf einen schönen Winterurlaub in einer Gegend, wo Sie jetzt keinen Pelzmantel brauchen?"

Suse sah ihn fragend an. „Wollen Sie mich los werden?" Lohmeier grinste und sprach weiter. „Natürlich nicht, aber es ist eine etwas heikle Angelegenheit. Wenn es eine Ente ist, können wir uns ganz schön blamieren, Wenn nicht, und es wird publik bevor wir sicher sind, laufen zwanzig Kollegen von der Konkurrenz hinter der Sache her. Ich muss mich da auf Ihre Verschwiegenheit verlassen können."

„Aber Chef", empörte sich Susanne, „das müssen Sie mir doch nicht sagen."

Er winkte ab, das wisse er. Deshalb spreche er ja sie an. "Da ist vor ein paar Jahren, es könnte dreiundneunzig gewesen sein, eine Frau spurlos verschwunden. Einer der großen, internationalen Konzern hatte in München investiert und ein Büro eröffnet. Ein amerikanischer Manager kam mit seiner Frau nach München, um die Leitung zu übernehmen. Er war einer der Aktionäre des Konzerns mit beträchtlichem Eigenvermögen. Ein paar Monate später ist er mit einer Chesna abgestürzt und tödlich verunglückt. Seine Frau, sie war eine bekannte Schönheit, machte den gesamten Besitz zu Bargeld. Man spricht von mehr als fünfzehn Millionen Dollar. Danach ist sie spurlos verschwunden. Einige Blätter haben über Mord spekuliert, andere versuchten der Spur des Geldes zu folgen und sie so aufzuspüren. Es gab ein ziemliches Palaver um diese Angelegenheit. Auf jeden Fall ist diese Frau, Mrs. Donovan, nie wieder auf getaucht."

„Und was erwarten Sie jetzt von mir?" Suse war nicht begeistert, einem mondänen Phantom hinter her zu jagen.

„Bitte besorgen Sie sich mal die Unterlagen. Faxen Sie unserer Zentrale in Köln. Die sollen mal im Archiv nachsehen und andere Quellen aufreißen. Wenn Sie alles zusammenhaben und sich eine Meinung gebildet haben, kommen Sie wieder zu mir. Heute ist der elfte Februar. Schaffen Sie es bis zum dreizehnten?"

Suse nickte nicht allzu begeistert. Lohmeyer hielt den Zeigefinger an den Mund. „Pst !, zu niemandem ein Wort. Mein Informant scheint die Frau gefunden zu haben. Es ist ein Kollege, der ein Reisemagazin heraus gibt."

Susanne Marofsky war nicht klar, warum das eine Sensation sein sollte, aber Lohmeyer war der Chef, und wenn da möglicherweise eine interessante Dienstreise dranhängen sollte, dann in Gottes Namen. In Lohmeyers Namen.

Sie konnte nicht wissen, dass dies ihr aufregendster Fall werden sollte, dass sie in der halben Welt herumreisen, und eine Menge Leute kennen lernen würde.

* * *

Lucas hatte sich ein Mountainbike gekauft und verbrachte ganze Tage in der schönen Umgebung seines Wohnsitzes. Er klapperte die Küste des Schwarzen Meeres ab, das eigentlich blaues Meer heißen müsste, und wurde nicht selten bei kleinen Bauernfamilien zu einem kleinen Imbiss oder zu einem kühlen Bier eingeladen. Die Leute waren arm, aber ihre Gastfreundschaft unendlich. Meist konnte man sich nur durch Zeichensprache verständigen, da aber in den Zeiten vor dem Umsturz viele Urlauber aus der ehemaligen DDR hier her kamen, wurde auch manches deutsche Wort verstanden.

Obwohl es gerade mal Mitte Februar war, schien die Sonne meist schon angenehm, nicht so drückend wie im Hochsommer. Wenn er an die Kälte dachte, die jetzt in Deutschland herrschte, war er froh das Angebot Kellers angenommen zu habe. Zu tun hatte er nichts, und er konnte, von Swetja verwöhnt, ganz nach eigenem Gutdünken leben. Das würde sich sicher ändern, wenn der Urlauberbetrieb hier losging. Seit einiger Zeit versuchte er ein bisschen bulgarisch zu lernen, was aber gar nicht so leicht war. Katharina half ihm dabei. Neben englisch und französisch sprach sie ein fehlerfreies deutsch und ziemlich gut bulgarisch. Zwischen ihnen hatte sich kein Liebesverhältnis entwickelt, was er heimlich erhofft hatte. Sie war eine attraktive Frau, und die paar Jahre, die sie älter war, fielen für ihn nicht ins Gewicht. Sie verstand es zu flirten und einen Mann verrückt zu machen. Sie verstand es aber auch Grenzen zu ziehen ohne zu verletzen.

„Weißt du Luc", sagte sie dann, „mir bedeutet eine gute Freundschaft sehr viel, aber ich will sie nicht im Bett kaputt machen, auch wenn du ein lieber Kerl bist, oder gerade deshalb." Nachdenklich sprach sie weiter. „Ich habe eine Ehe und einige Beziehungen hinter mir, und es lief jedesmal darauf hinaus, dass die Männer Besitzansprüche entwickelten. Ich will das nicht mehr."

„Aber du bist eine junge Frau, du kannst doch nicht wie eine Nonne leben", versuchte es Luc, aber dann lachte sie. „Wer sagt, dass ich das tue? In diesem Land gibt es genug feurige, junge Männer, die eine heiße Nacht nicht als Bindung „bis dass der Tod Euch scheide", ansehen. Sie sind für eine Fahrt in meinem Cabrio dankbar und ein gutes Essen. Manche erwarten ein paar Mark, ja schau nicht so, mit ein paar Mark können sie ihre Familie über Wasser halten, und haben noch ein bisschen Spaß dazu."

Luc wurde tatsächlich eifersüchtig und hätte sie verachten können. Sie sprach wie eine Nutte, die nicht kassierte sondern zahlte. Aber immer wieder verstand es Katharina, die genau wusste was er fühlte, ihn mit ihrem zauberhaften Lächeln zu versöhnen. Aber Luc gab nicht auf.

Als er gegen Mittag mit ihrem Fahrrad an ihrem Haus vorbei radelte, glaubte er auf der Terrasse einen Mann gesehen zu haben, und fast hätte er sein Rad in die Ecke gestellt, um ihn näher zu sehen., an der Gartentür zu läuten. Er wusste aber genau, wie Katharina reagiert hätte und wollte sich nicht blamieren.

Er konnte nicht wissen, dass er genau das Falsche tat.

Voller Wut strampelte er in die Pedale. An diesem Tag suchte er sich eine einsame Gegend aus, um nicht reden zu müssen.

Gegen Abend kam er müde an seinem (seinem!) Haus an. Davor stand ein uniformierter Polizist. „Was ist los?", fragte Lucas, aber der Mann verzog keine Miene. Er deutete mit dem Daumen auf das Haus. Wahrscheinlich verstand er kein Wort der fremden Sprache. Lucas lehnte sein Rad neben die Haustür. Entgegen ihren Gewohnheiten ließen sich auch Swetja und Stojan nicht sehen. Vor der Haustür stand jedoch ein weiterer Polizist, der etwas zur Seite trat, als Lucas das Haus betrat. Drinnen wimmelte es von Polizisten, die alles durch wühlten. Er ging in den ersten Stock in sein Zimmer, vor dem ebenfalls ein Polizist stand und öffnete die Tür.

In seinem Sessel saß, gestiefelt und gespornt, der Polizeipräfekt. Mit einem süßlichen Lächeln begrüßte er Lucas. „Ah, der Herr Bernauer", sagte er mit seinem starken, kehligen Akzent. „Ich freue mich, Sie zu sehen. Ich hatte schon gedacht sie hätten es vorgezogen zu verschwinden. Nehmen Sie bitte Platz."

Das war Lucas dann doch zuviel. „Was fällt Ihnen ein, mir in meinem eigenen Haus Platz anzubieten. Was ist hier eigentlich los. Das wird Folgen haben."

„Das hoffe ich, Herr Bernauer, das hoffe ich."

„Lassen Sie das Herr Starow. Sagen Sie mir sofort was hier los ist.!"

„Hier ist eine Hausdurchsuchung los, Herr Bernauer." Das hämische Lächeln Starows brachte Lucas noch mehr in Wut. „Was ist der Grund dafür. Haben Sie eine richterliche Genehmigung? Ich bin deutscher Staatsbürger und Sie haben kein Recht..."

Das Lächeln auf Starows Gesicht verschwand. „Ich bin bulgarischer Staatsbürger und außerdem bin ich Polizeibeamter. Wir befinden uns auf bulgarischem Territorium. Hier gilt bulgarisches Recht, Herr Bernauer", zischte er scharf. „Die Genehmigung besorge ich mir später. Wie heißt es bei Ihnen? `Wenn Gefahr im Verzug´ ist, kann die Genehmigung hinterher eingeholt werden."

„Und welche Gefahr ist im Verzug, wenn ich fragen darf:"

„Sie dürfen fragen." Starow lächelte wieder. „Die Gefahr der Verdunkelung und der Beiseiteschaffung von Beweismaterial."

„Beweismaterial wofür?" Lucas konnte sich keinen Reim auf die Vorgänge machen.. „Wo sind Stwetja und Stojan? Ich habe Hunger und ich möchte duschen."

Starow war nicht aus der Ruhe zu bringen. Er schien sich seiner Sache sicher. „Den Grund erfahren Sie später. Ihre beiden Angestellten sind bei uns auf dem Präsidium, sie werden dort befragt. Einen Imbiss können Sie bei uns bekommen. Duschen können Sie allerdings nicht. Es sei denn, ich darf mit in Ihr Badezimmer kommen."

„Ich bin nicht schwul. Und jetzt verlassen Sie bitte mit Ihren Leuten mein Haus. Ich werde mich über Sie beschweren. Bei Ihren Vorgesetzten und bei meiner Botschaft."

„Das steht Ihnen frei. Aber vorläufig nehme ich Sie fest."

Lucas blieb vor Erstaunen der Mund offen stehen. „Sie nehmen mich fest? Und warum? Was haben Sie für einen Grund?"

„Ich nehme Sie fest wegen des Verdachts der Tötung der Katharina Stiller, Ihrer Nachbarin, am heutigen Nachmittag gegen vierzehn Uhr. Hier ist der Haftbefehl, ausgestellt am fünfzehnten Februar 2000."

Starow legte ihm Handschellen an, ließ ihn von zwei Polizisten zum Wagen bringen und setzte sich selbst vorne neben den Fahrer.

* * *

Die Fahrt dauerte nicht lange. Lucas kannte das Präsidium auf der Insel, da er dort schon einige Male wegen seiner Aufenthaltsgenehmigung und anderer Formalitäten zu tun hatte. Als er in Handschellen in das Haus geführt wurde, sah er in zwei verschiedenen Räumen, hinter Glasscheiben Swetja und Stojan sitzen, jeweils gegenüber von zwei Beamten in Zivil. Swetja, die immer adrett gekleidet und frisiert war, mit zerzausten Haaren und tränenüberströmt. Stojan saß steif und ruhig mit aufrechtem Körper auf der Kante seines Stuhles.

Lucas wurde nicht in das Büro des Präfekten gebracht, sondern in einen Raum ohne Fenster mit einer trüben Lampe an der Decke. Vor einem wackligen Tisch mit einer zerkratzten, weißen Plastikplatte stand ein Hocker mit einem geflochtenen Bastsitz. Als Lucas sich den Hocker zurechtrücken wollte, grinste der Mann in Zivil, der ihm gegenüber saß. „Nicht meglich, festgeschrauben."

Lucas erfuhr dann, dass Katharina um siebzehn Uhr von ihrer Hausangestellten erschossen in ihrem Schlafzimmer gefunden wurde. Von dem Arzt, der den Totenschein ausstellte wurde die Todeszeit etwa drei Stunden zurückdatiert. Eine vorübergehende Frau, die auf dem Weg zu ihrem Arbeitsplatz in einer Gaststätte war, hatte gesehen, wie Lucas gegen halb zwei auf einem Fahrrad in Richtung der Villa

Katharinas gefahren ist. Sie sah, dass er vom Rad abstieg, konnte aber nicht sagen, ob er ins Haus gegangen war.. Da die Haushälterin wusste, dass Katharina an diesem Tag Besuch erwartete, und dass Lucas oft bei ihr zu Gast war, wollte man ihn befragen. Man hatte ihn jedoch nicht angetroffen. Da man ihn auch bis zum frühen Abend nicht auffinden konnte, hatte sich der Polizeipräfekt zu einer Hausdurchsuchung entschlossen. Da sei unangenehm, aber er sei verpflichtet, alles zu tun, diesen Mord aufzuklären.

Ein uniformierter brachte, kurz nachdem Lucas den Raum betreten hatte, ein bequemen Sessel herein auf dem Starow Platz genommen hatte.

„In Anbetracht des Umstandes, dass die Tote und der Verdächtige ausländische Staatsbürger sind werde ich der Anhörung persönlich beiwohnen", drückte er sich geschraubt aus.

„Verdammt! Warum sollte ich Katharina umbringen. Welches Motiv unterstellen Sie mir?"

„Um das herauszufinden sitzen wir hier zusammen. Unterstellen wollen wir Ihnen überhaupt nichts." Die überhebliche Gelassenheit Starows brachte Lucas auf die Palme.

„Haben Sie etwas gefunden was mich belasten könnte? Hat die ungesetzliche Hausdurchsuchung was gebracht?", wollte er wissen, aber Starow ging nicht darauf ein. „Herr Bernauer, Sie müssen mir schon gestatten, dass ich die Fragen stelle. Wir werden genau der Reihe nach vorgehen. Die erste Frage ist: Wo waren Sie gegen vierzehn Uhr am heutigen Tag?"

* * *

Suse hatte eine Menge Material zusammen getragen über das geheimnisvolle Verschwinden der Mrs. Donovan. Ihr Anwalt hatte in ihrem Auftrag alle Papiere in kurzer Zeit zu Bargeld gemacht. Ihre Bank wurde angewiesen, ihr Geld an verschiedene Banken in aller Welt zu überweisen.

Viele Reporter, aber auch die Polizei, hatten nachgeforscht, aber keiner konnte herausbekommen, wo die vielen Millionen Dollar letztlich gelandet war. Der Staatsanwalt, der damals mit den Ermittlungen betraut war verkündete, dass es keinen Hinweis auf eine Straftat gab, dass sie aber auch nicht auszuschließen sei.

Wie das so ist, legte sich das Interesse an dem mysteriösen Verschwinden der Millionärswitwe und ihrem Vermögen nach einiger Zeit.

Lohmeyer hatte vor ein paar Tagen von einem ehemaligen Studienkollegen den Hinweis erhalten, Mrs.Donovan eine gebürtige Amerikanerin, lebe unter ihrem Mädchennamen Katharina Stiller in einem teuren Anwesen an der Schwarzmeerküste Bulgariens.

Susanne war es unverständlich, warum eine an Luxus gewöhnte Frau, die in den besten Kreisen verkehrte, aus München ausgerechnet in einem Land wie Bulgarien, und soweit abseits aller Vergnügungen einer Großstadt, leben sollte. Aber allmählich reizte es sie, der Sache auf den Grund zu gehen. Ein paar Tage am Schwarzen Meer waren bei dem Sauwetter hier eine angenehme Aussicht.

„Fliegen Sie halt hin", sagte Lohmeyer, „und sehen Sie sich einfach mal um.

Kremer sollte nicht mitfliegen, aber Suse hatte nicht die geringste Lust, alleine in einem fremden Land, dessen Sprache sie nicht kannte, herumzusitzen. Und wenn sie sich was in den Kopf gesetzt hatte, fand sie immer plausible Gründe, es durchzusetzen.

„Lassen sie Kremer mitkommen. Wenn ich etwas herausbekomme, ist es ohne Bilder uninteressant und unglaubwürdig. Meine fotografischen Kenntnisse sind äußerst bescheiden. Außerdem spricht Kremer bulgarisch."

Das war gewaltig übertrieben. Seine Sprachkenntnisse rührten aus ein paar Urlaubstagen her, die er als Kind mit seinen Eltern mehrmals in Bulgarien verbracht hatte, und wo er beim spielen mit bulgarischen Kindern ein paar Brocken aufgeschnappt hatte. Jetzt lief er seit zwei Tagen mit einem Walkman herum, auf dem bulgarische Vokabeln und ihre deutschen Übersetzungen heruntergebetet wurden.

Lohmann wollte dass die Sache schnell erledigt wurde und ließ für den sechzehnten zwei Plätze nach Burgas buchen. Auch im Flieger nahm Kremer den Walkman nicht vom Ohr und war taub für Suses Worte.

Sie wussten nichts von Lucas Bernauer und nicht, dass sie von den gleichen Zigeunerinnen wie er fast acht Monate zuvor in Burgas angebettelt wurden. Dass sie auch das gleiche Taxi benutzten und den Fahrer der „deitsch Bier" und „deitsch Gäste" so liebte, wussten Sie ebenfalls nicht.

Sie ließen sich in den parkähnlichen Hotelkomplex bringen, der auf bulgarisch Slantchev Briag heißt und ein paar Kilometer westlich von Alt-Nessebar liegt. Sie mieteten zwei Zimmer und über die Rezeption einen Wagen erst mal für drei Tage. Am späten Abend hatten sie sich im Hotelrestaurant verabredet, nachdem sie beide den Schmutz der Reise heruntergespült hatten. Sie wunderten sich über die niedrigen Preise auf der Speisenkarte, bestellten ein landestypisches Essen und den nicht verzichtbaren Schopska Salat, sowie eine gute Flasche bulgarischen Wein, den ihnen der deutsch sprechende Kellner empfahl.

Nach dem Essen setzten sie sich an die Bar und Adrian schaute sich um. Er griff nach der Zeitung, sie neben ihm auf dem Tresen lag, um bei Suse mit seinen Sprachkenntnissen zu prahlen. Das bulgarische

Alphabet, das ein bisschen dem russischen ähnelte, hatte er schnell gelernt, aber mit den Vokabeln ging es doch nicht so gut, wie er sich das gedacht hatte. Er betrachtete hauptsächlich die Bilder, und auf der Titelseite das Foto einer schönen Frau. Er versuchte, die Unterschrift zu entziffern, kam aber nicht weit. Suse sah ihm über die Schulter und nahm ihm ungläubig die Zeitung aus der Hand.

„Was steht hier? Das ist die Frau wegen der wir hier sind. Natürlich ein bisschen älter als auf den Bildern die wir kennen. Das ist Mrs. Donovan oder Katharina Stiller meinetwegen."

„Glaubst du wirklich?", staunte er. „Täuschst du dich nicht?"

Suse zeigte die Zeitung dem Barkeeper, der gut englisch sprach. „Können Sie mir übersetzen, worum es hier geht?" Sie zeigte auf das Bild der Frau auf dem Titelblatt.

„Diese Frau ist gestern ermordet worden. Sie lebte auf einem Anwesen, nicht weit von hier in Richtung Alehoi, Burgas. Ein Landsmann von Ihnen soll sie erschossen haben. Sie und auch der Mörder waren schon oft hier zu Gast", sagte er nicht ohne Stolz. „Eine sehr schöne Frau. Ihr Name ist Stiller, Katharina Stiller. Der Verdächtige ist ein gewisser Berbauer oder so ähnlich. Sie nannte ihn immer Luc."

Suse sah auf das Datum der Zeitung. Es war die Morgenausgabe vom heutigen Tag. „Als uns Lohmeyer gestern die Tickets gab, war sie schon tot."

Das Hotel besaß ein Faxgerät. Suse faxte sofort an Lohmeyer. „Stiller erschossen. Identität noch nicht geklärt. Mutmaßlicher Täter ist Lucas Bernauer. (Den Namen konnte ihr der Hotelmanager genau nennen) Erbitte Information Bernauer umgehend. Die hiesige Zeitung gibt an er sei aus Leipzig gekommen."

Mit einem einfachen Zahlencode hatte sie, wie üblich, das Fax verschlüsselt. Von dem Manager hatte sie noch erfahren, dass einige lokale Zeitungsleute bereits bei ihm nachgefragt hatten, aber für die heimischen Reporter war der Mord eines der üblichen Gewaltverbrechen am Rande einer unruhigen Zeit. Sie entwarf mit Adrian noch einen Schlachtplan für den morgigen Tag und verabredete mit ihm, dass sie sich schon um sieben Uhr zum Frühstück treffen wollten.

Am nächsten Tag waren die Kellner erstaunt, schon Gäste zu haben. „Bei uns ist Frühstück erst um acht Uhr, aber meistens kommen die ersten Gäste gegen neun." Sie bekamen trotzdem ihr Frühstück, es sei aber noch nicht das gesamte Sortiment vorbereitet, entschuldigten sich die Kellner. Als dann die angerichteten Teller kamen, waren sie so reichhaltig, dass sich Suse fragte, wie denn das gesamte Sortiment aussehen würde. Auf Wunsch bekamen sie statt des üblichen Kaffees einen guten Espresso und einen frisch gepressten Orangensaft. Dann stiegen sie in das gemietete Auto. Der Mann aus der Hotelgarage beschrieb ihnen den Weg zu dem Haus von Katharina Stiller, oder vielleicht doch Donovan?

* * *

Starow hatte Lucas bis spät in der Nacht verhört. Er hatte ihm dann die Adresse eines Anwalts genannt, den Lucas sofort anrief. Der Mann verstand nur englisch und machte Lucas klar, dass er heute nicht mehr kommen könne. Er würde sich morgen früh im Polizeipräsidium melden. Er solle Starow auf morgen verweisen und heute keine Aussage mehr machen.

Bernauer war wütend. Er konnte sich nicht vorstellen, dass ein deutscher Anwalt bei einer Mordanklage so desinteressiert war. Er würde auch ohne diesen Anwalt seine Interessen vertreten. Er würde schon aufpassen und nur sagen, was ihn nicht belasten konnte.

„Also", begann Starow zum hundertsten Mal von vorne. „Wo waren Sie zur Tatzeit gegen vierzehn Uhr."

„Was weiß ich. Ich war mit dem Fahrrad unterwegs, irgendwo wo es schön ist."

„Und dafür haben Sie natürlich keinen Zeugen?"

Über das hämische Grinsen Starows war Lucas wütend. „Was heißt natürlich? Fahren Sie zum Supermarkt oder an den belebten Strand, wenn Sie die Schönheit und die Ruhe der Natur genießen wollen? Natürlich nicht."

„Eine Zeugin hat sie um die fragliche Zeit in Richtung der Wohnung des Opfers fahren gesehen."

„Ich hab Sie vorige Woche in Richtung des Wochenmarktes gehen gesehen. Ich schloss daraus nicht, dass Sie Melonen klauen wollten:"

Starow kniff böse die Augen zusammen, blieb aber ruhig. „Stimmt es, dass Sie sich oft mit Frau Stiller getroffen haben, dass Sie, sagen wir mal *sehr* befreundet waren?" Er legte absichtlich die Betonung auf das Wort sehr.

„Ich war mit Katharina sehr befreundet. Wenn Sie damit andeuten wollen, dass ich ein Verhältnis mit ihr hatte, liegen Sie schief."

Starow kannte diese deutsche Redewendung nicht. „Ich sitze gerade, warum sagen Sie ich liege schief.?"

Lucas ärgerte sich. „Ich meinte, dass Sie falsch liegen, dass Sie im Unrecht sind. Wir haben nicht miteinander geschlafen."

„Warum sagen Sie dann nicht, was Sie meinen?"

„Das ist eine übliche deutsche Redewendung."

„Ich sage Ihnen eine bulgarische Redewendung, Herr Bernauer: Der Vogel der am Morgen singt, den frisst am Abend die Katz!"

In diesem Stil ging es weiter und weiter. Starow bohrte immer wieder und wollte Zeugen für die Radwanderung von Lucas. Lucas wurde nicht müde, seine Tour zu begründen mit dem Bedürfnis nach Ruhe.

„Welchen Grund gibt es, dass Sie nicht bei Frau Stiller hereingeschaut haben, wenn Sie doch an ihrem Haus vorbeifuhren. Sie haben doch sonst jede Gelegenheit wahrgenommen, mit Frau Stiller zusammen zu sein?", wollte Starow wissen.

„Wir hatten am Vortag eine kleine Meinungsverschiedenheit, außer dem sah ich, dass Sie Besuch hatte. Ich sah einen Herrn auf der Terrassen Lucas bereute sofort, davon geredet zu haben.

Starow witterte auch gleich die Gelegenheit. "Ach, Sie hatten Streit mit Frau Stiller, und dann sahen Sie einen anderen Mann auf der Terrasse, den großen Unbekannten aus dem Kriminalfilm, nehme ich an. Da wurden Sie eifersüchtig und schwupp..."

Jetzt hatte Starow einen Fehler gemacht. Auf den Lucas sofort einging. „Sie sind unlogisch. Erst glauben Sie mir nicht, dass ich einen Mann gesehen habe, und dann denken Sie ich bin eifersüchtig auf den Mann, den es nach ihrer Meinung überhaupt nicht gibt?"

„Lassen wir das vorläufig. Worum ging der Streit mit Frau Stiller, den Sie erwähnten?"

„Verdammt noch mal, drehen Sie mir nicht das Wort im Mund rum. Ich hatte gesagt: Eine Meinungsverschiedenheit!". Lucas wurde immer wütender.

Starow glaubte, dass er den längeren Arm hatte. „Erklären Sie mir den Unterschied."

Lucas war jetzt alles egal. „Wenn ich behaupte, Sie seien hinterhältig und ein anderer meint, sie seien nur dumm, dann ist das eine Meinungsverschiedenheit. Wenn wir uns deshalb anschreien oder prügeln, dann ist das ein Streit."

Starow zog die Augenlieder zu einem schmalen Spalt zusammen, und seine Stimme wurde gefährlich leise. „Herr Bernauer! Sie scheinen zu vergessen, wo Sie sich hier befinden. Sie scheinen zu vergessen, wen Sie vor sich haben, und Sie haben anscheinend noch nicht begriffen, wessen man Sie beschuldigt. Er sah zu dem Mann am Tisch, der schon seit Beginn der Vernehmung dort saß, ohne auch nur ein einziges Wort zu sagen, und machte eine Bewegung mit dem Kopf.

„Abführen!"

Der Mann brachte Lucas in eine schmutzige Zelle. Die Einrichtung war spärlich. Eine Holzpritsche mit einer zerknitterten Decke, ein Hocker ohne Lehne, eine abgesplitterte Emaillewaschschüssel auf eine eisernen Ständer. Von der Decke hing eine Glühbirne ohne Schirm. Auf einem zerkratzten, viereckigen Holztisch lag, in Pergamentpapier eingewickelt, ein weiches Weißbrot, wie es in den hiesigen Gaststätten zum Wein gereicht wurde, ein paar Scheiben Wurst, eine Tomate und ein Stück Schopska, der gängige Ziegenkäse in Salzlake. Lucas verspürte plötzlich Hunger, und er verschlang gierig alles was da lag. Er klopfte an die Tür. Ein mürrischer Mann schaute durch die heruntergelassene Klappe.

„Ich habe Durst."

Ohne ein Wort wurde die Klappe geschlossen, aber keine zwei Minuten später brachte der Mann eine Blechkanne mit Tee und eine

angesprungene Porzellantasse. Mit einem Zipfel seines Hemdes wischte
er sie aus.

* * *

Jenny saß in ihrem Ledersessel mit der hohen Lehne und las ein Buch.
Sie wartete auf den Anruf Marios. Bisher hatte er Wort gehalten und
mindestens zweimal am Tag angerufen. Inzwischen war es neun Uhr
abends, aber das Telefon hatte noch nicht einmal geklingelt. Es wird
doch nichts passiert sein, dachte sie gerade als es läutete. Sie sprang zu
Apparat.

„Mario?", fragte sie ängstlich.

„Hallo Liebes. Hast du was? Deine Stimme klingt so ängstlich."

„Weißt du wie spät es ist?", rief sie empört in den Hörer. Ich dachte dir
ist was passiert. Sonst hast du um diese Zeit schon das zweite Mal
angerufen. Wo bist du?"

„Ich bin in Istanbul."

„Aber gestern warst du woanders. In Izmir oder so. Warum rufst du
erst jetzt an?" Man hörte ihr die Angst noch an, die sie um Mario
gehabt hatte.

„Aber Liebes. Ich hab dir doch gesagt, dass es um die Finanzierung
eines türkischen Fabrikanten geht. Durch die schweren Erdbeben im
August und im November ist hier immer noch alles durcheinander. Ich
muss checken, ab die Firmen des Mannes noch zu retten sind. Ich bin
ständig mit dem Auto unterwegs. In der Eile habe ich vergessen, das
Handy auf zu laden. Jetzt rufe ich aus dem Hotel an. Sei lieb und freu
dich."

„Ich freue mich ja, aber ich bin es nicht mehr gewohnt alleine hier herum zu sitzen. Du fehlst mir."

Die Stimme Marios wurde zärtlich. „Du fehlst mit auch Ich habe aber eine gute Nachricht. Hier ist soweit alles geregelt. Ich komme in zwei Tagen nach Hause, also am siebzehnten. Die Uhrzeit weiß ich noch nicht, und du brauchst mich nicht abzuholen. Ich lande wahrscheinlich in Frankfurt am Main, und wenn ich keinen Anschlussflug bekomme, nehme ich mir einen Mietwagen. Aber ich muss jetzt Schluss machen. Das ist das einzige, funktionierende Telefon und es warten schon drei Leute, dass ich die Leitung freimache." Er hauchte noch einen Kuss in den Hörer und legte auf..

Jenny war zufrieden, legte ihr Buch beiseite und schaltete den Fernseher ein. Sie hatte Mario in den letzten Tagen wirklich sehr vermisst.

Im TV kam eine Meldung. Ein Deutscher hatte in Bulgarien eine Frau erschossen, die vor einigen Jahren unter eigenartigen Umständen mit ihrem gesamten Vermögen verschwunden war. Sie schüttelte den Kopf. Gott sei dank hatte sie mit solchen Dingen nichts zu tun.

Da irrte sie sich.

* * *

Das Rasseln der Schlüssel weckte Lucas. Durch die Klappe wurde ein Teller hereingeschoben. Das Frühstück war nicht so gut, wie gestern Abend der Imbiss. Anscheinend war er jetzt in die Gefängnisküche integriert. Auf dem Teller lag ein abgebrochenes Stück Weißbrot, das sich wie Gummi anfühlte, ein Klecks Frischkäse der aber gar nicht frisch aussah, einen Löffel Marmelade und ein Zwiebel, ungeschält. Statt eine Messers lag ein Aluminiumlöffel daneben. Trotz seines Ekels nahm sich Lucas vor alles zu essen. Gott weiß wie lange ich hier bin, dachte er. Noch während er aß betrat ein Mann die Zelle. Ohne ein

Wort zu sagen goss er kaltes Wasser in die Emailleschüssel. Mit einem Schluck Tee von gestern spülte Lucas den Mund aus, putzte sich, so gut es eben ging, mit dem Zeigefinder die Zähne Und steckte seinen Kopf in das Wasser. Das schmutzige Handtuch wollte er nicht benutzen, trocknete sich notdürftig mit seinem Taschentuch ab und wartete was da kommen würde.

Inzwischen saß Starow an seinem Schreibtisch und las die Protokolle durch, die eine Sekretärin in die Maschine getippt hatte. Gerade als er Bernauer holen lassen wollte, kam ein uniformierter Beamter herein und stand stramm. „Was ist ?", herrschte er ihn an.,

„Da draußen ist eine deutsche Journalistin mit ihrem Fotografen. Die möchten Sie in der Angelegenheit Stiller sprechen."

Starow runzelte die Stirn. „Journalisten? Aus Deutschland? Ich habe jetzt keine Zeit. Sie sollen,,,"

Da wurde er unterbrochen. Suse stand bereits im Büro und hinter ihr Adrian Kremer. Es tut mir leid, Herr Polizeipräsident, aber ich muss darauf bestehen, dass..."

„Was wollen Sie? Was geht der Tod einer Amerikanerin deutsche Zeitungsschreiber an? Ich sehe da kein öffentliches Interesse."

Da hatte er aber nicht mit Suses Perfektion gerechnet. Sie hatte dieses Argument schon erwartet und ließ sich nicht bremsen. „Mein Interesse gilt auch nicht der toten Amerikanerin, sondern Lucas Bernauer, den Sie der Tat verdächtigen. Er ist deutscher Staatsbürger, und wir möchten, dass ihm seine Rechte nicht vorenthalten werden. Wir wollen ihn sprechen."

Am liebsten hätte Starow die beiden hinausgeworfen, aber mit der Presse wollte er es sich nicht verderben. Schon gar nicht mit der deutschen. Er blieb also höflich, soweit ihm das möglich war.

„Es tut mir leid, aber solange die Untersuchungen laufen, kann ich das nicht erlauben", und er setzte hinzu: „Dass Sie mir vorwerfen, ich könnte einem Angeklagten sein Rechte verwehren, finde ich, bei allem Respekt der Presse gegenüber, einfach unverschämt."

„Schon dass Sie den Mann Angeklagter nennen ist ungesetzlich, auch in Bulgarien. Erst wenn Ihre Ermittlungen ein Ergebnis in Richtung des Tatvorwurfes ergeben, wird der Mann angeklagt. Von einem Staatsanwalt! Schon dadurch, dass Sie ihn mit uns sprechen lassen, können Sie jedem Verdacht auf Ungesetzlichkeit entgegentreten."

Das hätte mir mal ein Bulgare sagen sollen, dachte er, aber laut brummte er unwirsch: „Gut, eine halbe Stunde. Aber die Kamera bleibt hier."

Sie wurden in einen hellen, freundlichen Raum geführt und setzten sich auf die gepolsterten Stühle, die um einen langen Tisch herumstanden. Adrian flüsterte Suse leise zu: „Wenn du dem das vor zehn Jahren gesagt hättest, wärst du jetzt schon auf dem Weg in ein Arbeitslager. Zwanzig Jahre", grinste er.

Die Tür öffnete sich und ein Mann in Zivil brachte Lucas herein. Die Handschellen hatte man ihm vor der Tür abgenommen.

„Ich bin Susanne Marofsky, das ist Adrian Kremer. Wir arbeiten für eine Zeitung in Leipzig. Wir haben von Ihnen gehört und möchten mit Ihnen reden."

„Bin ich jetzt schon interessant für die Zeitung?", wunderte sich Lucas. „Da glaubt ein verrückter bulgarischer Polizist, ich habe eine Frau erschossen, was völlig an den Haaren herbeigezogen ist, und schon warten die Geier. Ich muss Sie enttäuschen. Mit mir ist kein Geschäft zu machen."

Suse ließ sich nicht beirren. „Unser Interesse gilt nicht in erster Linie dem Mord an Frau Stiller, und wenn Sie behaupten Sie seien es nicht gewesen, dann will ich Ihnen glauben. Erst mal. Wir sind ursprünglich hierher gekommen wegen Frau Stiller, von der wir annehmen, dass sie Donovan heißt, aber das ist nur eine Vermutung. Was wissen Sie darüber?"

„Ich weiß darüber überhaupt nichts, und es ist mir auch völlig egal. Ich sitze hier in der Tinte. Man will mich in die Pfanne hauen."

„Ich will ehrlich sein. Ich habe mich über Sie informiert. Bis Juni vorigen Jahres saßen Sie in der JVA Leipzig. Jetzt sind Sie plötzlich hier in Bulgarien, obwohl Ihre Bewährung noch läuft. Sie hätten Deutschland überhaupt nicht verlassen dürfen. Das bedeutet für mich a) dass Sie es mit den Gesetzen nicht so genau nehmen und b) dass Sie hier in einer zwielichtigen Lage sind. Das spricht nicht unbedingt für Sie."

„Nun blasen Sie auch in das Horn dieses Starow. Den kennen Sie ja wohl. Der hat mir, etwas weniger sachlich, das Gleiche vorgehalten. Wahrscheinlich hat er die deutschen Dienststellen wegen mir bemüht. Das wusste er alles auch. Und jetzt will er mich zum Mörder machen. Glauben Sie es oder lassen Sie es. Ich hatte Katharina sehr gerne. Nein, wir hatten kein Verhältnis. Katharina war eine wunderbare Frau mit einer großartigen Ausstrahlung. Ich kann mir nicht vorstellen wer das getan hat und auch nicht warum. Wenn jemand Probleme mit ihr hatte, dann hätte er mit ihr reden können.

„Wie kommen Sie hierher und wie kommen Sie an ein so großes Haus. Womit haben Sie das bezahlt."

Lucas musste laut lachen. „Das Haus gehört mir nicht. Ich bin so eine Art Statthalter. Ein Reiseunternehmer will den Osteuropäischen Markt erschließen und ich soll hier Gäste empfangen. Ich werde dafür entlohnt."

Suse hatte das anders gehört, ging aber im Moment nicht darauf ein. „Herr Bernauer, bitte geben Sie mir die Adresse Ihres Arbeitgebers. Sie sehen doch ein, dass ich Ihre Behauptung überprüfen muss. Wenn das alles stimmt, sieht Ihre Angelegenheit schon ganz anders aus. Ich sagte Ihnen bereits, dass unser Interesse hauptsächlich der Identität Frau Stillers galt. Natürlich werden wir Sie hier als deutschen Staatsbürger nicht hängen lassen. Ob Sie schuldig sind oder nicht, kann ich jetzt nicht entscheiden. In jedem Fall steht Ihnen ein guter Anwalt zu, wir werden uns mit der Botschaft auseinandersetzen und Ihnen den besten Anwalt besorgen, der aufzutreiben ist. Oder haben Sie schon einen beauftragt?" Lucas erzählte ihr, dass Starow ihm einen empfohlen habe, da er selbst keinen kenne. Er sei aber gestern nicht gekommen und seinen Besuch für heute zugesagt. Eigentlich müsse er schon da sein.

Sind Sie so dumm? Starow hat Sie als Täter in Verdacht. Er wird Ihnen doch nicht einen Anwalt empfehlen, der Sie hier rausholt. Wenn der Mann kommt, werde ich mich darum kümmern. Wir werden uns für seinen Besuch bedanken und ihn nach Hause schicken. Die Kosten dafür übernimmt meine Zeitung. Auch für den Anwalt, den uns die Botschaft vermittelt. Voraussetzung ist, dass Sie mit uns zusammenarbeiten und uns die ganze Wahrheit erzählen. Ob Sie nun schuldig sind oder nicht."

Kremer zog die Stirn kraus und dachte an Lohmeyer. Der würde einen Schlaganfall bekommen, wenn er erführe, wie Suse mit dem Geld der Zeitung umging.

Lucas war von der schnellen Entscheidung und der Betriebsamkeit Suses überrascht. „Wie komme ich dazu", wollte er wissen, aber Suse wischte sein Frage mit einer Handbewegung weg. „Ich bin Journalistin, und ich habe einen gute Riecher für einen großen Fall. Wenn unsere Informationen richtig sind, dann ist Katharina Stiller identisch mit einer, viele Millionen Dollar schweren, Unternehmerwitwe, die vor einigen Jahren, samt ihren Millionen, spurlos aus München

64

verschwand. Unsere Frage ist: Warum ist sie damals untergetaucht, und hängt ihr Tod damit zusammen. Wer hat sie warum erschossen. Für Sie sehe ich im Moment kein Motiv, wenn es nicht Eifersucht war, oder ein paar kleinliche, vielleicht finanzielle Auseinandersetzungen. Verstehen Sie mich recht, Herr Bernauer, Sie sind damit noch nicht aus dem Schneider. Ich kann aber dafür sorgen, dass Sie eine gerechte unvoreingenommene Untersuchung bekommen."

In diesem Moment öffnete ein Polizist die Tür und hinter ihm stand Starow. „Der Anwalt ist da. Wir können die Vernehmung jetzt fortsetzen." Zu den beiden Journalisten sagte er, sie müssten jetzt gehen, aber Suse ging nicht, bevor er ihr einen weiteren Besuch zugesagt hatte. Lucas lehnte den von Starow empfohlenen Anwalt ab, und wollte keine weitere Aussage machen bevor der neue, von Suse versprochene Anwalt dabei anwesend wäre. Er wurde wieder in seine Zelle gebracht.

* * *

Zur gleichen Zeit saßen in Leipzig zwei Kriminalbeamte an ihren Schreibtischen. Herbert Hohlfelder, ein Mann um die Fünfzig, mit dünnen Haaren und einem Bauchansatz, saß in Hosenträgern, ohne Jacke, zurückgelehnt in seinem Drehstuhl. Er nahm sich eine Schnitte, die in Butterbrotpapier gewickelt, vor ihm lag. Er hatte eine Zeitung auseinander gefaltet und blätterte interesselos darin herum. Da fiel ihm eine kleine Notiz auf der zweiten Seite auf.

Mord am Schwarzen Meer. Eine an der Schwarzmeerküste bekannte, zweiundvierzigjährige Frau wurde gestern in ihrem luxuriösen Landhaus erschossen aufgefunden. Tatverdächtig ist ein, aus Leipzig stammender, Deutscher L.B., der dort in der Nähe des Hauses der Toten eine große Villa besessen haben soll. L.B. Wurde festgenommen. Die näheren Umstände der Tat sind noch nicht bekannt. „Hast du das gelesen?", fragte er seinen jüngeren Kollegen Kalle Jantzen, der ihm gegenüber saß und deutete auf die Zeitung.

„Ja, das ist der Bernauer, Lucas Bernauer, den hatten wir doch seinerzeit wegen Veruntreuung eingebuchtet. Du musst dich doch entsinnen. Gestern, spät, kam eine Anfrage von der bulgarischen Polizei an die Mordkommission, ob Bernauer hier bekannt ist. Ich hab mir gleich die Akte kommen lassen und ein Fax abgesetzt."

„Spinnst du?" Hohlfelder tippte mit dem Finger an die Stirn. „Was geht uns eine Mordsache an. Sollen die sich doch kümmern. Außerdem haben wir, soweit ich weiß, überhaupt kein Rechtshilfeabkommen mit den Bulgaren."

Jantzen der solche `bürokratische Kinkerlitzchen´, wie er es nannte, nicht so genau nahm, meinte: „Ich habe mich ja nicht mit dem Mordvorwurf befasst, sondern lediglich davon berichtet, dass von unserem Dezernat wegen Veruntreuung gegen Bernauer ermittelt wurde, der Staatsanwalt Anklage erhoben hat, und Bernauer zu fünf Jahren verknackt wurde. Wegen guter Führung vorzeitig entlassen. Das ist alles."

„Da kannst du dir vom Alten aber was anhören. Dazu bist du als kleiner Oberkommissar überhaupt nicht befugt. Außerdem hast du dem armen Schwein sicher keinen Gefallen getan."

„Ihr Krümelkacker. Befugt! Auf Wunsch eines bulgarischen Kollegen habe ich sachlich berichtet, was uns bekannt ist. Wenn er die Frau erschossen hat soll er bestraft werden. Wenn er unschuldig ist, wird sich das herausstellen."

Hohlfelder verzog ironisch den Mund. „Gott erhalte dir deinen Glauben an die Gerechtigkeit. Du weißt, dass selbst bei uns Recht nichts mit Gerechtigkeit zu tun hat. Wie soll das aussehen in einem Land mit dieser Vergangenheit?"

„Du bist der typische Deutsche. Du glaubst was in Deutschland möglich ist, müsse in einem Land, das du überhaupt nicht kennst, an der Tagesordnung sein. Vielleicht sind das dort nicht solche Paragraphenreiter wie hier. Vielleicht haben die noch ein natürliches Rechtsempfinden."

„Ich sage ja, Gott erhalte dir deinen Kinderglauben."

Damit war das Kapitel für die beiden erledigt Hohlfelder biss noch mal von seiner Schnitte ab, und ahnte nicht, dass er bald mit diesem Fall indirekt zu tun bekäme.

* * *

Bereits am Nachmittag erhielt Suse den Anruf des Rechtsanwaltes, den die Botschaft auf ihre Anfrage empfohlen hatte. Er wollte sich noch am Abend mit ihr treffen.

Gegen siebzehn Uhr fuhr ein dunkelblauer Mercedes vor dem Hotel vor. Der Mann der ausstieg ging zur Rezeption. Es war ein gutgekleideter, verhältnismäßig junger Mann. Er trug eine randlose, goldfarbene Brille. Sein Anzug war tadellos geschnitten und er hatte ein sicheres Auftreten.

„Ich bin mit Frau Susanne Marofsky verabredet, Würden Sie ihr bitte sagen, dass ich im Foyer auf sie warte. "Seine Ausdrucksweise war bestimmt, aber ein bisschen konservativ.

Susanne kam herunter und begrüßte ihn erfreut. Und stellte sich vor. Sie hielt ihm die Hand hin, und mit einer korrekten Verbeugung sagte er: „Ich freue mich Sie kennen zu lernen. Mein Name ist Küsters. Ich bin Teilhaber der Anwaltssocieté Marwicz und Küsters. Ich bin Strafverteidiger.

„Küsters?", fragte Susanne erstaunt. „Ein deutscher Name."

67

Ich bin Deutscher. Ich komme aus Güstrow und bin mit einer Bulgarin verheiratet. Zweiundachtzig bin ich mit meiner Familie hierher, nach Burgas, gezogen. Die Verhältnisse in der DDR waren mir unerträglich geworden. Hier in Bulgarien war man natürlich genau so engstirnig, aber es wurde alles nicht so heiß gegessen wie es im Politbüro gekocht wurde." Er lächelte Suse an. „Ich habe schon mit Starow telefoniert, morgen früh kann ich Herrn Bernauer unter vier Augen sprechen, dann werde ich dem weiteren Verhör beiwohnen."

Suse beteuerte, dass sie aus dem Gefühl heraus Bernauer für unschuldig hielt. Er hat kein erkennbares Motiv. Sicher ist er ein Filou, aber anscheinend ein kluger Kopf. Zu klug um eine solche Tat zu begehen. Trotzdem hat er uns anscheinend nicht die Wahrheit gesagt." Sie erzählte, dass er behauptet hatte, nur Angestellter eines ominösen Reiseunternehmens sei. Er zeigte mir ein Visitenkarte eines Herrn Keller. Angeblich der Besitzer dieses Reisebüros. Tatsächlich ist dieses Unternehmen in den Orten, die auf der Karte vermerkt sind, nicht bekannt. Auch einen Martin Keller kennt niemand in der Branche. Das Haus in dem Herr Bernauer wohnt, ein großes Haus, das nach seiner Aussage diesem Herrn Keller gehört, ist aber tatsächlich das Eigentum eines gewissen Stepan Gaidan, der es wie er sagt dem Herrn Bernauer vermietet hat. Das hat Adrian Kremer, mein Fotograf, recherchiert. Ein Keller ist diesem Gaidan angeblich auch nicht bekannt."

„Ich kenne diesen Gaidan, ein unangenehmer Mann, Tschetschene glaube ich, der in ominöse Geschäfte verwickelt ist, und deshalb schon einige Male vor Gericht stand. Was diesen Herrn Bernauer betrifft, werde ich ihm unmissverständlich klarmachen, dass ich nur die absolute Wahrheit akzeptiere. Ob er an dem Mord schuldig ist, interessiert mich vorerst nicht."

Da Suse ihn verständnislos ansah fuhr er fort. „Die Schuldfrage interessiert mich erst später. Sie ist nur für die Taktik meiner Verteidigung wichtig. Ich muss, je nach dem, anders argumentieren.

Auch ein Schuldiger hat Anspruch auf eine gute, sachgerechte Verteidigung."

Kremer kam die Treppe herab und Suse stellte ihn vor. Sie wollte Küsters zum Essen einladen, aber der wehrte ab. „Es wäre mir ein Vergnügen, doch Sie sind Presse. Wenn eine Journalistin, die irgendein Interesse an einem Tatverdächtigen hat, den Anwalt des Beschuldigten auch nur zum Essen einlädt, könnten böse Zungen behaupten, es gäbe eine Beeinflussung des Anwalts durch die Presse. Das wollen wir doch in Hinsicht auf Bernauer vermeiden."

Sie einigten sich, zwar gemeinsam zum Essen zu gehen, dass aber Küsters seine Rechnung selbst bezahle. Es wurde ein angenehmer Abend. Küsters vermied es, über den Fall zu sprechen, er wolle sich unvoreingenommen ein eigenes Bild von Bernauer machen. Sie sprachen viel über Leipzig, das Küsters, wenn auch zu DDR-Zeiten, kannte. Kremer erzählte wie sich Leipzig verändert habe in unendlich kurzer Zeit. Küsters erfuhr von Suse, dass sie sich von Köln nach Leipzig versetzen ließ, dass Adrian aber Leipziger sei.

„Sie hatten Glück, dass Sie einen großen Bruder hatten, der Ihnen auf die Beine half und noch hilft. Wir und die anderen kleinen Ostblockstaaten müssen den Schlamassel alleine ausbaden. Glauben Sie mir, das ist nicht leicht. Dabei gehöre ich noch zu den Privilegierten. Manch Familienvater weiß nicht wie er seine Kinder satt kriege soll."

Bei der Bezahlung achtete Küster genau darauf, dass sein Name auf der Rechnung stand, das Datum und eine genaue Auflistung aller Speisen und Getränke. Anscheinend absichtlich bezahlte er mit seiner Kreditkarte. Gegen dreiundzwanzig Uhr verabschiedeten sie sich von einander. „Auf in den Kampf!", sagte Küsters. „Starow ist ein gerissener Fuchs. Ich kenne ihn."

* * *

An nächsten Vormittag, Lucas hatte gerade sein Katzenwäsche hinter sich, brachte man ihn wieder in den hellen freundlichen Raum und er setzte sich an den Tisch. Er überlegte gerade, wieso man ihn nicht mehr in das düstere Zimmer seiner ersten Vernehmung brachte, als Küsters den Raum betrat. Dem Polizisten, der sich eben der Tür aufbaute. Sagte er, er möchte sich unter vier Augen mit Herrn Küsters unterhalten. Er sprach anscheinend gut bulgarisch, doch der Mann rührte sich nicht vom Fleck. Starow, der wahrscheinlich auf dem Flur gelauscht hatte, betrat das Zimmer und scheuchte ihn mit einer Handbewegung weg.

„Eine halbe Stunde", knurrte er den Anwalt an, aber der protestierte in sachlichem Ton. „Sie wissen genau, Herr Präfekt, dass ich mich auf eine Zeitbegrenzung nicht einlassen kann. Ich werde mit meinem Mandanten, den ich auf Veranlassung der Deutschen Botschaft vertrete, so lange sprechen darf, wie ich es im Sinne einer sachgerechten Verteidigung für notwendig erachte", und er drehte sich um, ohne Starow weiter zu beachten. Dann fiel die Tür krachend ins Schloss.

Er vermied es Bernauer gegenüber sein Befriedigung zu zeigen. Und stellte sich sachlich mit ernstem Gesicht vor. „Mein Name ist Küsters, Strafverteidiger. Auf Bitte von Frau Susanne Marofsky und Betreiben der Deutschen Botschaft bin ich zu Ihrem Anwalt bestellt worden. Um die Kosten müssen Sie sich keine Sorgen machen, die übernimmt die Zeitung der Frau Marofsky. Bevor ich Ihnen die Frage nach Ihrer Schuld stelle, möchte ich die Umstände klären, wie Sie nach Bulgarien gekommen sind. Wie mir Frau Marofsky erklärte, gibt es zwischen Ihren Einlassungen ihr gegenüber und der Meinung des Herrn Polizeipräfekten einige Differenzen. Sie erwähnten ein Reisebüro, das nirgendwo bekannt ist und einen Herrn Keller, der angeblich der Besitzer dieses Unternehmens sein soll. Auch dieser Herr Keller ist nirgendwo bekannt. Ich bitte Sie nun, alle Umstände zu erläutern, die in diesem Zusammenhang wichtig sind. Ich mache Sie darauf aufmerksam, dass ich nur die absolute Wahrheit hören will. Ich werde sie nachprüfen. Sollte ich feststellen, dass Sie mich anlügen, lege ich mein Mandat nieder. So, und nun unterschreiben Sie mir zuerst diese Vollmacht."

Lucas unterschrieb und erzählte die ganze Geschichte so, wie sie sich zugetragen hatte.

* * *

Es klingelte und Jenny ging zur Tür Mario entschuldigte sich. Er habe den Schlüssel vergessen.

„Ich war heute auf der Bank und habe festgestellt, dass du noch keinen Pfennig von dem Konto verbraucht hast, das ich dir einrichtete. Warum?"

Außer diesem Konto hatte er ihr das Verfügungsrecht über sein eigenes Konto gegeben und ihr eine Visa-Card ausgehändigt.
Jenny war das peinlich. Sie hatte immer für sich selbst sorgen müssen, Zu großen Sprüngen hatte es nie gereicht, aber sie konnte leben. Jetzt war da plötzlich ein Mann, der ihr sein Geld anbot und sagte: Gib's aus! Entweder war der furchtbar leichtsinnig oder er meinte es ernst und setzte sein ganzes Vertrauen in sie.

Sie versuchte zu scherzen. „Das kannst du nicht tun. Was machst du, wenn ich dein Geld verjuble Er ging auf den Scherz ein. „Dann schlafen wir zusammen unter der Brücke. Dann wurde er ernst. „Ich bin nicht so konservativ erzogen, dass ich glaube, der Mann müsse das Budget verwalten. Ich stehe dafür, dass in einer Ehe, oder in einer Beziehung wie wir Sie leben, beide gleiche Rechte haben, aber auch die gleiche Verantwortung. Du hast also nicht nur die Verfügung über das Konto, sondern auch die Verantwortung dafür. Du kannst dich revanchieren und mir Dein Konto anvertrauen."

„Sieh dir mein Konto an", meinte sie. „Das Risiko gehst du bestimmt nicht ein."

„Also mein Liebes", beendete er den Disput. „Morgen gehen wir groß aus. Du lädst mich zu einem guten Essen ein und bezahlst. Und dann gehen wir hemmungslos einkaufen. Von meinem Konto."

Es wurde für Jenny ein schöner und ein glücklicher Tag. Sie lug ihren Mario in das teuerste Restaurant der Stadt ein. Als sie dann die Rechnung bezahlte, sah sie mit Entsetzen, dass fast ein ganzes Monatsgehalt draufgegangen war.

Mario lachte als er ihr Gesicht sah. „Hast mir nicht mal gesagt ich sei anspruchslos? Gewöhne dich daran, dass ich maßlos bin, wenn andere bezahlen." Dann nahm er sie in die Arme.

„Jetzt suchst du die Kreditkarte heraus und wir gehen einkaufen." Obwohl Jenny immer wieder abwehrte, musste sie immer neue Sachen anprobieren, und wenn sie sich nicht für ein Kleid oder ein paar Schuhe entscheiden konnte, ließ er alles einpacken, was sie in die engere Wahl genommen hatte. Als der Kofferraum voll war und die hinteren Sitze belegt, zog er sie vor ein anderes Schaufenster. Über dem Fenster stand in großen, goldenen Buchstaben: HOCHZEITSAUSSTATTER. „Jetzt suchen wir dir ein Kleid aus. Für so einen Anlass kann man nicht im letzten Augenblick kaufen. Das tut man mit Überlegung."

Jenny wurde rot und fragte ihn: „Willst nicht noch ein mal darüber nachdenken? Ich bin eine dumme kleine Angestellte und du der Mann aus guter Familie, in gesicherter Position. Ich weiß gar nicht ob ich mich in deinen Kreisen bewegen kann. Vielleicht findest du eine Schönere, eine Klügere?"

Mario strahlte sie an. „Wenn du dich so bewegst wie immer, machst du es genau richtig. Und kleine Unsicherheiten stehen dir gut. Ich finde dich reizend so wie du bist. Was du nicht kannst wirst du lernen. Du wirst der Glanzpunkt jeder Party sein."

Jenny probierte Kleider an, Hüte, Schuhe, suchte Taschen und Täschchen aus und fühlte sich wie die Märchenprinzessin.

* * *

Starow ging in seinem Büro auf und ab. In dem anderen Raum saß Lucas genauso nervös, und wartete auf seinen Anwalt. Der traf mit fast zwanzig Minuten Verspätung ein und entschuldigte sich bei Starow. Er sei aufgehalten worden.

„Ich dachte schon", grinste Starow, „Sie hätten eingesehen, dass der Fall für Sie aussichtslos ist und hätten aufgegeben."

„Im Gegenteil, Herr Präfekt, ich habe Fakten, die so unmöglich sind, dass sie kein Mensch erfinden kann."

Sie gingen zu Lucas in das Vernehmungszimmer. Starow nickte ihm betont reserviert zu. Küster aber gab ihm feundlich die Hand. „Guten Tag Herr Bernauer."

Starow setzte sich an das Kopfende des Tisches, blätterte in den Akten und hob den Kopf. „Beginnen wir...", aber Küsters unterbrach ihn. „Herr Präfekt. Ich möchte vorher eine Stellungnahme abgeben, um Sie mit meiner Meinung über den Fall Bernauer bekannt zu machen. Das iss kein Fall Bernauer, sonder ein Fall Stiller, oder wenn Sie so wollen, ein Fall unbekannt. Ich halte Herrn Bernauer für unschuldig, und die vorgebrachten Verdachtsmomente für nicht aussagekräftig. Ich war heute in der Villa, die Sie ja inzwischen freigegeben haben. Mit Hilfe dieser in dem Haus arbeitenden Hausgehilfin, die nachgewiesenermaßen nicht von meinem Mandanten bezahlt wird, also mit Hilfe dieser Haushälterin... " Er sah in seine Akten, „ Frau Swetlana Lajos, konnten wir Papiere einsehen, die eindeutig beweisen, dass das Hausmeissterehepaar sowie Herr Bernauer von dritter Seite bezahlt werden. Ich habe die Überweisungsaufträge einer Leipziger Bank gesehen. Ich lege sie Ihnen als Kopie vor. Sie stammen allesamt von dem Reisebüro, das uns Herr Bernauer genannt hat. Seine Aussage wurde damit verifiziert. Die Anmietung des Personals wurde durch einen Makler vorgenommen, per Fax. Es ist demnach bewiesen, dass dieses ominöse Reisebüro tatsächlich existiert. Wenn der Besitzer, angeblich ein gewisser Herr Keller, unter so mysteriösen Umständen Herrn Bernauer hier als Verwalter eingesetzt hat, kann nur zu dem Schluss führen, dass unlautere Absichten dahinter stecken, die von uns nicht einzuschätzen sind. Alleine die Tatsache, dass Herr Bernauer mit Frau Stiller gut bekannt war, und dass eine Zeugin ihn mit mit dem Fahrrad fahren sah, ist kein Schuldbeweis. Ich fordere also hiermit die sofortige Freilassung meines Mandanten

Auf Starow schien das keinen Eindruck zu machen. Er holte einen Stapel amerikanische Dollar aus einer Schublade und knallte sie auf den Tisch. „Und was sagen Sie dazu, Herr Anwalt? Achttausend Dollar, die wir bei Ihrem Mandanten gefunden haben.

„Was soll das? Warum soll er nicht Bargeld zu Hause haben?"

„Weil genau diese Summe Frau Stiller am Tag vor ihrem Tod ihrem Tod von ihrem Konto abhob. Das Geld wurde nicht in ihrer Wohnung gefunden, sondern in der Ihres Mandanten."

Küsters sah Lucas fragend an. „Ich habe dieses Geld auch genau einen Tag vor ihrem Tod erhalten. Sie hatte mich für ein paar Tage zu einem Segeltörn eingeladen. Mit diesem Geld sollte ich die Miete für das Boot bezahlen. Für mich wäre diese Sechzehnmeter-Yacht zu teuer gewesen. Ich hätte mir das nicht leisten können, das wusste Katharina. In dieser Hinsicht gab es für uns keinen falschen Stolz. Warum sollte ich dieses Angebot nicht an nehmen?"

„Und warum hat Ihr Anwalt nichts davon gewusst."

„Weil ich ihn gestern das erste Mal gesehen habe, und ich hatte ganz bestimmt andere Sorgen, als an diese scheiß Dollars zu denken."

„Klingt einleuchtend, oder?", warf Küsters ein, schoss aber heimlich einen wütenden Blick zu Lucas. „Haben Sie die Tatwaffe?"

„Noch nicht."

„Gut lassen wir das. Wir werden den Besitzer des Bootes finden, der an Frau Stiller vermieten wollte."

Lucas mischte sich ein. „Ich kann Ihnen den Namen nennen. Ich habe ihn aufgeschrieben, habe den Mann jedoch noch nicht gesehen."

„Zu einem anderen Punkt. Wir haben ermittelt, dass die anspruchsvolle Villa, die Herr Bernauer bewohnt, nicht meinem Mandanten gehört. Auch nicht einem Reisebüro, und auch nicht diesem geheimnisvollen Herrn Keller. Die Villa war lediglich, samt Inventar angemietet. Für ein Jahr. Von einem gewissen Stepan Gaidar. Die Unterschrift meines Mandanten unter dem Mietvertrag, sowie unter dem Arbeitsvertrag des Hausmeisterehepaares sind gefälscht. Hier ist das Gutachten eines anerkannten Fachmnannes. Sie können natürlich einen weiteren hinzuziehen. Alle diese Ungereimtheiten scheinen mir die Unschuld meines Mandanten zu belegen. Im übrigen scheint es mir unwahrscheinlich, dass Ihnen nicht bekannt war, wem das besagte Grundstück gehörte."

Als der Name Gaidar fiel wurde Lucas stutzig. „Gaidar? Zur Silvesterfeier bei Frau Stiller war dieser Herr Gaidar eingeladen, und Katharina hatte einen heftigen Streit mit ihm. Er hatte irgendwelche Drogen während der Party verkauft, und sie hat ihn rausgeschmissen. Nach einem heftigen Streit hat er ihr gedroht, sie umzubringen, falls sie den Vorfall an die Öffentlichkeit bringe."

„Und Sie waren leider der einzige Zeuge, der das gehört hat?",höhnte Starow.

„Nein, gehört haben das einige, und zwei junge Mädchen bekamen Probleme nach dem sie das Zeug inhaliert oder geschluckt haben, was weiß ich. Eines der Mädchen musste ins Krankenhaus gebracht werden." Er schrieb die Namen der Gäste auf, soweit sie ihm bekannt waren, und Küsters bestand auf der Vernehmung dieser Zeugen.

Lucas wurde wieder in seine Zelle gebracht, nachdem Starow wütend das Verhör unterbrochen hatte.

Küsters schrieb die Namen ebenfalls auf und wollte eigene Recherchen durchführen. Zwei der Zeugen gaben zu, die Drohung Gaidars gehört zu haben, und der Krankenhausarzt bestätigte, dass in der Silvesternacht ein Mädchen aus der Villa Stiller mit Folgen des Genusses gepanschter Suchtmittel eingeliefert wurde.

Am nächsten Tag wollte Küsters noch mal die Freilassung Bernauers beantragen, aber der saß schon bei Starow im Zimmer und unterschrieb das Formular, in welchen er bestätigte, alles Eigentum zurück bekommen zu haben.

Auf Küsters Frage bekam er von Starow nur eine brummige Antwort. „Gaidan ist erstochen aufgefunden worden. Sein Tod ist kurz nach dem von Katharina Stiller eingetreten. „Sie bleiben aber vorläufig zu meiner Verfügung", blaffte er Lucas an.

* * *

Küster informierte Suse und Adrian von der Entlassung und die beiden holten Lucas aus dem Gefängnis ab.

„Herzlichen Glückwunsch, Herr Bernauer.!" Suse begrüßte ihn mit

Handschlag. „Jetzt müssen Sie aber auf jeden Fall mit uns zusammen arbeiten."

„Ich weiß, was ich Ihnen schuldig bin", lächelte Lucas ein bisschen ramponiert. „Ohne Sie und Ihre Initiative hätte mich dieser verdammte Starow hinter der Mauer verrotten lassen. Aber zuerst möchte ich duschen und ordentlich frühstücken. Suse wollte ihn ins Hotel einladen, aber Lucas wehrte ab. „Ich gehe in die Villa zurück. Ich habe keine Veranlassung, das Haus zu meiden. Wenn mich dieser verdammte Keller schon hereingelegt hat, Gott weiß warum, will ich ihn jetzt ausnutzen. Swetja ist eine gute Köchin, und sie wird uns gerne ein Frühstück machen. Ich bin rehabilitiert und der Herr Polizeipräfekt kann mich mal."

Suse war anderer Meinung, und Kremer stimme ihr zu. „Lass mal die kleinste Kleinigkeit passieren und Starow buchtet dich wieder ein. Aber deine Einladung zum Frühstück nehmen wir gerne an. Und wir sagen du zu einander. Das ist Suse und ich bin der Adrian. Okay?"

„Natürlich, ich bin Lucas. Katharina nannte mich immer Luc." Sie fuhren die paar Kilometer zu dem Haus, das also nicht Keller gehörte, wie sich herausgestellt hatte, sondern dem undurchsichtigen Gaidan. Da Haus ist gemietet und die Miete ist bezahlt, bis Juni. Keller hat mich berechtigt es in Anspruch zu nehmen, und eigentlich lautet der Mietvertrag ja auf meinen Namen. Nutzen wir das aus.

Kremer fing noch im Auto von dem Tod Gaidans an. Kümmern wir uns darum?", aber Suse sagte nein. „Lucas kann es nicht gewesen sein. Ich denke mal, der welcher Katharina Stiller umgebracht hat wird auch ihn auf dem Gewissen haben, Und der ist mir wahrscheinlich wichtiger, die Schlüsselfigur. Dieser Gaidan war ein kleines Rädchen in dem großen Plan. Ich habe so eine Ahnung, dass es dieser Keller sein könnte, der hier die Fäden zieht."

Swetja und ihr Mann schienen sich sehr zu freuen, dass Lucas wieder da war. Sie empfingen ihn und seine Gäste herzlich, und das Frühstück hätte im besten Haus am Platz nicht besser sein können. Nachdem Lucas geduscht und sich umgezogen hatte, saßen die drei beim dampfendem, türkischen Kaffee rund um den Frühstückstisch.

Plötzlich stand Swetja im Zimmer und meldete Besuch an. Der Anwalt, der im Hotel auf Lucas vergeblich gewartet hatte betrat, ein bisschen verschnupft, den Raum. Nachdem ihn Lucas zum Frühstück eingeladen hatte, schien er versöhnt zu sein.

„Wie geht es jetzt weiter?" Fragte Lucas mit vollem Mund kauend.

„Jetzt haben wir dich erst mal da raus geholt", sagte Kremer stolz auf sich und Suse, aber Küsters widersprach. „Sie irren. Herausgeholt habe ich ihn, und lassen Sie sich nicht täuschen. Starow hat noch nicht aufgegeben. Aber, und da komme ich zum Kern. Ihr Interesse galt ja überhaupt nicht Herrn Bernauer. Dass er jetzt frei ist, ist ja nur ein Nebenprodukt Ihrer Suche nach Frau Stiller, die Sie für Frau Donovan halten. Oder irre ich mich da?"

Adrian und Suse sahen sich nachdenklich an. „Wenn wir ehrlich sind, hat Herr Küsters recht. Das war eigentlich das Hauptanliegen unserer Recherchen und das ist es noch. Wie kommen wir weiter?"

„Vielleicht kann ich Ihnen dabei helfen." Alle schauten verwundert auf Küsters. „Bei mir hat sich heute ein Rechtsanwalt und Notar aus München gemeldet, ein Herr Dr. Soltau. Er ist Anwalt für Familienrecht und Frau Stiller war seine Klientin. Er ist auf dem Flug hierher, und wenn ich es recht verstanden habe, handelt es sich dabei um eine Erbschaftssache."

Suse schlug sich an den Kopf. „Soweit habe ich überhaupt noch nicht gedacht. Es gibt doch sicher ein großes Vermögen. Irgendwer erbt dann doch. Und der Erbe ist der Hauptverdächtige. Wenn wir den Erben finden, finden wir auch den Weg zum Täter."

„Ich habe schon so weit gedacht", warf Küsters ein. „Das wäre mein nächster Schritt gewesen, wenn ich Herrn Baunauer nicht frei bekommen hätte. Aber jetzt kommt die nächste Gefahr. Was ist, wenn Frau Stiller auch nur ein Zipfelchen ihres Vermögens aus reiner Freundschaft Herrn Bernauer vermacht hat. Dann ist er morgen wieder in Untersuchungshaft."

* * *

Alle vier holten den Anwalt Katharina Stillers vom Flughafen ab. „Ich bin Dr. Soltau", stellte er sich vor. Es war ein älterer Herr im tadellos sitzenden, konservativen Anzug Und einer dazu passenden Krawatte. Seinen leichten Mantel hatte er über den Arm gehängt.

Im Hotel angekommen, wo er sich von Küsters ein Zimmer hatte reservieren lassen, entschuldigte er sich. Er wolle sich zuerst ein bisschen frisch machen.

„ Ich bitte Sie, Herr Küsters, in einer Stunde zu einer Unterredung. Die anderen Herrschaften sind natürlich ebenfalls willkommen. Ich möchte mich über die Umstände des Todes meiner Mandantin informieren, und ich bin befugt, in ihrem Namen eine Erklärung abzugeben. Also, Herr Kollege, meine Herren und meine Dame. In einer Stunde."

Die vier saßen bereits gespannt in dem kleinen Nebenzimmer des Hotels, als Dr.Soltau mit einem Aktenordner unter dem Arm den Raum betrat. Er war vollkommen umgezogen und sah erfrischt aus. Suse hatte auf einem kleinen Nebentisch ein paar Getränke servieren lassen. Er nahm sich einen Fruchtsaft, den er in kleinen Schlucken trank. „Frau Marofsky, meine Herren", begann es sehr förmlich. „Ich war der deutsche Anwalt des amerikanischen Staatsbürgers Norman Donovan, der, wie zumindesten Frau Marofsky und Herr Kremer wissen, vor einigen Jahren tödlich verunglückt ist. Dass kurz darauf seine Gattin, Frau Catherine Donovan sämtliche Aktien und den sonstigen Besitz verkaufte und sich unauffindbar zurück zog, gab Anlass für die wildesten Spekulationen in der internationalen Presse. Ich war der einzige, den sie ins Vertrauen zog. Wer die Situation der dekadenten Münchner Gesellschaft zu dieser Zeit kennt, hat sicher Verständnis, dass eine kluge und gebildete Frau den Wunsch hatte, sich aus der klatschträchtigen Öffentlichkeit zurück zu ziehen, zumal wenn sie ein Vermögen besitzt wie Frau Donovan. Sie hat mich damals autorisiert eine Erklärung an die Presse zu geben, falls außergewöhnliche Umstände dies erfordern. Sicher hat sie dabei nicht an ihren Tod gedacht. Sie wollte vermeiden, dass irgend jemand in Bedrängnis gerät im Zusammenhang mit ihrem Verschwinden. Sie lässt durch mich erklären, dass Frau Stiller, so nenne ich sie ab jetzt, sich aus freien Stücken aus der Öffentlichkeit zurückgezogen hat. Es gab keinen anderen Grund als ihr eigener Wunsch. Ich habe eine handschriftliche Erklärung Frau Stillers gleichen Inhalts, die ich jetzt Frau Marofsky übergebe. Sie ist amtlich bestätigt.

Nach den umständlichen Erklärungen Dr.Soltzans, war zunächst alle still. Als erste sprach Susanne wieder.

„Wir hatten bereits einen Hinweis auf die Identität der Katharina Stiller, und das ist eigentlich der Grund warum wir hier sind. Herr Küsters ist darüber informiert."

„Dann können wir ja jetzt zurückfliegen. Unser Auftrag ist damit erledigt", meinte Kremer. Suse protestierte kopfschüttelnd. „Bist du noch bei Trost? Jetzt haben wir einen neuen Auftrag. Wir müssen den Mörder finden. Das ist doch viel wichtiger, spannender. Wer hat Katharina Stiller erschossen? Warum?", und sie wandte sich an Soltau. Wie hoch ist das Vermögen und wer ist der Erbe?"

Soltau wehrte ab. „Ich sehe mich nicht autorisiert, Ihnen darüber Auskunft zu geben. Es tut mir leid, Frau Marofsky."

„Aber bedenken Sie, Dr.Soltau, der Erbe, falls es einen gibt, hatte großes Interesse am Tod Frau Stillers. Er könnte der Mörder sein."

„Genau das werde ich verhindern. Ich will nicht, dass ein unbekannter ohne Grund zum Mörder gestempelt wird." Er zögerte. „Ich kann Ihnen soviel sagen, dass das Erbe mehrere Millionen Dollar beträgt. Mr. Donovan war von Hause aus sehr vermögend und er war der Mann, der ein Vermögen mehren kann. Alleinerbin war Mrs. Donovan. Sie hat eine Halbschwester, ein Tochter ihrer Mutter aus erster Ehe. Sie lebt in New York. Den Namen kann ich Ihnen nicht nennen. Ich habe bereits einen Flug gebucht, um sie zu informieren und mit ihr die juristischen Fragen zu klären."

Jetzt meldete sich Lucas zu Wort. „Katharina hat nie von einer Schwester erzählt. Sie sagte immer sie habe keine Verwandtschaft.

„Sie hat auf Wunsch Mr. Donovans jeden Kontakt mit ihr abgebrochen. In jungen Jahren war ihre Schwester mit der Drogenszene in Kontakt gekommen, und das hat die amerikanische Presse natürlich ausgeschlachtet. Mr. Donovan konnte sich das in seiner Position nicht erlauben, und als Maria... Äh, ihre Schwester eben, in Interviews Interna über ihre reiche Verwandtschaft ausplauderte, brach Katharina den Kontakt ab. Meines Wissens hat sie ihn auch nie wieder aufgenommen."

„Aus welchem Grund aber, hat Frau Stiller ausgerechnet Bulgarien als Asyl gewählt.?", wollte Suse wissen.

„Ich habe das Anfangs auch nicht verstanden. Aber wo hätte sie sonst hingehen sollen. Überall hätte man sie aufgespürt und nicht in Ruhe gelassen. Wie Sie ja sehen, war ihre Entscheidung richtig. Hier wurde sie wirklich nur durch einen Zufall entdeckt, durch Ihren Informanten."
„Und von ihrem Mörder", warf Suse ein und Soltau nickte. „Natürlich, aber sagen Sie selbst, von allem anderen abgesehen. Ist diese Natur hier nicht schön. Das Klima ist angenehm. Es ist der richtige Platz,

wenn man seine Ruhe haben will und auf die so genannte große Gesellschaft verzichten kann."

„Wie ist das Vermögen *angelegt*?", bohrte Suse weiter.

Soltau verzog seinen Mund. „Mir hat das Herz geblutet, aber Frau Stiller bestand darauf, keine Anlagen zu machen. Sie war der Meinung, sie könnte mit dem Geld hundert Jahre alt werden, ohne sich Gedanken machen zu müssen über den Dow Jones oder den Dax. Das wäre ihr zu aufregend gewesen.

Susanne hatte noch viel Fragen, aber Soltau blieb zugeknöpft. Er informierte sich ausführlich über den Mord an Katharina. Er wollte genau wissen, welche Vorhaltungen man Lucas gemacht hatte, und kam, wie die beiden Journalisten, zu dem Schluss, dass dies nicht für einen Verdacht gegen Lucas reichte. Er stellte die Frage, ob das vielleicht eine Intrige gewesen sein könne. Er hatte sich am nächsten Morgen mit Starow verabredet und wollte dessen Version hören.

Suse und Adrian beschlossen morgen zurück zu fliegen, um die weitere Aufklärung des Mordfalles Stiller mit Lohmeyer zu besprechen. Lucas hatte ja die Auflage am Ort zu bleiben. Eigentlich müsste Starow nach dem Mord an Gaidan diese Auflage zurück nehmen, aber da wollten sie sich nicht so sicher sein. Lucas wollte sie an den Flughafen bringen. Später, wenn alles geklärt wäre, könne man sich ja in Leipzig treffen.

Am nächsten Morgen jedoch kam er nicht zum Airport. Kremer argwöhnte, Starow könnte ihn aus irgendeinem Grund wieder eingesperrt habe, und schlug vor den nächsten Flug zu nehmen, aber Suse verblüffte ihn: „Ich habe Lucas heute Nacht zum Hafen gebracht. Du weißt doch, dass er für Katharina diese Yacht mieten sollte. Der Termin ist heute. Wir haben den Mann heute Nacht gefunden und für ein gutes Trinkgeld war er einverstanden, Lucas nach Istanbul zu bringen."
„Bist du verrückt Suse. Jetzt sperrt der Starow *dich* ein."

Die lachte nur. „Starow weiß doch von nichts. Mich kann er sowieso nicht damit in Verbindung bringen, und wenn, dann bin ich längst zu Hause."

„Aber warum hast du das riskiert?"

„Ich trau dem Starow nicht. Der braucht einen Täter und, ich bin überzeugt, dass Lucas wieder im Knast wäre, bevor wir Bulgariens Grenze überflogen haben."

„Aber das wäre doch dann Küsters Angelegenheit:"

„Ja schon", meinte Suse, „aber muss man für einen Freund, und das ist er wohl inzwischen, nicht auch mal was riskieren?" Dann setzte sie grinsend hinzu: „Außerdem hatte ich ihm Kostenübernahme zugesagt, und ich weiß nicht, wie lange Lohmeyer das mitmachen würde."

„Oh, Suse"; schüttelte Kremer den Kopf.

Susanne blickte Adrian nachdenklich an: „Ach weißt du. So oft machen wir die Dreckarbeit. Man muss auch mal was Gutes tun. Ich will den Mörder dieser Frau finden und wenn Lohmeyer nicht mitmacht, dann mach ich es alleine.

* * *

Lucas war in Istanbul in einer kleinen Pension untergekommen. Es gab keine Schwierigkeiten an sein Geld heranzukommen, das er in Leipzig aus dem Verkauf seiner Wohnung auf dem Konto hatte. Er hatte von seiner Mutter Vollmacht. Die Hälfte davon überwies er auf ein Bank in der Schweiz, nachdem man ihm versichert hatte, dass er bei jeder Filiale weltweit jeden verfügbaren Betrag abheben könne. Er hatte einen Entschluss gefasst, den er Katharina schuldig war. Es müsste doch möglich sein, in den USA die Adresse ihrer Schwester ausfindig zu machen, um herauszufinden, ob sie am Tod Katharinas mitschuldig war. Er hatte ja einige Anhaltspunkte. Die Mutter Katharinas war eine bekannte Frau in der Gesellschaft. Also musste man auch den Namen ihres ersten Ehemannes heraus bekommen können. Das dürfte keine Schwierigkeiten machen. Wenn ihre Tochter nicht verheiratet, trug sie den gleichen Namen. Wenn doch kriegt man das auch heraus. Wenn sie mal in Drogen verwickelt war, musste sie in den Polizeiakten zu finden sein. Notfalls konnte man in Zeitungsarchiven blättern.

Kurz entschlossen buchte er einen Flug nach New York und saß schon zwei Tage später, nachdem er sich neu eingekleidet hatte, in einem Flieger. Nach zehn Stunden landete er auf dem JFK-Airport. Er war noch nie in New York gewesen und die Stadt, die er zuerst aus dem Flugzeug gesehen hatte machte einen großen Eindruck auf ihn, wie auf jeden, der sie zum ersten Mal sah.

* * *

Suse und Kremer saßen mit Lohmeyer und einigen im Zimmer des Chefredakteurs. Lohmeyer war skeptisch. „Sie glauben, Frau Marofsky, dass Sie genug kriminalistisches Talent haben, die Erbin des Vermögens von Frau Stiller zu finden? In einer Millionenstadt wie New York? In einer Stadt, in der es keine Meldepflicht gibt wie bei uns im korrekten Deutschland?"

„Was bei uns die Meldepflicht ist, wird dort mit der Versicherungsnummer und dem Führerschein geregelt, wenn man einen Namen kennt, und der ist über Zeitungsarchive herauszukriegen. Dann muss man halt ein bisschen in alten Zeitungen stöbern. Sie haben doch dort Verbindungen, Herr Lohmeyer."

„Ja schon", zögerte der, „aber wenn nichts dabei herauskommt? Uns entstehen doch eine Menge Kosten. New York ist nicht billig. Und wie ich Sie kenne, Suse, werden Sie nicht auf Ihren geliebten Adrian verzichten wollen."

„Kremer ist nicht mein geliebter Adrian. Kremer ist ein guter Fotograf, und er ist auch für Recherchen zu gebrauchen. Wir versprechen Ihnen, dass wir uns nicht auf den Fall Stiller beschränken werden. „NY", sie sprach das Kürzel englisch aus, „ist immer für eine Text-Bild Reportage gut. Dass wir das können wissen Sie. Erfolgreiche Deutsche, das Leben des Durchschnittsamerikaners, wer hat die besten Wahlchancen im Herbst."

„Hören Sie auf Susanne Marofsky. Das sind alte Hüte. Die macht jeder."

„Aber nicht so gut wie wir beide!"

„Das umwerfende Selbstbewusstsein von Suse, ließ Lohmeyer kapitulieren. „Gut, lassen Sie die Tickets reservieren", wie er die Sekretärin an. „Für den vierundzwanzigsten, acht Tage."

„Erst mal", erwiderte Suse, und Lohmeyer winkte genervt ab.

* * *

Es war der erste März, und Lucas war nun schon mehr als eine Woche hier, und er musste feststellen, dass es nicht so leicht war wie er es sich gedacht hatte. Er musste den Namen und die Adresse der Erbin herausfinden. Soltau hatte ja aus Versehen den Namen Maria erwähnt. Nirgendwo gab es eine Meldekartei. Und die Leute die er befragte zeigten sich zugeknöpft. Amerika sei ein freies Land, und der Staat hänge sich nicht an die Rockzipfel seiner Bürger. Wie in Deutschland, fügte man hinzu, wenn er seinen Ausweis zeigte. In den Zeitungen und den großen Bibliotheken war man aufgeschlossener. Man ließ ihn Jahrgängen er blättern sollte. Er wollte aber auch nicht fragen, um bereitwillig in die Archive, aber Lucas wusste nicht, in welchen nicht andere auf den Fall aufmerksam zu machen. Dass ein gewisser Donovan in Deutschland ums Leben gekommen ist, war in Amerika höchstens Anlass für eine kleine Notiz auf einer Innenseite. Wenn er wenigstens gewusst hätte, für welchen Konzern der Mann gearbeitet hatte. Er wollte Suse anrufen, die Telefonnummer hatte sie ihm gegeben, aber es meldete sich nur der Anrufbeantworter. Jetzt stellte es sich heraus, wie gut es wäre, wenn er sich in diesem verdammten Internet besser auskennen würde. Er hatte bereits Berge von Papier durchgesehen, aber ohne Erfolg.

Abends saß er immer in einer kleinen Bar in der Nähe der Pension, in die er sich eingemietet hatte. Man kannte ihn hier schon, und der Keeper grüßte ihn, wenn er hereinkam. Der Wein, der hier ausgeschenkt wurde, war nicht der beste, und Lucas hatte sich angewöhnt, einen halbwegs guten Whisky zu trinken, den der Mann freihändig, ohne pingeliges abmessen, großzügig eingoss. Um die Zeit zu verlängern bestellte er dazu meist einen Sanddornsaft.

Es gefiel ihm hier. Die Atmosphäre, war gemütlich, auch wenn nicht alle Gäste zur ersten Garnitur zu gehören schienen. Wie es in den USA üblich ist, setzten sich oft auch Fremde an seinen Tisch und begannen eine Unterhaltung. Manche hielten Deutschland noch ein Land, wo man die Ochsen noch am Spieß briet. Das lag aber nicht an der Dummheit der Leute, sondern daran, dass viele nur Interesse für *ihr* Amerika hatten. Alles was nicht in Amerika passierte war belanglos. Viele jedoch waren als GI's in Deutschland stationiert gewesen und kannten sich ein bisschen aus. Das galt vor allem für sie alten Bundesländer. Frankfurt? Sachsenhausen, Äppelwoi. München? Oktouberfest. Wonderfull.

Heute hatte er sich an einen Tisch gesetzt, der, weil es noch früh am Abend war, leer stand. Er hatte sich eines der riesigen T-Bonesteaks, bestellt, die meist über den Tellerrand hinaushingen. Er war hungrig. Als er den Teller fast geschafft hatte und ihn beiseite schob, setzte sich ein Mann an seinen Tisch.

„Hi, ich bin Spenser. How are you?:" Sicher interessierte es ihn nicht, 'how' Lucas war. Es war die übliche Floskel, mit der man ein Gespräch begann. Lucas wollte nun wissen 'how' der andere war. Es stellte sich heraus, dass er Deutschland kannte. Bis 1981 war er in einer Eliteeinheit in Wiesbaden stationiert. Leipzig kannte er nicht, aber Dresden. Im letzten Jahr hatte er eine der Acht-Tage-Reisen gemacht, bei denen sich Amerikaner und Japaner gegenseitig mit dem Bus jagten, um möglichst schnell möglichst viel zu sehen und vor allem zu filmen.

„What are you doing here?", wollte er wissen. Lucas erzählte ihm, dass er eine Frau suche, deren Namen er nicht mal kannte.. „Oh, du hast aber Mut. Weißt du wie groß diese Stadt ist?"

Im Laufe des Abends erzählte ihm Lucas wie viel Papier er schon gewälzt hatte. „Man müsste sich im Internet zurecht finden", jammerte er, aber der Mann meinte: „Das ist doch kein Problem."

„Hast du vielleicht Ahnung davon?"

„Nein, aber komm mit ins Montevideo. Da kann man dir helfen."

„Ist das ein Internet Cafè?, wollte Lucas wissen, aber Spenser lachte ihn aus. „Das ist ein Hip-Hopp Keller. Da findest du die besten Leute.

„Oh je", dachte Lucas. „Da hackt einer ein Gedicht ins Mikrofen, das sich selten reimt, einer bearbeitet im Hintergrund ein paar Drums. Immer im gleichen Takt und ein paar andere verrenken sich derweil die Glieder."

„Komm einfach mit. Du wirst sehen es lohnt sich. Gute Boys, viel Fun."

„Ich hatte gehofft, du kannst mir mit Computerkenntnissen helfen." Lucas war enttäuscht, aber Spenser meinte: „Dort findest du alles." Lucas bezahlte seine Rechnung, und da Spenser sich nicht rührte, bezahlte er auch dessen Getränke.

Es war wie Lucas befürchtet hatte. Nur noch schlimmer. Außer dem Drummer machten auch ein paar Jungs auf anderen Instrumenten Krach. Eine Melodie konnte er nicht heraushören. Der `Sänger´ trug dreckige Turnschuhe, eine knallgelbe Hose, die in der Mitte der Waden einfach aufhörte. Was ihr in der Länge fehlte hatte sie in der Breite zu viel, der Arsch hing in Kniehöhe. Auf dem T-Shirt war ein dummer Spruch aufgedruckt. Er zuckte und strampelte nicht alleine auf der Bühne. Auf der freien Fläche sprangen vier schwarze Boys im gleichen Outfit herum und legten mit irren Verrenkungen einen Break-Dance auf die Bretter, bei dem sich Lucas alle Knochen gebrochen hätte. „Und", fragte er Spenser, „kennst du einen der mir helfen könnte?" Der deutete auf den Frontmann. „Der da. Lumumba."

„Obwohl Lucas wenig Vertrauen hatte, bat er den jungen Mann an den Tisch. Er hatte eine hellere Hautfarbe als die Break-Dancer, aber er war auch eine Neger. Lucas hatte keine Vorurteile, aber ob der was von Computern verstand, bezweifelte er dann doch.

„Was willst du von mir, Mann?", fragte ihn der Mann, den Spenser Lumumba nannte.

„Kennst du dich im Internet aus?"

„Seh ich so aus?"

„Nein."

„Mehr wie ein schwarzer Affe, he Mann?" Er fletschte die Zähne zu einem breiten Grinsen. „Wenn ich Zeit habe und keine Kohle machen muss, studiere ich Informatik. Wenn du im Big Apple einen besseren findest, kaufe ich dir das Lokal hier, Mann."

„Kannst du mir helfen. Ich suche eine Frau, kenne aber ihren Namen nicht. Ich habe nur einige Anhaltspunkte."

„Eine Frau kriegst du bei Spenser billiger als bei mir."

Lucas wurde jetzt ärgerlich. „Lass den Scheiß. Du weißt schon wie ich das meine. Kannst mir helfen oder nicht."

„Kannst du mir helfen ?", Lumumba machte die Geste mit dem Daumen und dem Zeigefinger.

„Wieviel?"

„Hundert Dollar."

Lucas griff sich an den Kopf. „Bist du verrückt?"

Lumumba grinste. „ Gut, zweihundert." Lucas gab auf, bevor der Preis weiter stieg. „Okay, bei Erfolg."

„Nein. Sofort!"

„Du kannst ihm vertrauen", sagte Spenser.

„Was bleibt mir anderes übrig."

Sie verabredeten sich für den nächsten Vormittag in Lumumbas Wohnung. Lucas gab ihm die zweihundert Dollar. Im Geist hatte er sie bereits abgeschrieben. Als er beim Barkeeper seine und Spensers Getränke bezahlen wollte, zog der auch noch das Geld für die vier Bier Lumumbas ab. Der stand schon wieder auf der Bühne und hackte einen neuen Text ins Mikrofon.

* * *

Auch für Suse war es nicht leicht, Namen und Adresse der Erbin herauszubekommen. Doch mit Hilfe eines Kollegen war es ihr gelungen, während Lucas immer noch nicht wusste, dass sie auch in

89

New York war. Jetzt war sie mit Kremer auf dem Weg zu dem Haus Marias in Queens in der Nähe des Flughafens. Sie hatten ein Taxi genommen, weil sie sich nicht zutrauten hier die richtige Straße mit ihrem Wagen zu finden. Im Zentrum war das kein Problem, das die Straßen fortlaufend nummeriert waren und bis auf den Broadway fast parallel zueinander verliefen. Hier war das anders.

Auch der Taxifahrer musste ein wenig suchen, bis er das Haus mit der Nummer 446 fand. Suse war erstaunt, dass es nicht bewohnt zu sein schien. Die Nachbarin erzählte ihr dann, dass Maria im August vorigen Jahres verunglückt sei, tödlich. Um das Haus würde sich niemand kümmern. Sie glaubte, dass die Stadt jetzt der Besitzer sei. Frau Melkow habe in Manhattan eine Boutique besessen. Sie konnte sogar die Adresse nennen, da sie dort schon eingekauft habe.

Fest stand jetzt auf jeden Fall, dass Maria Melkow als Täterin bei dem Mord an Katharina nicht in Betracht kam. Jetzt tauchte aber die Frage auf, was jetzt mit dem Millionenerbe geschehen würde. Und wer hat Katharina erschossen? Kremer kam auf die Idee Dr. Soltau anzurufen, vielleicht war der dem Rätsel schon etwas näher gekommen.

Suse erlebte eine Überraschung als sie Dr. Soltau anrief. Er wunderte sich, dass sie Maria Melkow gefunden hatte, beziehungsweise ihre Adresse. Er sagte, dass er eine Erbin gefunden habe, die Marias Erbe antreten würde, und damit selbstverständlich auch das Erbe von Katharina. Er weigerte sich jedoch abermals nähere Angaben zu machen. Er habe sie gerade heute informiert und erwarte sie in den nächsten Tagen zu einem Gespräch. Nein, als Täterin käme sie nicht in Frage. Er habe ausgiebig recherchiert. Die Frau wusste überhaupt nichts von ihrer Cousine in Amerika. Und kenne auch den Namen Katharina Stiller nicht. Sie sei auch niemals in Bulgarien gewesen und schon gar nicht in Amerika.

Suse rief Lohmeyer an, der sie aufforderte am nächsten Tag zurück zu fliegen.

Trotz aller Nachforschungen fanden Sie niemanden, der ein Motiv oder irgendwelchen Nutzen gehabt Hätte Katharina zu erschießen. Es konnte kaum etwas mit der Erbschaft zu tun haben, denn Maria war ja schon vorher verunglückt.

Suse nahm sich vor nochmals nach einem Motiv bei diesem Gaidan zu suchen, der inzwischen ja auch tot war. Sonst wusste sie nicht, wie sie weiter kommen könnte.

Der Laden in der City stand auch leer. Von dem Schild über dem Schaufenster `Boutique Maria´ blätterte die Farbe ab. Die Tür und das kleine Fenster waren von innen mit weißer Farbe gestrichen, sodass man nicht hinein sehen konnte. Adrian Kremer hatte sie zur NYPD geschickt, um sich den Tod von Katharina amtlich bestätigen zu lassen. Ein Detektiv John Spellmann empfing ihn und erzählte ihm von den nähren Umständen bei Marias Tod. „Ich habe nämlich den Unfall damals bearbeitet. Inzwischen hat man mich nach New York versetzt.

„Dass sie jemand umgebracht hat, ist also ausgeschlossen", wollte Adrian wissen, aber der Detektiv zuckte mit den Schultern. Im Stillen erinnerte er sich dass er ja auch Zweifel an der Unfalltheorie hatte. „Ausgeschlossen ist überhaupt nie etwas. Fachleute behaupten, dass ein Menge Tötungsdelikte nicht als solche erkannt werden. Damit ermittelt werden darf, muss es wenigstens einen Anhaltspunkt geben oder ein Motiv erkennbar sein. Dann muss man noch den Täter finden."

„Sie glauben also, dass im Fall Melkow ein Mord durchaus möglich ist."

„Junger Mann, glauben ist in meinem Beruf ein Wort das es nicht gibt. Ich muss wissen."

Adrian machte sich auf den Rückweg, und erzählte Suse, was er von Spellmann erfahren hatte. Nun wussten beide nicht weiter. Suse

91

schickte Krämer zum Reisebüro in der Hotelhalle und ließ die Rückflugtickets buchen. Sie rief einen Münchner Kollegen an und bat ihn, noch mal mit Soltau zu sprechen, aber der hatte auch keinen Erfolg.

* * *

Jenny wunderte sich als der Briefträger einen Einschreibebrief brachte. Aus München. Der Absender war ihr unbekannt. Sie sah sich den Umschlag von allen Seiten an. Sie hatte keine Ahnung, was dieser Dr.Soltau von ihr wollte. Schnell riss sie den Brief auf und als sie ihn zweimal gelesen hatte, schenkte sie sich, entgegen ihrer Gewohnheit, einen großen Cognac ein..

Mario wunderte sich über ihre Ausgelassenheit, als es am Abend nach Hause kam. Sie fiel ihm um den Hals und schwenkte ihn in der großen Diele herum. „Ich bin reich", rief sie, und gab ihm den Brief zu lesen.

Sehr geehrte Frau Wellinger.

Hiermit teile ich Ihnen mit, dass ihr Cousine, Frau Maria Melkow, eine Tochter der Schwester Ihrer Mutter, infolge eines Unfalles bereits am 11.August 1999 in Pensylvania, USA verstorben ist. Ich habe dies erst kürzlich erfahren und gestern die amtliche Bestätigung erhalten. Ich spreche Ihnen mein herzliches Beileid aus.
Frau Melkow wiederum ist die Erbin einer Klientin von mir, Frau Katharina Stiller, der Halbschwester der Frau Melkow. Diese, ehemals wohnhaft in Neesebar, ist am 14.Februar dieses Jahres einem Verbrechen zum Opfer gefallen. Auch dafür mein Beileid.
Sie sind nach meinen Erkenntnissen, die einzige Verwandte, und damit Erbin, der Hinterlassenschaften sowohl der Frau Melkow als auch der Frau Stiller.
Dabei handelt es sich um die Bargeldkonten beider Frauen, sowie jeweils ein Immobilie in New York und Nessebar. Ich bitte Sie, zwecks Erledigung der amtlichen Formalitäten in meinem Büro

vorzusprechen. Als Termin schlage ich Ihnen den Montag, 6.März vor. Sollten Sie einen anderen Termin vorziehen, informieren Sie bitte das Sekretariat meiner Kanzlei. Bitte bringen Sie ihre Geburtsurkunde sowie einen gültigen Personalausweis oder Pass mit.

Ich mache Sie pflichtgemäß darauf aufmerksam, dass Sie die Erbschaft ablehnen könne. Außerdem sind Sie gesetzlich verpflichtet, mir mögliche weitere Erben zu benennen, falls Ihnen solche bekannt sind.

Hochachtungsvoll Dr.Winfried Soltau   *München29.02.00*

Mario drehte den Brief mehrmals um und teilte Jennys freudige Erwartung nicht. „Freu dich nicht zu früh. Er weist dich doch ausdrücklich darauf hin, dass du ablehnen kannst. Sicher ist was faul an der Sache. Vielleicht erbst du Schulden. Kennst du überhaupt diese beiden Frauen?"

Jenny schüttelte den Kopf blieb, aber weiter euphorisch: „Immerhin sind da zwei Häuser und in New York sind die Grundstücke sicher nicht billig."

„Eine Garage ist auch eine Immobilie, wandte Mario ein, „und was eine Bulgarin wohl für ein Haus vererbt. Vielleicht eine herunter gekommene Bauernkate oder einen Ziegenstall. Freuen kannst du dich immer noch, wenn heraus ist was du erbst."

„Verdirb mir doch die Freude nicht", schmollte Jenny, „auf jeden Fall fahre ich nach München" ,beharrte sie.

„Aber Liebling, ich will dir doch die Freude nicht verderben. Ich möchte dir nur eine mögliche Enttäuschung ersparen. Natürlich fährt du da hin."

Er nahm sie in seine Arme und streichelte ihr zärtlich über das Haar.

* * *

Lumumba hieß eigentlich Jonny Morton, wie Lucas auf der Karte unter dem Klingelknopf las, die mit einer Reißzwecke fest gemacht war. Als er klingelte hatte er den leisen Verdacht, dass er eine falsche Adresse bekommen habe und schrieb seine Dollars zum zweiten Mal ab. Aber es war Lumumba, der die Tür öffnete. Er nickte Lucas wortlos mit dem Kopf, hereinzukommen. Im Vorbeigehen sah Lucas in eine kleine Küche ohne Fenster, in der sich schmutzige Teller und Tassen, sowie leere Konservendosen stapelten. Das Zimmer, das er dann betrat, sah es nicht besser aus. Ein wackliger Stuhl, ein durchgesessener Sessel. In der Ecke eine Matratze, auf der, über der zurückgeschlagenen Decke, Klamotten herumlagen. Neben dem Stuhl ein winziger Tisch mit Krümeln auf der Platte.

Aber in der Ecke neben dem Fenster blinkte und blitzte es. Auf einer blanken Metallplatte standen zwei Monitore und ein Haufen verschiedener Geräte, von den Lucas nicht wusste wozu sie gut waren. Jonny setzte sich auf einen Drehstuhl vor einer Tastatur. Er drehte sich zu Lucas um und sah ihn fragend an.

„Na los, Mann. Du hast gesagt du hättest Anhaltspunkte. Meine Zeit ist Geld."

Lucas holte einen Zettel aus der Tasche und legte ihn auf die Metallplatte neben die Monitore. Diese Frau Stiller hat wieder geheiratet und in zweiter Ehe eine Tochter. Ich weiß jedoch den Namen nicht. Ich muss diese Tochter finden."

„Setz dich da auf den Sessel."

„Ich möchte lieber zusehen"; meinte Lucas, aber Jonny wehrte ab. „Ich lass mir nicht gerne auf die Finder sehen. Ich weiß doch nicht, ob du nur ein Schnüffler bist."

Gehorsam setzte sich Lucas auf den Sessel. Jonny stellte ein paar Schalter um und klapperte auf der Tastatur. Die Finger flogen nur so über die Tasten, ohne dass er hinschaute. Es dauerte nur einige Minuten, ehe Lucas durch die Zähne pfiff. „Die Mutter habe ich.”

„So schnell?”, war Lucas erstaunt. Jonny lachte. „Sechzig Prozent der New Yorker hatten schon mal mit der Polizei zu tun. Nein, nicht etwa wegen irgendwelcher Verbrechen. Mal zu schnell gefahren, mal falsch geparkt. Mal gehascht oder was auch immer. Also habe ich mich in den Polzeicomputer eingeklinkt.

„Das ist möglich?”

„Mir schon. Sag´s aber nicht weiter. Also diese Frau Stiller hat eine Menge Anzeigen wegen Falschparkens. Eine halbe Seite auf dem Schirm. Sie wurde von Stiller, ein Mann mit Geld, geschieden. Jetzt müssen wir versuchen, den Namen des zweiten Mannes zu finden. Da muss ich einfach in das Register der Standesamtes oder des Familiengerichts schauen.” Er klapperte wieder auf den Tasten herum. „Sieh an, sie hat eine respektable Abfindung bekommen. Bist du auf ihr Geld scharf?”

„Willst du den Preis treiben?”

„Vergiss es Mann!” Er klapperte weiter. „Hier ist es. Sie hat einen Mr. Melkow geheiratet. Einen kleinen Textilfabrikanten. Die Tochter heißt Maria.” Er schaute Lucas unsicher an. „Hast du irgendwelche Bindungen an diese Maria?”

„Wieso, nein.”

„Die ist nämlich tot. Im August vorigen Jahres von der Steilküste gestürzt. Sorry Mann.”

Lucas war bestürzt. Hatte er denn alles umsonst unternommen? Jonny klapperte nochmals auf den Tasten. „Ich bin im Familiengericht. Oh, Mann! Diese Melkow hat noch nach ihrem Tod geerbt. Am 14.Februar ist ihre Halbschwester gestorben, nein umgebracht worden. In Nessebar. Ich weiß nicht wo das Nest liegt. Jetzt halt dich fest. Das waren über 14 Millionen Dollar.

Lucas kam eine Idee. „Weißt du, was aus dem Geld geworden ist?.“

„Lass mich nachschauen. Er murmelte vor sich hin. Diesmal dauerte es etwas länger. „Das Geld liegt noch auf der Bank von Bulgarien, auf Abruf.“

„Was passiert jetzt damit?“

„Bin ich Jesus? Halt ! Da ist es. Ich bin Jesus. Es wurde von der bulgarischen Bank abgefordert, aber nicht aus den Staaten. Aus Deutschland. Ein Dr.Soltau hat mit Vollmacht die Anforderung veranlasst. Dr.Soltau aus München, ein Attorney.“

Lucas legte noch einen Hunderter drauf und klopfte Jonny auf die Schulter. „Danke Jonny. Du bist ein Genie.“

„Hab ich doch gesagt, Mann!“

* * *

Also wieder dieser Soltau”, dachte Lucas

Er würde jetzt zu dem Haus und dem Laden dieser Maria Melkow aufsuchen. Vielleicht konnte er ja dort Anhaltspunkte finden, die ihm weiterhalfen. Am Haus traf er die gleiche Nachbarin, die auch schon von Suse befragt wurde. Doch die wurde jetzt misstrauisch und betrachtete Lucas von oben bis unten.

„Wer sind sie eigentlich?“

Er sagte, er sei ein Freund ihrer Schwester, die in Bulgarien lebe. „Schwester? Davon hat sie nie gesprochen. Ich glaube Ihnen auch nicht. Bulgarien? Sind da nicht die Kommunisten? Wollen Sie etwas ausspionieren?"

Sie blieb misstrauisch und drohte, die Polizei zu rufen wenn er nicht verschwinde. Es habe schon jemand rumgeschnüffelt. Da er nicht wusste, dass es Suse war, die sich hier erkundigt hatte, wurde er nachdenklich. Vielleicht interessierte sich da jemand für das Erbe

Lucas blieb nicht anderes übrig, als zu dem Laden zu fahren, den sie in Manhattan betrieben hatte. Auch er sah das abbröckelnde Ladenschild und die weißgestrichenen Fenster. Anders aber als Suse ging er durch den langen Hausflur in den Hof. Dort merkte er, dass die Hintertür zum Laden nicht verschlossen war. Vorsichtig öffnete er sie und trat ein.

Es waren zwei Räume. Im vorderen stand eine Art Theke. Vielleicht wurde hier Kaffee an die Kunden ausgeschenkt. Einige abmontierte Armaturen ließen darauf schließen. An den Wänden standen Ständer, die schon leicht von Rost befallen waren. Dutzende Kleiderbügel hingen daran. In einer Ecke stand schmutziges Geschirr herum. Der andere Raum schien ein Büro gewesen zu sein. Der ehemalige Schreibtisch war mit Gerümpel bedeckt. In der Ecke lag eine Matratze mit einer zerknautschten Decke. Darauf eine Zeitung. Er hob sie auf und las das Datum. Heute. Also musste sich hier jemand verborgen haben. Sollte das die Frau sein, die sich schon bei der Nachbarin am Haus erkundigt hatte? Plötzlich spürte er dass jemand hinter ihm stand. Man drückte ihm einen harten Gegenstand an den Hinterkopf.

„Nimm die Hände hoch, Bastard!"

Es war eine tiefe, rauhe Stimme. Lucas tat was ihm gesagt wurde. Man tastete ihn von hinten ab, und er spürte eine eklige Alkoholfahne.

„Umdrehen. Was willst du hier?"

Gehorsam drehte er sich um. Vor ihm stand eine Frau, in eigenartige, fast elegant wirkende Kleider gehüllt, die allerdings ziemlich bekleckert waren. Die Frau konnte ebenso gut vierzig, wie sechzig Jahre alt sein. Ihre Haut war grau und das Haar struppig. Die Bewegungen träge. Das einzige, was an ihr lebendig schien, waren die Augen. Sie standen sehr hellblau über ihrer spitzen Nase, und flitzten unruhig hin und her.

„Was willst du hier?", fragte sie scharf mit ihrer rauhen Alkoholstimme und tippte Lucas mit dem Lauf ihres Revolvers an die Brust, wobei sie ihn nicht aus den Augen ließ.

„Bitte nehmen Sie den Revolver weg, gnädige Frau", sagte er und spürte selbst, wie dumm das klang.

„Lass das. Ich bin Sunny."

Er musste lächeln, weil der Name absolut nicht zu der Frau passte.

„Was gibt's zu lachen? Das wird dir gleich vergehen, wenn du nicht redest. Wer bist du? Was willst du?"

Lucas versuchte wieder zu erklären, dass er der Freund von Marias Schwester in Bulgarien sei, obwohl er damit schlechte Erfahrungen gemacht hatte. Aber zu seiner Verwunderung ließ die Frau die Waffe sinken.

„Ja, Maria hatte eine Schwester, eine Halbschwester. Sie war verschollen, und sie hatte lange Zeit nichts mehr von ihr gehört. Was hast du gesagt? Bulgarien? Wo liegt diese Stadt?"

„Welche Stadt?"

„Na diese Bulgarien."

Diesmal versuchte er nicht zu lächeln, und erklärte ihr, dass Bulgarien ein großes Land sei am Schwarzen Meer. Maria habe ihr aber gesagt, ihre Schwester sei in Deutschland verschwunden, erzählte die Frau. Er erzählte ihr, dass Katharina, so heiße ihre Schwester, nicht verschwunden sei, sonder aus Deutschland weggezogen war. Freiwillig. Dann fragte er sie, woher sie Maria kenne.

„Maria war eine feine Frau. Ich habe damals über dem Laden gewohnt, und Maria hat mich gefragt, ob ich nicht hier ein bisschen für Ordnung sorgen könne. Putzen, die Kleider regelmäßig zu lüften und notfalls aufzubügeln. Eben alles, was in so einem Geschäft zu tun ist. Nicht den Hungerlohn, den andere zahlen. Das Geld habe ich dringend gebraucht. Als sie dann starb, konnte ich meine Miete nicht mehr bezahlen. Ich habe mich heimlich hier eingemietet. Immer auf der Hut, dass mich niemand entdeckt. Ich glaube, die Ladenmiete buchen Sie immer noch von Marias Konto ab. Aber irgendwann wird das ja mal zu Ende sein. Dann muss ich mir was anderes suchen.”

Lucas sah sie an und konnte sich nicht vorstellen, dass jemand eine solche Schlampe einstellte, um Ordnung zu halten.

„Ich weiß was du denkst”, sagte sie geringschätzig. „Ich war mal eine andere Frau. Du glaubst nicht, wie schnell man abrutscht, wenn man erst mal die Wohnung los ist. Richte mir ein ordentliches Konto ein, du siehst so aus als könntest du es, dann wirst du sehen, wie ich wirklich bin.”

Lucas versuchte, sie über den Tod Marias auszuhorchen, aber anscheinend wusste sie nicht viel darüber. Aber sie beteuerte immer wieder, dass Maria nicht abgestürzt sein könne. Sie sei eine sportliche Frau gewesen und nicht leichtsinnig. „Die hat jemand gekillt”, meinte sie voller Überzeugung. „Vielleicht ein Konkurrent, oder ein abgeblitzter Liebhaber.”

Lucas konnte sich einen besseren Grund vorstellen, aber schließlich war ja ihr Tod vor dem Erbfall eingetreten. Das passte nicht zusammen. Es musste da noch irgend was anderes geben. Das wollte er herausfinden. Er wusste nicht, dass Suse, trotz ihrer Verbindungen, das Handtuch geworfen hatte.

* * *

Jenny saß neben Mario im Auto. Sie war doch ziemlich aufgeregt. Er wollte eigentlich zu Hause bleiben, denn es sei schließlich eine ganz private Angelegenheit in die er sich nicht einmischen wolle. Aber Jenny bestand darauf, dass er mitfahre. Schließlich seine sie (hoffentlich) ein glückliches Ehepaar, und damit sei diese Erbe auch seine Angelegenheit.

Marios dreihunderter BMW fuhr leise über die Autobahn. Kurz vor München tankten sie noch mal, und Mario fragte den Tankwart wie er zu Soltaus Adresse käme. Es gab keine Schwierigkeiten, den Weg zu finden. Das Haus war eine zweistöckiger, gepflegter Bau aus der Gründerzeit. Es lag in einem ruhigen Park und machte einen gepflegten Eindruck. Ein Mann im dunklen Anzug öffnete ihnen die Tür.

„Sind Sie Doktor Soltau?", fragte Jenny unsicher, denn er Mann war noch ziemlich jung.

„Nein, ich bin nur ein Angestellter. Sie sind sicher Frau Jenny Wellinger aus Leipzig", wollte er wissen. Jenny nickte. Der Mann bat sie in einem gediegen eingerichteten Raum, der anscheinend ein Art Wartezimmer war, Platzt zu nehmen. Er würde sie bei Dr.Soltau anmelden. Es dauerte keine zwei Minuten, bis ein älterer Herr in gepflegter Kleidung eintrat. Bei der Begrüßung nahm er die randlose Brille ab.

„Ich bin Dr,Soltau. Sie müssen Frau Wellinger sein." Er schaute fragend auf Mario und Jenny stellte ihn vor. „Das ist Herr Sabatini, mein Verlobter. Wir werden im Juni heiraten."

Zurückhaltend gab ihm Soltau die Hand. „Ich empfehle Ihnen, dass wir vorerst alleine miteinander reden." Jenny wollte davon nichts hören. „Herr Sabatini besitzt mein volles Vertrauen. Ich möchte ihn als Berater dabei haben. Ohne ihn will ich keine Entscheidung treffen." Mit dem Versuch zu scherzen fügte sie hinzu sie wisse ja nicht, ob sie sich vielleicht nur Kosten einhandle. Mit einem kleinen Lächeln meinte Dr, Soltau aber, da sehe er überhaupt keine Gefahr, das könne er ihr im Voraus versichern. Er führte sie in sein Büro und nahm hinter einem riesigen Schreibtisch Platz, nachdem er Jenny einen Sessel angeboten hatte, der vor dem Tisch stand. Dann fragte er noch mal: „Sie sind ganz sicher, dass Herr Sabatini bei unserem Gespräch dabei sein sein soll?" Als Jenny nickte bekam auch Mario einen Sessel.

„Aus formalen Gründen muss ich Sie zuerst um eine Legitimation bitten. Sie verstehen das sicher nicht falsch." Jenneys Ausweis nahm er gründlich in Augenschein. Er verglich die Angaben mit einem anderen Dokument, das er in der Hand hielt. „Das ist der Antrag zur Ausstellung eines Personalausweises der BRD aus Leipzig, dessen Kopie ich mir im Voraus besorgt habe." Die herbeigerufen Sekretärin beauftragte er, die Echtheit zu nochmals zu prüfen. Jenny möge entschuldigen, aber er müsse sich genau überzeugen, ob ich die richtige Person vor mir habe. „Das ist halt mein Beruf", sagte er. Den Pass Marios prüfte er weniger gründlich.

„Ah, Schweizer Staatsbürger", sagte er zu Mario und der nickte. „Ein angenehmes Land. Werden Sie nach der Eheschließung dort wohnen, oder wollen Sie in Leipzig bleiben? Eine Stadt mit Traditionen", setzte er hinzu.

Nachdem die Formalitäten beendet waren, setzte sich Soltau in seinem Sessel zurecht. „Also, gnädige Frau, ich habe mich von der Echtheit der vorliegenden Papiere überzeugt. Die Geburtsurkunde hat meine Sekretärin eingesehen. Kommen wir also zu Wichtigsten."

Jenny wurde bei der Anrede ganz rot. So wurde sie noch nie

angesprochen. Beide Männer bemerkten ihre Nervosität. Mario legte ihr behutsam die Hand auf den Arm, und Soltau nahm die Gelegenheit wahr, Getränke anzubieten. Kaffee wollte Jenny nicht. Sie befürchtete dass sich ihr Puls dann noch weiter erhöhen würde. Sie entschied sich für einen Obstsaft. Mario, den Soltau fragend anblickte, wollte gerne einen Whisky. Soltau nahm Kaffee.

Nun, gnädige Frau, kommen wir zuerst zur der USA-Sache. Entschuldigung ich meine die Hinterlassenschaft der Frau Melkow in den USA. Sie war sozusagen Ihre Cousine, eine Tochter der Schwester Ihrer verstorbenen Mutter. Dazu nochmals mein herzliches Beileid." Jenny meinte, sie habe die Frau ja überhaupt nicht gekannt, nicht einmal von ihr gewusst. „Meine Mutter ist gleich nach dem Krieg nach Deutschland gekommen. Sie war Presseoffizier bei der US-Army. Hier habe sie Jennys Vater kennen gelernt. „Ich wusste, dass sie eine Schwester hatte, aber ich habe nie erfahren, warum sie keinen Kontakt zu ihr hielt. Das müssen familiäre Gründe gewesen sein."

Soltau konnte ihr helfen. „Im Verlauf meiner Ermittlungen habe ich festgestellt, dass der Mann Ihrer Tante Jude war, und den Entschluss Ihrer Frau Mutter, einen Deutschen zu heiraten missbilligte er. Ihre Cousine kam bei einem Unfall zu Tode, und das amerikanische Nachlassgericht, konnte oder wollte Sie nicht als Erbe ausfindig machen. Deshalb liegt die Hinterlassenschaft noch auf einer Bank in den USA, kann aber jederzeit ausbezahlt werden, wenn ich Ihnen die Erbschaft bestätige.

Es handelt sich um ein Haus in Queens, New York und eine Boutique in Manhattan. Diese können Sie wahrscheinlich abschreiben, denn der Laden war nur gemietet, und die Bestände, ich weiß nicht, welchen Wert sie hatten, wurden anscheinend von Obdachlosen gestohlen, da sich niemand darum kümmerte. Das Haus ist einige Jahre alt, und muss renoviert werden. Der Wert ist nicht allzu hoch, aber es ist schuldenfrei. Bei einer Veräußerung dürfte es, grob geschätzt zwanzig bis fünfundzwanzig Tausend Dollar bringen.

Dann ist da noch das Konto, welches anfangs einen Bestand von 10.825.- Dollar hatte. Da jedoch immer noch die Ladenmiete abgebucht wird, dürften es einige Dollar weniger sein.

Jenny war nicht enttäuscht und schaute Mario zufrieden an. Dreißigtausend Doller waren eine ganze Menge. Soviel hatte sie noch nie besessen.

Soltau wurde jetzt feierlich. „Es geht aber weiter, gnädige Frau. Auf Ihre Cousine, Frau Melkow, bin ich erst auf Grund einer anderen Erbschaftssache gestoßen. Ich weiß nicht, ob Ihnen die Angelegenheit Donovan bekannt ist. Mrs. Donovan verschwand eines Tages unter Mitnahme ihres Vermögens, was in der Presse allerhand Aufsehen erregte. Es gab Gerüchte. Ich war jedoch der einzige, der Genaueres wusste. Frau Donovan lebte unter ihrem Mädchennamen Katharina Stiller in Nessebar, Bulgarien. Sie besaß dort ein größeres Anwesen und wurde ebenda am 14.Februar dieses Jahres erschossen. Das Motiv und er Täter konnten bisher nicht ermittelt werden. Da Frau Melkow, deren Halbschwester war, beerbte sie Frau Stiller. Jedoch erst nach ihrem Tod, also dem Tod von Frau Melkow. Ich weiß das ist alles ein bisschen kompliziert und schwer zu verstehen. Jedenfalls haben Sie dadurch das Vermögen der Frau Stiller ebenfalls geerbt. Das Anwesen in Bulgarien gehört jetzt also Ihnen. Er machte eine Kunstpause indem er in den Akten blätterte. Dann sprach er weiter. „Dieses Anwesen könnte bei geschickten Verkauf, bei dem ich Ihnen behilflich sein könnte, etwa ....(lange Pause) eine Million Mark bringen.

Er genoss sichtlich die Fassungslosigkeit Jennys. Er wusste ja, dass sie noch viel größer werden würde.

„Sagten Sie eine Million?", hauchte Jenny fast stimmlos.

„An ja, mehr oder weniger", tat Soltau gleichgültig. Er vergab ja auch nicht täglich Millionen.

Jenny hatte einen trockenen Mund. „Sie veralbern mich doch nicht, Dr.Soltau?, aber der schüttelte ernst den Kopf. „Nein. Das könnte für meinen Ruf sehr ernste Folgen haben."

Jenny schluchzte laut auf. Und legte ihren Kopf an Marios Schulter. Er streichelte Jennys Arm sichtlich aufgeregt. „Dr.Soltau", schluchzte Jenny schon wieder, aber diesmal mit einem Lächeln unter den Tränen. „Ich möchte jetzt doch lieber einen Cognac, aber einen sehr großen."

„Damit würde ich an Ihrer Stelle noch warten", empfahl Soltau. „Wenn ich Ihnen noch sage, dass auf dem Konto meiner Klientin, Frau Stiller, ein Betrag von etwas mehr als vierzehn Millionen Dollar steht, sollten wir das mit einem ordentlichen Champagner begießen." Und wie auf ein Stichwort kam die Sekretärin mit einer Flasche Dom Perignon und drei Sektgläsern in das Zimmer.

Sogar der immer so selbstsichere Mario zitterte, als er das Glas entgegennahm. „Ich werde mir wohl eine andere Braut suchen müssen", stammelte er, „Ich kann doch keine Millionärin heiraten." Aber Jenny nahm ihn laut heulend in den Arm.

Nachdem sie angestoßen hatten wurde Soltau wieder sachlich. „Ich muss Sie noch drauf aufmerksam machen, dass davon natürlich noch eine erhebliche Summe an Steuern abgehen, die deutschen Finanzämter sind da nicht pingelig. Von mir werden Sie auch eine gepfefferte Rechnung erhalten, aber es bleibt genug übrig, dass Sie jeden Tag Champgner trinken können. Übrigens kann ich Ihnen da einige Tricks nennen, wie Sie die Steuer minimieren können."

Jenny strahlte ihn an. „Herr Sabatini ist selbst Finanzexperte in einer Schweizer Bank, aber danke für Ihr Angebot." Sie nahmen sich ein Zimmer im besten Hotel, und als Jenny nach dem teuersten Restaurant der Stadt fragte, sah sie der Empfangschef verwundert an. So protzig fragten seine Gäste im Allgemeinen nicht.

* * *

Lucas war noch einige Tage in New York geblieben Er drängte Jonny oder Lumumba, wie er sich selbst nannte, den Versuch zu machen, mehr über den Verbleib des Geldes zu erfahren. Ohne viel Mühe knackte er den PC des Dr.Soltau und fand auch einen Brief, der an die Erbin gerichtet war. Soltau schien aber nicht sehr viel Vertrauen in die neue Technik zu haben, denn er schrieb die Adressen seiner Briefe nach dem Ausdrucken anscheinend mit der Schreibmaschine ohne sie zu speichern. Jonny konnte nicht mal sagen, ob die Erbin in Deutschland lebte oder wo anders. Trotzdem war ihm Lucas dankbar, wusste er doch jetzt wenigstens den Namen, gab ihm nochmals ein paar Dollar und lud ihn auf einen Drink ein. Inder Bar gesellte sich dann Spenser zu den beiden, und es wurde nicht nur ein langer, sondern für Lucas auch ein teurer Abend.

Am nächsten Tag erwachte er in seiner Pension mit einem mächtigen Kater. Er duschte und trank eine ganze Flasche Wasser. Dann überlegte er, dass es wohl keinen Sinn mache, länger in New York rumzuhängen. Er versuchte es nochmals in Marias kleiner Boutique. Vielleicht hat Sunny die ehemalige Putzfrau Marias etwas Neues erfahren. Doch statt Sunny traf er einen alten Stadtstreicher, der anscheinend das Quartier übernommen hatte. Von ihm erfuhr er nichts, er kannte die Melkow nicht mal. „Sunny", lachte er, „Sunny hat vorgestern einem Cop die Flasche über den Kopf gehauen. Sie sitzt im Knast, der Cop liegt im Krankenhaus. Nichts Schlimmes, eine Platzwunde und Gehirnerschütterung. Schlimm war nur, dass die Flasche noch halb voll war." Damit zog er sich auf Sunnys Matratze zurück und war im gleichen Augenblick eingeschlafen.

Lucas erwischte Suse zum ersten Mal am Telefon, seit sie sich in Bulgarien getrennt hatte, Von ihr erfuhr er, die sie und Adrian auch in New York gewesen waren, und dass sie auch nicht weiter gekommen waren als er. „Jetzt liegt alles bei Soltau, aber der blockt ab. Muss er wohl auch. Auf jeden Fall gibt es einen neuen Erben, dessen Namen er aber nicht verrät."

„Es ist eine Erbin und sie heißt Wellinger. Ich habe den Brief gelesen, den Soltau ihr geschickt hat. Da stand aber nur ´Sehr geehrte Frau Wellinger`, Namen und Adresse standen nicht dabei.”

„Woher weißt du das?”, wunderte sich Suse. „Du bist offenbar der bessere Journalist”, sagte sie ein bisschen neidisch. „Hast du den Brief als Kopie? Bring ihn mit. Vielleicht können wir damit weiter kommen.”

Sie verabredeten sich am Leipziger Flughafen für den übernächsten Tag, und Suse holte ihn mit dem Wagen der Redaktion ab. Er ließ sich von ihr zu der Pension am Bayrischen Bahnhof fahren, wo er vor seiner Abreise gewohnt hatte. Frau Wagner war anscheinend erfreut, ihn wieder zu sehen. Ja, sie habe ein Zimmer frei, sogar das, in dem er zuletzt gewohnt habe. Wie es in Bulgarien gewesen sei, und wo er jetzt her käme. Da bemerkte sie den Anhänger auf Lucas´s Koffer und war begeistert „Amerika! Da möchte ich auch mal hin. Ich kann aber hier nicht weg”, bedauerte sie.

Lucas bat Suse mit auf sein Zimmer zu kommen, aber die sah ihn zweifelnd an. Er lachte. „Keine Angst. Dazu bin ich nach zehn Stunden Flug und der Zeitumstellung überhaupt nicht in der Lage.”

Trotz seiner Müdigkeit redeten sie noch über zwei Stunden miteinander. „Wir haben aufgegeben”, bedauerte sie. Lohmeyer war nicht bereit, noch mehr Zeit in den Fall zu investieren. Er zweifelt an meinen kriminalistischen Fähigkeiten, aber er ist halt der Chef. Und was hast du jetzt vor?” Plötzlich wurde sie verlegen. Sie merkte, erst jetzt, dass sie sich duzten.

„Vielleicht fahre ich mal nach München zu Soltau.” Das habe wenig Zweck erwiderte Suse. Der sei stur wie ein kanadischer Holzfäller.

„Woher kennst du kanadische Holzfäller?”, witzelte Lucas und sie wurde rot, worüber sie sich ärgerte. „Stur bin ich auch”, sagte Lucas.

Wozu habe ich meinen Charme. Vielleicht hat Soltau eine hübsche Sekretärin, mit der man reden kann."

Suse wechselte das Thema. „Mir geht dieser geheimnisvolle Keller nicht aus dem Sinn. Warum hat er dich unter diesen zweifelhaften Umständen nach Bulgarien geschickt Was hat er mit der Sache zu tun?"

„Daran habe ich auch schon oft gedacht."

„Weißt du was. Ich kenne da einen netten Mann bei der Kripo, der mir noch was schuldet. Du bist doch der Einzige, der diesen Keller gesehen hat. Sieh dich doch mal in seiner Kartei um. Vielleicht kommen wir um so auf die Schliche. Wo hast du ihn eigentlich kennen gelernt?"

„Daran habe ich überhaupt noch nicht gedacht. Er sprach mit in der Mädler-Passage in einer Bodega an. Vielleicht hat er mich bewusst ausgesucht."

„Bei Alessandro? Den kenne ich gut."

* * *

Suse hatte am nächsten Tag Spätschicht. Sie traf sich bereits am Vormittag mit Lucas in der Bodega. Es waren kaum Gäste da. Alessandro hatte viel Zeit, mit ihnen zu reden. Er hatte Suse erfreut begrüßt. Sie saß manchmal mit Adrian oder anderen Kollegen bei ihm an der Bar.

„Das ist Lucas Bernauer. Vielleicht erinnerst du dich. Er war im vorigen Jahr mal Gast bei dir."

„Weißt du, wenn ich mich an jeden Gast erinnern soll, der mal hier saß...," Er zuckte mit den Achseln, aber Lucas glaubte, seiner

Erinnerung nachhelfen zu können. „Leg mal Mahalia Jackson auf. Silent night, holy night."

Der Keeper schlug mit der flachen Hand auf die Theke. „Der Verrückte! Natürlich. Entschuldige bitte, das rutschte mir so raus. Im Sommer Weihnachtslieder. Da haben wir meine Gäste ganz schön geschockt." Lachend schüttelte er Lucas die Hand.

„Zum Schluss haben aber sogar einige applaudiert", lächelte Lucas zurück. „Wissen Sie noch, dass ich mit einem Mann hier saß und mit ihm ins Gespräch gekommen bin.? Da drüben am Tisch haben wir dann gesessen." Er schaute Alessandro gespannt an.

„Ja, Keller. Ich habe ihn seitdem nicht mehr gesehen. Er war nicht von hier. Er hat im Hotel gewohnt. Das weiß ich, weil von der Rezeption ein Paarmal hier angerufen wurde. Daher weiß ich auch seinen Namen."

Das schien mehr zu sein, als Suse und Lucas erwartet hatten. „Was weißt du über den Mann?"

Sie wurden enttäuscht. „Eigentlich gar nichts. Er war ein Paarmal hier als Gast. Frag doch mal den Jochum. Mit dem hat er immer am Tisch gesessen. Aber als Keller an dem Tag, als er dich angesprochen hat, saß Jochum auch dort am Tisch. Keller hat ihn aber nicht mal angesehen. Er tat als kenne er ihn nicht. Der verließ dann auch gleich das Lokal. Ich habe mich darüber gewundert, aber vielleicht hatten die Streit, dachte ich."

„Und an all das erinnerst du dich noch?", wollte Suse wissen.

Stolz deutete er auf seinen Kopf." Ich habe ein gutes Gedächtnis. Wenn dein Freund mehr als einmal hier gewesen wäre, hätte ich auch ihn erkannt."

Lucas ah ihn fragend an. „Wer ist dieser Jochum?"

„Ach das ist so ein Privatschnüffler. Ist aber ganz in Ordnung. Keiner von der windigen Sorte. Wenn ihr Glück habt, kommt er hier vorbei. Er kommt fast jeden Tag auf einen Schluck. Manchmal isst er auch eine Kleinigkeit."

„Was hatte er mit Keller zu tun?"

„Da musst du ihn selbst fragen. Ich belausche meine Gäste doch nicht." Er war ein bisschen beleidigt, aber Suse beruhigte ihn.

Sie hatten Glück. Nach einer halben Stunde betrat ein Mann die Gaststätte. „Das ist Jochum", rief Alessandro und winkte ihn an die Bar. Auf Suses Frage nach Keller schaute er sie ironisch an. „Würden Sie ihre Informanten einem Fremden nennen, sogar einer Journalistin? Ich rede nicht über meine Klienten, Frau Wellinger. Was glauben Sie was für einen Ruf mir das einbrächte."

„Sie kennen mich", war Suse erstaunt. „Ich habe Sie noch nie gesehen,"

Mein Beruf ist es, möglichst unauffällig zu sein. Ihrer bringt Sie zwangsläufig an die Öffentlichkeit. Und schöne Frauen merkt man sich leichter."

„Danke für das Kompliment, Herr Jochum." Ohne näheres zu verraten, erklärte sie ihm, wie wichtig die Angelegenheit sei." Es gelte, einen Mord aufzuklären. „Wenn wir ihn aufbröseln können mit Ihrer Hilfe, werde ich Sie und Ihre Detektei in meinem Bericht hervorheben. Sagen Sie nicht, dass Sie das nicht nötig hätten."

Das gab anscheinend den Ausschlag. Zögernd begann er zu reden. „Das muss aber unter uns bleiben." Er blätterte in seinem Notizbuch. „Es war Mitte Mai, als Keller zu mir kam. Er sagte mir, das ein Mann,

Lucas Bernauer, demnächst aus dem Gefängnis entlassen werde. Er nannte mir auch das genaue Datum. Ich solle den Mann observieren. Wo er wohne, was er tue", und jetzt schaute er Lucas überrascht ins Gesicht. „Aber das ist er ja. Das sind Sie doch Herr Bernauer?"

„Ja", sagte Suse, weiter!"

„Weiter nichts. Am gleichen Abend rief er mich an, und ich sagte ihm, dass Sie hier in der Bodega sind, weiter wollte er nichts wissen. Er meinte, damit sei mein Auftrag erledigt. Ich könne gehen, wenn er hier ankäme."

„Kam Ihnen das nicht etwas sonderbar vor? Er will wissen was einentlassener Sträfling, entschuldige Lucas, Strafgefangener tut."

„Das wäre nicht das erste Mal", meinte Jochum. „Vielleicht ein besorgter Vater, oder einer der ihm Geld schuldet. Ein betrogener Ehemann. Das kommt jeden Tag vor, und daran ist nichts ungewöhnliches, nichts ungesetzliches."

„Aber nein, Herr Jochum, so habe ich das auch nicht gemeint. Wohin haben Sie die Rechnung geschickt. Haben Sie noch den Bericht, den Sie sicher geschrieben haben."

„Die Rechnung habe ich an sein Hotel geschickt und sie wurde umgehend beglichen. Bericht wollte er keinen. Es gab ja auch nichts zu berichten. Ich habe beobachtet, wie dieser junge Mann ziemlich fröhlich die Adolf-Südknecht-Straße herunterkam, wie er in der Petersstraße was gegessen hat. Dann ging er in eine Pension. Da habe ich lange warten müssen. Später hat er dann Klamotten gekauft und ging hier her. Nichts Besonderes."

Suse war enttäuscht, aber Lucas meinte: „Jetzt kann ich euch wenigstens beweisen, dass es diesen Keller gibt. Aber er tat doch so, als ob er mich zufällig träfe."

Suse sah die Sache praktisch. „Er hat einen gesucht, der vorbestraft war, aber nur mit einem sogenannten Kavaliersdelikt. Sonst wäre es dir doch eigenartig vorgekommen, wenn er dir eine so gute Stelle angeboten hätte. Du hast doch erzählt, dass du am nächsten Tag bei ihm im Hotel warst. Das ist unsere nächste Hoffnung. Er muss doch seine Rechnug bezahlt haben. Vielleicht mit einer Kreditkarte. Jedenfalls hat er dich gezielt ausgesucht."

„Aber warum?"

„Da gibt es viele Möglichkeiten. Vielleicht wollte er eine Rauschgift-Route aufbauen. Der Weg über den Balkan ist doch ideal. Und was gäbe es unauffälligeres als ein Hotel. Da können Leute ein-und ausgehen, ohne dass es auffällt. Vielleicht wollte er dort ein Zwischenlager einrichten, aber dann hätte er ein kleineres Haus gemietet.

Jochum, dem man inzwischen so viel erzählt hatte wie er wissen musste, warf ein: „Ein großes Haus mit einem wohlhabenden Besitzer, hätte man jedenfalls nicht so leicht verdächtigt. Aber ich glaube nicht an Rauschgift. Das geht einfacher."

Lucas war nachdenklich geworden. „Vielleicht wusste er, dass man Katharina ermorden wollte und hat mich als Verdächtigen aufgebaut. Er hat mir extra gesagt, ich solle mich dort bekannt machen, und Katharina hat er besonders erwähnt. Ich glaube er kannte sie."

* * *

Suse ging mit Lucas in das Hotel. „Lass mich reden", sagte sie, „Ich bin Presse. Das macht manchmal Eindruck. PR ist immer gefragt."

Doch die kühle Blonde an der Rezeption ließ sich nicht beeindrucken. Diskretion sei eines der wichtigsten Kriterien bei der Führung eines Hotels, sagte der herbeigerufene Manager. Suse bat ihn um eine

Unterredung unter vier Augen und ging mit ihm in sein Büro. Lucas musste draußen bleiben, was dem aber überhaupt nicht passte.

„Ich schlage Ihnen einen Deal vor", bot sie dem Hotelchef an. Der jedoch blieb zurückhaltend, sah Suse aber fragend an. Ich werde meinen Kolllegen von der Lokalredaktion herumkriegen. Er wird einen Artikel über den hervorragenden Service in Ihrem Hotel schreiben. Das kann er ja auch mit gutem Gewissen", schmeichelte sie dem Chef. „Sie sagen mir lediglich, ob ein bestimmter Mann an einem bestimmten Zeitpunkt Gast in Ihrem Haus war, wie er bezahlt hat und ob Sie seine Adresse kennen. Das ist alles."

Sie hatte ihn mit dem gleichen Trick herumgekriegt, auf den der Privatdetektiv auch reagiert hatte. Werbung ist alles. Der Mann klingelte die Rezeption an und verlangte das Gästebuch des vorigen Jahres. „Juni", setzte er dazu. Dann sah er Suse an. „Sie garantieren mir diesen Artikel? Und Sie garantieren mit, dass niemand von meiner Indiskretion erfährt" Ich würde das gegebenenfalls abstreiten."

Suse versicherte ihm das. Die Einsicht in das Buch brachte sie jedoch keinen Schritt weiter. Sie bekam lediglich die Bestätigung, dass ein Herr Keller zur fraglichen Zeit fünf Tage hier gewohnt hatte. Die angegebene Adresse in Düsseldorf stimmte jedoch nicht, wie sie über einen Rückruf in ihrer Redaktion erfuhr. Nach Abfrage über den Computer stellte ihre Kollegin fest, dass diese Straße überhaupt nicht existierte. Telefoniert hatte er nur zweimal. Mit der gleichen Rufnummer. Mit Jochums Nummer. Trotzdem bedankte sich Suse höflich und versicherte nochmals, dass sie kein Wort über das Entgegenkommen des Hotelchefs verlauten lasse.

„Jetzt sind wir wieder am Anfang. Ich weiß nicht weiter." Suse schien zu kapitulieren, aber Lucas hatte eine neue Idee. „Da war doch ein Gast bei mir in Nessebar. Der Chefredakteur eines Reisemagazins. Er musste eine Weile überlegen ehe ihm der Name einfiel. „Höffer, Gerhard Höffer. Er kam aus Dresden, war aber eigentlich aus dem

Hessischen." Suse wusste Bescheid. „Der Verlag ist in Bad Nauheim zu Hause, aber in Dresden wird eine Ostausgabe gemacht. Speziell auf die Ostdeutschen eingerichtet. Vorlieben, Preise und so. Ich kenne den Mann nicht persönlich, nur als Kollege dem Namen nach. Seine Zeitschrift ist bekannt. Und wenn mich nicht alles täuscht, hatte Lohmeyer den Tipp Donovan-Stiller von ihm."

Nach einem Telefonat erfuhr sie, dass Höffer zur Zeit in Dresden sei und machte mit ihm einen Termin aus. Lucas nahm sie nicht mir, denn sie befürchtete der Journalist könne misstrauisch werden, wenn er seinen Gastgeber aus Bulgarien wieder erkannte. Sie nahm aber Kremer mit.

Die beiden wurden freundlich empfangen. Höffer bot Getränke an und bat sie in sein Büro. Suse erklärte, worum es ging, sagte aber nichts über den Tod Katharina Stillers. Sie tat so als interessiere sie Bulgarien als Urlaubsland und wolle den Rat des Fachjournalisten.

„Ja wissen Sie, das Haus in dem ich untergebracht wurde, war hervorragend ausgestattet. Die eingeschlossene Verpflegung vorzüglich. Der Besitzer ein freundlicher, junger Mann, sehr höflich und um mein Wohl besorgt. Trotzdem konnte ich nicht nur Gutes berichten, und das war ja wohl der Grund für meine Einladung. Ich war absolut objektiv, musste jedoch auf die Mängel aufmerksam machen. Das bin ich meinen Lesern schuldig. Die gesamte Infrastruktur in diesem Bereich der Schwarzmeerküste ist unter aller Würde. Das Personal in den Hotels, spricht zwar durchweg englisch und deutsch, aber es fehlt den Leuten noch das gewisse etwas, wie zum Beispiel die absolute Einstellung auf die Wünsche der Gäste. So wie wir das gewohnt sind. Die Bausubstanz der Hotels, und vor allem ihre Einrichtung lässt oft noch viel zu wünschen übrig. Muffig, spießig, wenn Sie wissen was ich meine. Es sind zwar eine ganze Menge neuer Häuser entstanden, aber auch denen fehlt der Pep unserer Zeit. Wenn dieser Herr Bernauer nicht mit meinem Bericht zufrieden ist, dann tut es mir Leid, aber er war objektiv und ich kann kein Wort davon zurücknehmen. Suse fand die Arroganz des Mannes zum Kotzen, aber sie wollte ihn nicht verärgern und sagte nichts dazu. Sie interessierte sich für ganz etwas anderes, was Höffer in seinem Vortrag erwähnt hatte.

„Wie kommen Sie darauf, dass dieser Herr Bernauer der Besitzer ist. Ich dachte da steckt eine Hotelkette dahinter."

„Ganz einfach. Er hat mir die Einladung geschickt, und in Gesprächen mit ihm machte er den Eindruck, dass das Haus ihm gehört. Ich dachte, er wolle damit als Newcomer ins Touristikgeschäft einsteigen." „Haben Sie die Einladung noch? Herr Bernauer war nämlich nur der Geschäftsführer im Auftrag eines gewissen Martin Kellers. Ist Ihnen der Name ein Begriff in der Branche."

Höffer lächelt überheblich. „Da haben Sie sich aber einen Bären aufladen lassen, lieb junge Kollegin.. Die Einladung ist unmissverständlich" Er kramte in seinen Akten und zeigte Suse den Brief. In Golddruck stand auf dem Briefkopf

LUCAS BERNAUER
INDIVIDUAL TOURIST
PARIS-LONDON -PRAG

„Über die Adresse habe ich mich amüsiert, aber ein bisschen angeben ist in dieser Branche ja durchaus üblich. Einen Martin Keller kenne ich nicht, und ich kenne alle. Der junge Herr Bernauer machte einen guten Eindruck, und wenn er ein bisschen kleinere Brötchen bäckt, kann er Erfolg haben. Dazu braucht er aber einen langen Atem. Vor allem sollte er in kleinen Dimensionen bleiben. Denn große Konkurrenz lassen die Reisemultis nicht zu."

Suse bedankte sich kühl, und Höffer wollte wissen, wozu sie all diese Fragen stelle. „Ich habe ein Angebot für einen kostenlosen Urlaub bekommen und auf Anfrage meldete sich dieser Herr Bernauer und

Ihren Namen nannte er als Referenz", log sie und hoffte, dass Höffer nichts über den Mord an Katharina Stiller gehört hatte.

Kremer hatte sie gar nicht gebraucht. Bei diesen Auskünften gab es keinen Grund zum fotografieren. Sie würde sowieso nicht darüber schreiben können, noch nicht. Kremer war auf der Rückfahrt genau so einsilbig und mürrisch wie auf der Hinfahrt. Suse dachte er sei unzufrieden dass er nicht fotografieren konnte.

„Was machst du für ein Gesicht?", fragte sie ihn. Er knurrte aber nur vor sich hin. Erst auf ihr Drängen gab er Antwort. „Ich sage schon lange dass es nicht gut geht, wenn wir nur an die Arbeit denken, und kaum noch Freizeit haben. Jetzt habe ich den Salat. Siska hat mich verlassen. Als ich gestern nach Hause kam war die Wohnung leer."

Suse verstand nicht. „Siska? Ist das nicht der Tatortkommissar? Was hast du mit dem zu tun. Ein Verwandter? Ach ja, der heißt doch auch Kremer."

Adrian zeigte mit dem Finger an die Stirn. „Bist du blöde?" Siska, Franziska meine Freundin bin ich los. Scheiß Job!"

Suse musste so lachen, dass sie beinahe das Steuer verrissen hätte. Und sie lachte so lange bis Adrian angesteckt wurde und mitlachte. „Verdammte Weiber!"

* * *

Es war in zwischen April geworden. Lucas hatte sich immer noch keine Arbeit gesucht. Ihm ging Katharinas Tod nicht aus dem Kopf. Er hatte sich eine abenteuerliche Theorie ausgedacht. Schließlich ging es um ein riesiges Erbe. Was wäre, wenn der jetzige Erbe dies alles eingefädelt hätte. Dass Maria in New York bereits vor Katharina gestorben war konnte durchaus Zufall sein. Vielleicht war dies dem Erben bekannt geworden. Da ihm eventuell die Erbfolge bekannt war, brauchte er nur

Katharina auszuschalten. Da er ja jetzt Erbe in zweiter Reihe war, kam er für die Tat nicht, oder nicht sofort in Verdacht. Er musste sich in diesem Fall aber trotzdem schnell aus dem Staub machen. Irgendwo könnte ein findiger Polizist auf die gleiche Idee kommen wie Lucas. Er hielt es aber auch für möglich. Dass Maria Melkow schon aus diesem Grund getötet worden war. Bei einem Absturz aus dieser Höhe kann man bestimmt nachhelfen, ohne dass dies bewiesen werden kann. Er hatte mit Suse darüber gesprochen, aber die hatte ihn ausgelacht. „Du guckst zu viele Krimis", meinte sie. „Das ist wirklich nur eine Theorie, eine schlechte meine ich."

„Was willst du. Columbus hat mit einer umstrittenen Theorie Amerika entdeckt."

Suse schüttelte den Kopf. „Verrenne dich nicht. So was habe ich noch nie gehört. Man bringt erst den Erben um, dann erst den Erblasser. Katharinas Tod kann ein ganz anderes Motiv haben. Das wir glauben, es habe mit dem Vermögen zu tun, ist auch nur eine Theorie. Allerdings eine nahe liegende."

Sie brachte Lucas zum Polizeipräsidium. „Das ist Herr Bernauer, und das Oberkommissar Hohlfelder vom Betrugsdezernat", stellte sie die beiden einander vor. Herr Hohlfelder ist ein Freund von mir. Er hat Zugang zu bundesweiten Polizeikarteien. Da findest du vielleicht ein bekanntes Gesicht."

Lucas war nicht so sehr begeistert. „Wir suchen einen Mörder, keinen Betrüger", meinte er und Hohlfelder gab ihm recht. „Wir werden zuerst die Killer durchsehen, die wir hier haben. Aber Erberschleichung, wie auch immer, ist auch eine Betrugshandlung, möglicherweise in Verbindung mit Mord. Machen Sie sich einen ruhigen Tag, und betrachten Sie unsere Bilderchen. Schaden kann es nichts."

Lucas setzte sich vor den Computer, und Hohlfelder zeigte ihm wie er sich die einzelnen Bilder auf den Schirm holen konnte.

„Wenn Sie eine Täterkategorie durchgesehen haben, rufen Sie mich. Ich werden dann die nächste abrufen." Damit ließ er ihn allein.

Es wurde kein ruhiger Tag für Lucas. Stundenlang betrachtete er ein Bild nach dem anderen bis ihm der Rücken weh tat. Aber er musste noch einen zweiten Tag drauflegen, so umfangreich war die Kartei. Er gab sich alle Mühe und schaute aufmerksam hin, aber er konnte keinen erkennen, außer einem. Winfried Hessler. In der Schule war er ein Streber gewesen. In dieser Kartei wurde er als professioneller Heiratsschwindler geführt. Er begann zu lachen und Hohlfelder kam und fragte warum. Lucas deutete auf das Bild von Hessler. „Das ist ein Schulkamerad von mir. Er war so fies und unbeliebt, dass ich mir kaum vorstellen kann, dass ihn eine Frau überhaupt beachtet."

Hohlfelder war das nicht zu lachen. Ihm war das eher unangenehm. „Bitte Herr Bernauer. Ich habe Sie Susanne zuliebe hier hereingelassen. Eigentlich darf ich das nicht. Ich dürfte Ihnen höchstens einige Täter zeigen, und nur wenn Sie Augenzeuge eines Verbrechens geworden sind. Ich muss Sie um absolute Diskretion bitten. Der Mann hat seine Strafe verbüßt, wie Sie hier lesen können. Er ist jetzt dabei, seine Schulden zurück zu zahlen. Ich komme in Teufels Küche, wenn Sie mit irgendwem darüber reden."

Lucas beruhigte ihn. Er brauche sich darüber keine Gedanken zu machen. „Übrigens, mein eigenes Bild habe ich auch gefunden. Sie wissen ja, wir hatte mal miteinander zu tun."

„Ich weiß, Herr Bernauer. Ich hatte sogar erst kürzlich mit Ihnen zu tun. Ein bulgarischer Kollege teilte uns mit, dass er Sie festgenommen habe. Er wollte Auskunft über Sie. Deshalb freue ich mich, dass Sie anscheinend frei gekommen sind."

„Ah, jetzt begreife ich", murmelte Hohlfelder vor sich hin. Hohlfelder blickte ih fragend an. „Man wollte mir einen Mord in die Schuhe schieben"; sagte er, und Hohlfelder nickte mit dem Kopf.

Einige Zeit später, es war schon Ende April, überraschte Lucas Suse mit der Mitteilung, er fahre für einige Tage nach München. Er wolle es noch mal bei Dr.Soltau versuchen. Aber Suse riet ihm ab. „Bei dem bekommst du keine Antwort. Der ist stur wie ein..."

„...kanadischer Holzfäller. Ich weiß"

* * *

Jetzt war Lucas schon zwei Wochen in München. Suse hatte recht gehabt. Soltau schwieg wie ein Grab und berief sich auf seine Schweigepflicht. Bei Lucas Theorie von Mord oder sogar von Doppelmord durch den Erben, schüttelte er lächelnd den Kopf. „Da kann ich Sie beruhigen. Der Erbe oder die Erbin kommt dafür nicht in Frage. Meine Menschenkenntnis bürgt Ihnen dafür. Außerdem war ihm oder ihr nicht mal bekannt, dass es eine Katharina Stiller in Nessebar oder eine Maria Melkow in New York gab. Und ich weiß genau, dass er oder sie keinen Reisepass besitzt, Für die USA braucht man aber einen. Für Bulgarien auch."

„Was denn nun? Er oder sie", wollte Lucas Soltau überrumpeln. Der fiel jedoch nicht darauf rein. Auch das falle unter seine Schweigepflicht.

„Wegen dieser Antwort bin ich extra nach München gefahren und habe mehr als eine Woche auf einen Termin bei Soltau gewartet", beschwerte er sich bei Suse am Telefon.

Er ging in ein Lokal, in dem er schon einige Abende verbracht hatte, denn er kannte ja niemanden in München. Die Kneipe war nicht besonders ansprechend, aber sie lag genau gegenüber der Pension, in der er ein Zimmer gefunden hatte. Der Wirt kam selbst an seinen Tisch und brachte ihm unaufgefordert den Roten, den er immer bestellte. „Sagen Sie mal, Herr Wirt. Was sind das für Leute, die bei Ihnen verkehren. Kennen Sie einen, der mal etwas für mich tun würde, aber nicht gleich jedem davon erzählt? Ich zahle gut."

Der Wirt schaute Lucas misstrauisch an. „Wollen Sie mich auf die Probe stellen? Sind Sie ein Bulle? So wie Sie fragten, meinen Sie doch augenscheinlich jemanden, der es nicht so genau mit den Gesetzen nimmt."

„Seh ich aus wie ein Bulle? Ich war selbst mal mehr als drei Jahre im Knast." So offen sprach Lucas nie über seine Erfahrungen mit der Polizei. Schon gar nicht mit einem Fremden, aber das war wohl die einzige Möglichkeit, das Misstrauen des Wirtes zu besänftigen.

„Bleiben Sie hier sitzen. Es kann eine Weile dauern, aber ich finde schon jemanden, den Sie brauchen können. Zeigen Sie einen Schein, ehe Sie fragen. Hier gibt es keine Gangster, wenn Sie so was brauchen, aber eine Menge Leute können immer Geld gebrauchen. Sie tun auch was dafür, wenn es nicht gerade Arbeit ist."

* * *

Die Nacht war stockdunkel, aber einer der beiden Männer schien wie eine Katze im Dunkeln sehen zu können. Er ging so schnell und zielstrebig, dass der andere kaum hinterher kam. Jetzt blieb er vor einem schmiedeeisernen Zaun stehen und wartete auf den anderen. Beide hatte Trainingsanzüge an.

„Hier müssen wir rüber, sagte er und kletterte geschickt hoch und sprang auf der anderen Seite herunter. Der zweite Mann hatte etwas mehr Mühe mit dem Zaun. Die beiden gingen nun einen Kiesweg entlang, der unter ihren Schritten leise knirschte. Die große Flügeltür machte ihnen keine große Mühe. Nach kurzer Zeit öffnete der erste einen der beiden Flügel einen Spalt breit. Beide schlüpften hinein und schlossen die Tür leise hinter sich. Jetzt blitze eine Taschenlampe auf, die nur einen schwachen Lichtschein auf den Boden scheinen ließ.

„Hier die Treppe rauf rechts", flüsterte der zweite Mann. Die Tür zu dem Zimmer im ersten Stock hatte nur ein einfaches Schloss. Mit einem Blick auf die Fenster vergewisserten sie sich, das die schweren, dunkelroten Samtgardinen zugezogen waren. Auf dem Schreibtisch stand eine Lampe, die einer der beiden jetzt anknipste. Sie hatte einen breiten Metallschirm, so dass der Lichtstrahl nur auf den Schreibtisch fiel.

„Sieh dich um, vielleicht findest du was brauchbares für dich. Nimm mit, was du willst. Ich muss nur an den Karteischrank."

Die Holzschubladen waren schnell mit einem Stemmeisen aufgebrochen. Der Mann sah die einzelnen Schnellhefter durch, die alle sauber beschriftet waren. Er hatte schnell gefunden was er suchte. Einen der Ordner zog er heraus und schrieb etwas auf einen Notizzettel, den er vom Schreibtisch genommen hatte. Der zweite Mann kümmerte sich nicht darum. R durchwühlte alle Schubladen.

„Hast du was gefunden?", fragte der andere.

„Na ja. In einem Couvert waren sechshundert Mark. Und hier das Handy nehme ich noch mit und den Walkmann."

„Das ist kein Walkman. Das ist ein Diktiergerät. Was willst du damit?"

„Verkaufen lässt sich das allemal. Bist du fertig? Dann hauen wir ab."

Die beiden verließen das Haus auf dem gleichen Weg auf dem sie hereingekommen waren. Irgendwo, weiter weg, jaulte ein Hund. Sonst war es in dieser Gegend totenstill. Zwei Straßen weiter stieg einer in ein Auto. Der andere schüttelte den Kopf, als er gefragt wurde ob er mitfahren wolle. „Besser wir werden nicht zusammen gesehen. Und überhaupt, wird der Wirt den Mund halten? „

„Darauf kannst du dich verlassen", meinte der andere, hob die Hand und fuhr schnell davon.

Lucas, das war der zweite Mann, lief noch ein paar Straßen weiter, hielt ein Taxi an und ließ sich zum Bahnhof fahren. Aus einem Gepäckfach holte er sich seinen Koffer und wartete auf den Zug, der ihn nach Hause bringen sollte.

* * *

Zwei Tage später stand Lucas bei Suse im Büro. „Bist du zurück aus München?", wollte sie wissen. „Hat Soltau den Mund aufgemacht? Sicher nicht. Die Reise hättest du dir sparen können."

„Ich denke nicht", antwortete Lucas und hielt ihr den Zettel hin, den er vorgestern Nacht aus dem Ordner abgeschrieben hatte.

„Wer ist das? Jenny Wellinger. Die Straße liegt in Schönefeld, im Osten. Was ist mit dieser Jenny?"

Es dauerte eine Weile, ehe Lucas antwortete. Er wollte die Spannung steigern. „Jenny Wellinger, eine Sachbearbeiterin aus Leipzig hat gerade etwas mehr als 14 Millionen Dollar geerbt. Das sind bei dem Umtauschkurs fast dreißig Millionen Mark Geerbt von einer Cousine aus Amerika, die sie nicht mal kannte."

Suse blieb der Mund vor Staunen offen stehen. „Hast du Soltau doch rumgekriegt? Das hätte ich nicht geglaubt."

Lucas schüttelte den Kopf. „Nein ich habe ein bisschen in seinem Aktenschrank geblättert. Da fand ich den Ordner ‚Erbsache Stiller‚Melkow'. Er war sauber und ordentlich beschriftet.

„Bist du verrückt? Hat der dich tatsächlich alleine im Zimmer gelassen.

121

Wie leicht hätte er dich erwischen können. Du hättest einen Haufen Ärger gekriegt:"

Lucas wartete bis ein junger Mann, der Druckfahnen gebracht hatte, das Büro wieder verlassen hatte und lächelte Susanne dann an. „Er war gar nicht im Haus, und auch sonst war niemand zu sehen. Es war nachts um drei, und Soltau hat um diese Zeit wahrscheinlich friedlich geschlafen."

Suse schlug sich mit der flachen Hand auf die Stirn. „Bist du jetzt ganz übergeschnappt? Du bist doch nicht etwa eingebrochen?"

„Nein, eingebrochen ist ein anderer. Ich war bloß dabei. Der andere hat nach Geld gesucht und auch was gefunden. Dann hat ihn noch ein Handy und ein Diktiergerät interessiert. Ich habe inzwischen die Ordner durch geblättert. Und ich bin fündig geworden."

„Du willst wohl wieder in den Knast?", fragte Suse fassungslos. „Wenn ausgerechnet dieser Ordner fehlt, dann weiß Soltau doch ganz genau, das wir dahinterstecken. Und er wird ganz schnell auf dich kommen. Du bist stur wie ein... Na, du weißt schon."

„Ja, ich bin stur aber nicht blöd. Ich habe den Ordner wieder fein dahin gelegt, wo er vorher war. Und in den Knast will ich auch nicht wieder. Ich will den in den Knast bringen, der Katharina erschossen hat. Bei Soltau ist einer eingebrochen, der nach Geld gesucht hat." Er zog eine Münchner Zeitung hervor, die er gestern noch am Bahnhof gekauft hatte und zeigte ihr einen kleinen Artikel auf der vierten Seite. *„Bei dem bekannten Anwalt, Dr.S. wurde letzte Nacht eingebrochen. Der Dieb erbeutete eine geringe Bargeldsumme, sowie zwei technische Kleingeräte. Leider wurde auch ein antiker Schrank von beträchtlichem Wert zerstört, in dem Akten aufbewahrt wurden, in dem der Täter aber anscheinend auch Geld vermutete."*

„Du siehst, ein ganz gewöhnlicher Bruch, wie er in einer Großstadt täglich vorkommt. Ich habe dem Mann tausend Mark gegeben, damit er mich ins Haus bringt. Er weiß nicht, wonach ich gesucht habe, und er weiß nicht wer ich bin. Als ich ihn getroffen habe, trug ich eine große Brille, hatte mir einen Schnauzer angeklebt und meine Haare rot gefärbt. Das ah scheußlich aus."

„Das ist ja wie im Krimi", schüttelte Suse den Kopf. „Was hast du jetzt vor?"

„Ich habe mich über diese Jenny Wellinger erkundigt und bin ihr ein bisschen nachgegangen. Sie hatte in einer Export Firma gearbeitet, aber, sicher nach der Erbschaft, dort gekündigt. Sie ist nicht verheiratet, lebt aber mit einem jungen Mann zusammen, dem Namen nach Italiener, in dessen Wohnung. Die Nachbarin hat mir erzählt, die beiden würden im Juni heiraten. Die junge Frau scheint ziemlich naiv zu sein und hat mit der Sache sicher nichts zu tun.. Den Italiener werde ich mit noch genauer ansehen. Er arbeitet in einer Bank und ist seit ein paar Tagen verreist. Den werde ich mir noch genauer vorknöpfen. Mit der Wellinger werde ich reden, solange der weg ist. Kommst du mit?"

„Natürlich. Wann?"

"Jetzt gleich."

* * *

Vor ein paar Tagen hatte Jenny ihren Mario strahlend an der Tür empfangen. „Ich habe heute einen Anruf meiner Bank bekommen. Die Überweisung ist jetzt auf meinem Konto. Ich kann sofort darüber verfügen. Ich bin jetzt eine gute Partie."

Mario war anscheinend nicht so erfreut wie Jenny. „Es wäre mir lieber gewesen, du hättest die Erbschaft nicht gemacht. Ich fühle mich nicht so recht wohl als Prinzgemahl. Die Leute werden denken, ich habe dich deines Geldes wegen geheiratet. Wir hätten auch mit meinem Geld gut leben können."

„Was kümmern dich die Leute. So kenne ich dich doch gar nicht." Jenny nahm ihn in den Arm. „Ohne dich könnte ich doch mit soviel Geld gar nicht umgehen. Ich kann mir eine Million überhaupt nicht vorstellen und schon gar nicht dreißig. Du bist ab sofort mein Finanzberater."

Mario nahm sie ernst. „Natürlich kann ich dir Ratschläge geben, aber entscheiden musst du selbst. Du musst das Geld jetzt klug anlegen. Jetzt ist das nicht mehr so wie vorher. Mit deinen zehntausend auf dem Konto konntest du gar nichts falsch machen. Wir sollten, entschuldige, du solltest dir jetzt zuerst mal überlegen, wie du die Erbschaftssteuer minimieren kannst. Am besten, wenn du überhaupt keine bezahltst."

Jenny sah ihn zweifelnd an. „Geht das denn? Ist das gesetzlich überhaupt möglich?"

„Möglich ist alles. Was heißt gesetzlich? Glaubst du, die Großen scheren sich um die Steuergesetze. Die haben tausend Möglichkeiten, Mit ihren Anwälten finden sie immer einen Weg drumherum. Da gibt es Verlustzuweisungen bei Investitionen, ach was weiß ich. Eigentlich bin ich da überfragt. So ein Finanzgenie bin ich nicht. Vielleicht solltest du dich wirklich an einen guten Finanzberater wenden. Ich kenne mich aus mit der Kreditvergabe. Vom Steuerrecht habe ich nicht all zu viel Ahnung. Allerdings mit einem Fremden Berater hast du immer Mitwisser, wenn mal nicht alles so korrekt geht. Ich könnte dir einen Vorschlag machen, aber das hätte Konsequenzen für dich."

„Was heißt Konsequenzen?"

„Nun, es wäre gesetzlich nicht korrekt, und du würdest dich strafbar machen. Du lässt dein Geld auf ein Schweizer Konto überweisen. Das darfst du ganz legal, wenn du es ganz offiziell tust. Du müsstest aber dann trotzdem die Erbschaftssteuer hier bezahlen und eventuelle Gewinne versteuern. Die Erbschaftssteuer ist sehr hoch, da du nur eine Verwandte zweiten Grades bist, und es sich um eine sehr hohe Summe handelt."

„Und was hätte ich dann gut gemacht?"

„Gar nichts. Es sei denn, du zahlst nicht und fährst dem Geld einfach hinterher in die Schweiz und kommst nie mehr zurück. Du dürftest dich hier nie mehr blicken lassen. Steuerschulden verjähren nicht. Aber die Schweiz liefert niemanden aus in solchen Angelegenheiten. Sie geben auch keine Auskunft. Und mit solch einem Vermögen bist du schnell Schweizer Staatsbürger, da lässt sich immer was machen. Doch du wolltest ja nichts ungesetzliches tun. Das kostet dich aber dann die Hälfte deines Geldes."

„Und du meinst das geht? Nicht, dass sie mich dann an der Grenze festhalten."

„Aber Liebes. Es kann dich doch keiner daran hindern ins Ausland in den Urlaub zu fahren. Dass du dort bleiben willst kann man dir doch nicht ansehen, oder?"

Man sah Jenny an, dass sie überlegte. „Nie mehr hierher nach Deutschland? Gut, das könnte ich verschmerzen. Ich habe keine Verwandten mehr, auf die ich Rücksicht nehmen müsste. Aber ich weiß doch noch nicht, ob ich mich in der Schweiz wohl fühlen werde. Wenn ich dann nicht mehr zurück könnte„„?

„Es gibt so viel schöne Flecken auf dieser Erde. Und mit dem Geld hättest du die Wahl. USA, Kanada, Jamaika, Südamerika, Hawaii, Honolulu." Englisch kannst du, und damit kommst du überall aus. Stell dir vor du kannst immer der Sonne nachreisen. Nie wieder dieser kalte und trübe Winter. Wenn du dein Geld risikoarm anlegst und ein bisschen klug verteilst in guten Fonds, kannst du von deinen Zinsen leben, ohne jemals dein Kapital angreifen zu müssen. Du darfst nur nicht verrückt spielen, jedes Jahr ein neue Yacht, in jedem Land ein Haus."

Jenny dachte angestrengt nach. „Du meinst also, die Steuer kostet mich die Hälfte des Geldes? Das kann doch nicht sein. Damit habe ich mich noch nie befasst."

„Ja, mein Liebes. Das ist nun mal so. Die Höhe der Steuer richtet sich nach dem Grad der Verwandtschaft. Also Kinder und Eltern zum Beispiel zahlen am wenigsten. In deinem Fall, also eine Cousine und gar noch die Tochter einer Halbschwester... Da geht es heftig ins Geld. Dazu kommt noch, dass bei dieser Konstellation nur ein geringer Freibetrag geltend gemacht werden kann. Da musst du schon mit mehr als fünfzig Prozent rechnen. Aber ich will mich noch mal erkundigen."

„Jenny schien einen Entschluss gefasst zu haben. „Fahre in die Schweiz und eröffne ein Konto. Über alles andere können wir dann ja noch reden. Dann haben wir ja erst mal noch Zeit."

Aber Mario schüttelte den Kopf. „Haben wir nicht. Die Bank wird auf jeden Fall die Höhe der Erbschaft dem Finanzamt melden. Du wirst dann einen kurzfristigen Steuerbescheid bekommen. Außerdem fahre ich nicht alleine. Du wirst schon mitkommen müssen. Überhaupt, du darfst jetzt nicht mehr so leichtsinnig sein. Gib die Verfügung über dein Vermögen nicht aus der Hand." Mario strich Jenny zärtlich über das Haar. „Was wäre, wenn ich mich mit deinem Geld aus dem Staub machen würde?"

Jenny lächelte ihn an. „Du wolltest mich heiraten, als ich eine arme Maus war. Du warst großzügig zu mir, ohne dass du davon einen Vorteil hattest. Was also soll das?"

„Ich hatte schon einen Vorteil. Du hättest mich ja auch geheiratet. Wäre das kein Vorteil? In meinen Augen schon."

Sie beschlossen also dass sie beide in die Schweiz fahren würden. Man könnte dabei gleich einen Besuch bei seinen Eltern verbinden, die Jenny ja noch gar nicht kannten. Man würde die Vorbereitungen zur Hochzeit treffen. Spätestens jetzt musste Jenny sich Gedanken darüber machen.

„Welche Papiere brauche ich dazu eigentlich?", fragte sie Mario. Es stellte sich heraus, dass es gar nicht so einfach war, in der Schweiz eine Ausländerin zu heiraten. Gott sei dank hatte sie für Dr. Soltau ihre Geburtsurkunde hervorgekramt, aber sie brauchte noch andere Bescheinigungen von den Ämtern.

„Weißt du was Jenny. Ich habe sowieso einen Geschäftstermin in Bern. Du würdest dich da ohnehin langweilen. Besorge du deine Papiere. Ich fahre inzwischen schon rüber, und wenn du alles beisammen hast, kommst du nach."

Jenny war das überhaupt nicht recht, aber es war wohl das Beste. Mario flog nach Bern, und als Jenny ihre Dokumente beisammen hatte, fuhr sie mit dem Zug hinterher. Im Flieger fühlte sie sich nie so richtig wohl. In Bern holte sie Mario mit einem großen Blumenstrauß vom Bahnhof ab.

„Jetzt zeige ich dir erst einmal die Stadt. Für heute Abend habe ich Theaterkarten und für morgen Früh bereits einen Termin bei der Bank vereinbart."

* * *

Suse und Lucas nahmen Adrian Kremer mit zu dem Besuch bei Jenny Wellinger. Lucas war schon mal in dem Haus gewesen und sie mussten nicht lange suchen. Unter dem mit Jennys Namen hing eine Visitenkarte: Mario Sabatini. Sonst nichts.

Sie klingelten mehrmals vergeblich, und als sie schon wieder gehen wollten, streckte die Nachbarin ihren Kopf durch einen Türspalt. „Frau Wellinger wohnt nicht mehr hier", sagte sie. „Die wohnt bei Herrn Sabatini, die Adresse kann ich Ihnen geben." Da erkannt sie Lucas, der sich ja schon einmal bei ihr nach Jenny erkundigt hatte. „Das sind ja wieder Sie", sagte sie misstrauisch.

Suse wollte keinen Ärger und zeigte ihren Presseausweis. „Wir wollen Frau Wellinger gerne einmal sprechen. Und natürlich auch Herrn Sabatini."

„Herr Sabatini ist schon vor einigen Tagen in die Schweiz gereist, und Frau Wellinger ist heute hinterher gefahren." Jetzt wurde sie gesprächig. „Von der Zeitung sind sie also. Herr Sabatini ist ein reizender junger Mann. Er passt gut zu Frau Wellinger. Man könnte richtig neidisch werden über das Glück der beiden." Sie kicherte einfältig. „Sie sind zu den Eltern von Herrn Sabatini gefahren," dann flüsterte sie geheimnisvoll. „Frau Wellinger hat wohl eine kleine Erbschaft gemacht. Jetzt wollen sie heiraten. Ist das nicht rührend?"

„Eine kleine Erbschaft ist gut", platzte Kremer heraus, aber nach einem Rippenstoß Suses war er still.

„Wissen Sie wohin in Italien sie gefahren sind?", wollte Suse wissen, aber die Frau schüttelte den Kopf. „Herr Sabatini ist Schweizer, und seine Eltern wohnen in den Schweizer Bergen. Er ist ein großes Tier bei einer Bank", setzte sie stolz hinzu, als sei das ihr Verdienst.

„Er hat aber einen italienischen Namen."

Darüber konnte die alte Dame aber nichts sagen. Sie wisse nur, dass die Eltern Sabatinis sehr reich seien. Herr Sabatini ist sehr gebildet. Er spricht mehrere Sprachen. Frau Jenny wird es bei ihm sicher gut haben. Ich gönne ihr das Glück. Sie musste immer rechnen."

"Das Glück hat wohl eher Herr Sabatini" ,rutschte es Suse leise heraus,

Aber die Nachbarin hatte noch gute Ohren. „Da haben Sie recht, junge Frau. Herr Sabatini hat großes Glück. Frau Jenny ist ein hübsches und liebes Mädchen."

Bei welcher Bank Sabatini arbeitete konnte sie aber nicht sagen. Nur dass er ein hohes Tier sei, betonte sie immer wieder. Es blieb ihnen nichts anderes übrig, als unverrichteter Dinge wieder zu gehen.

„Da sollten wir dranbleiben", meinte Suse. „Eine große Erbschaft, ein ´hohes Tier´ bei einer Schweizer Bank. Das klingt mir verdächtig nach Nummernkonto." Suse bekam einen nachdenklichen Blick. „Wenn wir weiter nichts herauskriegen, vielleicht können wir dann wenigstens einen Steuerbetrug aufdecken."

„Ich werde die Wohnung täglich anlaufen", sagte Lucas. „Nicht dass sie uns noch einmal entwicht." Er wurde wieder misstrauisch. „Wenn wie sie überhaupt noch mal sehen."

* * *

„Es war ein schöner Abend." Jenny lag im Bett und sah Mario zu wie er das Frühstück mit einem Blumenstrauß garnierte. Der Zimmerkellner hatte den Tisch decken wollen, aber Mario hatte ihn weggeschickt. „Ich mache das selber. Danke!"

„Aufstehen! Frühstück." Jenny ging schnell noch unter die Dusche und setzte sich dann im Morgenmantel zu Mario an den Tisch. Sie frühstückten ausgiebig und Mario fasste zwischendurch immer wieder nach Jennys Hand. „Morgen werden wir zu meinen Eltern fahren. Du wirst unser schönes Haus kennen lernen. Vielleicht werden wir die ersten Wochen dort wohnen müssen bis wir etwas passendes gefunden haben. Ob wir ein eigenes Haus bauen oder etwas mieten, werden wir erst entscheiden, wenn du dir sicher bist, dass wir hier bleiben werden.

Jenny seufzte auf. „Darüber mache ich mir erst mal keine Gedanken.

Viel wichtiger ist, dass ich deinen Eltern gefallen werde. Ich soll plötzlich eine Familie haben. Daran muss ich mich erst noch gewöhnen."

„Ich weiß es genau. Du wirst meinen Eltern willkommen sein, und du wirst sie mögen. Das verspreche ich dir." Er stand vom Tisch auf und klingelte dem Kellner zum abräumen. Zu Jenny sagte er: „Bitte zieh das schwarze Kostüm an. Du musst Eindruck machen auf den Bankdirektor. Das bist du deinem Konto schuldig. Bitte nie um etwas, fordere. Die Bank wird dir zu Diensten sein."

Mario hatte keinen Wagen gemietet. Er wollte nicht seine oder ihre Kreditkarte benutzen. Für einen findigen Steuerbeamten könne das ein Hinweis sein, hatte er gemeint. Mit dem Taxi fuhren Sie zur Bank, und im Foyer wurden sie bereits von einem jungen Mann erwartet. „Frau Wellinger?", fragte er. Mario nickte er nur höflich zu. Für ihn war Jenny die Kundin. „Bitte folgen Sie mir. Ich bringe Sie zu Direktor Lorraine. Er führte Jenny und Mario zu einem Aufzug, der geräuschlos in die Höhe fuhr. In einem Vorzimmer saß eine sehr gut gekleidete junge Frau, vor der Jenny noch vor ein paar Wochen Komplexe bekommen hätte. Sie begrüßte beide mit einem charmanten Lächeln, öffnete ohne anzuklopfen eine Tür und bat sie herein.

„Herr Direktor Lorraine, Frau Wellinger und...?" Sie sah Mario mit einem fragenden Blick an. „Mario Sabatini", sagte der und übergab ihr seine Karte, die sie an den Direktor weiterreichte.

„Bitte nehmen Sie Platz, gnädige Frau, Herr Sabatini", sagte er und stand zur Begrüßung auf. Er rückte Jenny, den Stuhl zurecht, und nachdem er wieder saß blickte er sie an. „Sie wollen eine Geldanlage machen? Ist Herr Sabatini Ihr Finanzberater?"

Jenny wurde rot. „Ja, nein, das heißt in gewisser Weise schon. Er ist mein Verlobter. Im nächsten Monat heiraten wir. Er ist leitender Angestellter bei der...", Mario unterbrach sie. „Ich arbeite in einer soliden Bank, möchte aber aus bestimmten Gründen den Namen dieser Bank nicht nennen. Bitte entschuldigen Sie Herr Lorraine."

Lorraine nickte mit dem Kopf. „Selbstverständlich achte ich Ihre Diskretion." Er blickte Jenny an. „Möchten Sie Aktion kaufen oder andere Papiere, gnädige Frau?"

„Ich möchte vorerst nur eine bestimmte Summe von meiner Bank aus Leipzig auf Ihre Bank transferieren." Lorraine schien das nicht für ungewöhnlich zu halten, obwohl Jenny bei dieser Bitte, Forderung hätte Mario gesagt, ziemlich unsicher klang.

„Sagen Sie mir bitte an welche Summe Sie da gedacht haben."

Jenny wurden die Knie weich als sie antwortete. „Etwa dreißig Millionen."

Wieder zeigte sich Lorraine nicht beeindruckt, obwohl er diese Summe bei der schüchternen, jungen Frau nicht vermutet hätte. „Dollar oder D-Mark, hoffentlich keine Lire", versuchte er zu scherzen. Jenny lächelte ihn an, aber Mario schien peinlich berührt zu sein. „Ich bitte Sie, Herr Lorraine."

„Es sollte ein Scherz sein", antwortete er und ärgerte sich über seinen Lapsus.

Dreißig Millionen D-Mark", sagte Jenny, setzte aber gleich hinzu „aber nur für eine kurze Zeit. Ich möchte, dass das Geld umgehend auf ein Nummernkonto überwiesen wird, ohne dass mein Name genannt wird. Die Gründe dafür..." Jetzt unterbrach sie Lorraine „...sind ganz alleine Ihre Sache. Ich möchte sie nicht wissen." Er wusste sie ganz genau.

Jenny fuhr fort. „Ich werde morgen zurückfahren und die Überweisung veranlassen. Am nächsten Tag komme ich zurück und wir überweisen das Geld auf ein..." Wieder unterbrach sie Lorraine, „..auf ein anonymes

Konto. Ich verstehe. Aber Sie brauchen sich doch die Mühe der Rückfahrt nicht machen, gnädige Frau. Sicher haben Sie eine Kreditkarte Visa, American Express, Mastercard. Er fürchtete wahrscheinlich, ein gutes Geschäft zu verlieren und Jenny könnte es sich anders überlegen, falls er sie jetzt weg ließe. Dreißig Millionen waren auch für ihn kein Pappenstiel. Sie benutzen einfach Ihre Karte, die PIN haben Sie bestimmt zur Hand. Die Überweisung ist eine kleine Sache. Ich bringe Sie sofort zu meinem Abteilungsleiter und wir eröffnen sofort das anonyme Konto, und auch das ist eine Routinesache. Ich werde Ihre Nummer nicht kennen und mein Angestellter kennt Ihren Namen nicht. Damit ist Ihnen die Diskretion meiner Bank sicher."

Jenny sah unsicher zu Mario, und er nickte ihr beruhigend zu.

„Gut, Herr Lorraine, machen wir es so", sagte Jenny aufatmend. Es war alles viel einfacher als sie es sich vorgestellt hatte.

Der Abteilungsleiter hatte den profanen deutschen Namen Müller. Er führte sie in einen anderen, etwas kleineren Raum und bat sie ebenfalls Platz zu nehmen. Gewohnheitsmäßig wollte Jenny ihren Ausweis aus der Tasche nehmen, aber Mario legte ihr die Hand auf den Arm und schüttelte den Kopf. Jenny wurde wieder rot.

„So", meinte Herr Müller. „Wer von Ihnen möchte bitte das Konto eröffnen?"

„Die gnädige Frau", sagte Mario.

„Dann bitte ich Sie, mein Herr, draußen zu warten."

Jenny sah Müller erstaunt an. „Das ist nicht nötig. Herr..., mein Begleiter, meine ich, kann gerne dabei sein." Doch Müller widersprach. „Das wäre leider gegen unsere Geschäftsbedingungen. Die Bank schließt mit Ihnen einen Vertrag, nicht mit Ihrem Begleiter. Bitte verstehen Sie das. Es geht hier um Haftungsfragen. Sie, gnädige Frau, erhalten von uns die Kontounterlagen, einschließlich Ihrer Kennnummer. Was Sie dann damit tun, bleibt Ihnen überlassen."

„Mario stand auf. „Das geht schon in Ordnung, Liebling. Herr Müller kann das nicht anders machen. Ich warte draußen."

Müller sah ihn erleichtert an. „Es dauert nicht lange, mein Herr."

Nach kurzer Zeit kam Jenny aus dem Zimmer. Sie strahlte. „Jetzt habe ich ein Nummernkonto in der Schweiz.. Ich bin ein Steuerflüchtling wie Becker oder Schuhmacher", lachte sie ausgelassen.

Mario fasste sie unter den Arm. „Hast du die deine Nummer gut eingeprägt? Wenn du sie vergisst, bekommst du dein Geld nie wieder."

„Keine Angst, mein Lieber. Ich habe sie sogar aufgeschrieben."

„Um Gottes Willen", war Mario erschrocken. „Präg sie dir fest ein und sieh zu, dass du den Zettel so schnell wie möglich vernichtest. Viele halten so ein Nummernkonto für ein Kavaliersdelikt, es ist aber nun mal strafbar.

Sie machten sich einen vergnügten Tag, aßen gut in einem teuren Restaurant, und Jenny bestellte eine Flasche Champagner.

„Am hellen Tag?", schmunzelte Mario, und Jenny erwiderte: Keine Angst. Ich bezahle. Das kann ich mir locker leisten.

Am späten Nachmittag kamen sie in ihr Hotel zurück. Jenny warf sich erschöpft aufs Bett. „Komm zu mir. Ich bin glücklich", aber Mario schüttelte den Kopf. „Nichts da. Ruhe dich ein bisschen aus. Ich gehe unter die Dusche, dann kannst du. Ich habe für dich einen Termin im Kosmetiksalon des Hotels gebucht. Lass dir inzwischen dein Abendkleid aufbügeln, oder kauf dir ein neues in der Boutique. Heute

Abend lade ich dich ein. Wir gehen groß aus. Ich habe bereits zwei Plätze reservieren lassen. Nein, wo verrate ich nicht.", wehrte er Jennys Frage ab. „Lass dich überraschen. Es wird dir gefallen. Du wirst schon sehen. Keine Widerrede!"

„Und wie vertreibst du dir die Zeit so lange?", schmollte Jenny.

„Ich habe noch einen Termin mit einem Geschäftsfreund in der Lounge des Hotels. Soll ich ihn einladen heute Abend mit zu kommen? Er hat eine reizende Frau."

Jenny warf mit einem Kissen nach ihm. „Das könnte dir so passen."

Mario zog sich aus und ging unter die Dusche. Als er prustend unter dem heißen Wasserstrahl stand, kam Jenny zu ihm herein. „Du bist ein Ekel", sagte sie. „Kannst du deinen Termin nicht auf morgen verschieben? Ich wüsste jetzt was Schöneres."

„Du weißt doch, dass wir morgen bei meinen Eltern angemeldet sind. Also sei lieb."

Als Jenny dann unter der Dusche stand, nahm Mario eine Flasche aus dem Schrank und goss sich einen Whisky ein. „Willst du auch einen Wisky?", rief er Jenny zu.

„Nein", rief sie zurück „Mach mir bitte einen Gin mit viel Zitrone und einen großen Schluck Tonic." Er stellte das Glas auf die Anrichte und tat etwas Eis hinein. Dann öffnete er die Tür zur Dusche, sah lange ihren nackten Körper an und sagte: „Du bist wunderschön, mein Liebes. Es tut mir leid, aber ich muss wirklich jetzt gehen, es ist sehr wichtig. In zehn Minuten habe ich meine Verabredung."

* * *

Jenny wachte auf. Durch die geschlossenen Vorhänge fiel der Schein der Neonreklame des Hotels. Sie wunderte sich, dass es schon dunkel war. Neben ihr stand das leergetrunkene Glas, das ihr Mario hingestellt hatte. Im Mund hatte sie einen merkwürdigen Geschmack. Sie sah auf die Uhr und bemerkte erschrocken, dass es schon nach zweiundzwanzig Uhr war.

„Mario?", rief sie, aber sie bekam keine Antwort. „Vielleicht sitzt er an der Bar", murmelte sie vor sich hin. Doch dann fiel ihr ein, dass er ja Plätze irgendwo für heute Abend bestellt hatte. Sie konnte sich nicht denken, warum er sie so lange schlafen ließ. Nachdem sie ein Weile da gesessen hatte, zog sie ihr Kleid über und verließ das Zimmer. Nirgendwo konnte sie Mario finden. An der Rezeption hatte man ihn auch nicht gesehen. Er sei gegen siebzehn Uhr aus dem Haus gegangen, aber man habe nicht bemerkt, dass er zurückgekommen sei. Jetzt wurde Jenny langsam unruhig. Wieso war er aus dem Hotel gegangen? Er wollte sich doch mit seinem Geschäftsfreund in der Hotellounge treffen. Er hatte ihr doch versprochen, dass es nicht lange dauern würde, aber seit er aus dem Haus war sind bereits fünf Stunden vergangen. Sie war es zwar gewöhnt, dass eine Besprechungen manchmal länger dauerten als er annahm, aber dann hätte er doch ganz bestimmt angerufen.

„Wissen Sie, ob Herr Sabatini angerufen hat? Ein Anruf müsste ja hier angekommen sein, bevor man ihn aufs Zimmer legte."

Die Dame hinter dem Tresen war erst seit einer Stunde im Dienst. Ihr Kollege sei bereits nach Hause gegangen. Dann soll sie ihn anrufen, bat Jenny.

„Ich kann doch um diese Zeit niemanden stören."

Aber Jenny ließ sich nicht abweisen. „Wenn er erst vor einer Stunde gegangen ist, dann liegt er doch bestimmt noch nicht im Bett. Also rufen Sie an!"

Auch der Kollege hatte keinen Anruf angenommen. Jenny ließ sich ein Telefonbuch geben und rannte zu Aufzug, Sie rief nacheinander alle Polizeidienststellen, die Rettungsdienste und die Krankenhäuser an. Langsam bekam sie es mit der Angst zu tun. Es war gar nicht so einfach jemanden ans Telefon zu bekommen. Der deutsch sprach. Manchmal musste sie auf englisch fragen. Niemand wusste etwas von einem Unfall und wenn doch, dann passte das Alter nicht, oder die Beschreibung nicht auf Mario. Sie zog sich einen Mantel über und ließ ein Taxi kommen.

„Bitte fahren Sie zur nächsten Polizeiwache. Können Sie über Ihre Zentrale erfahren, ob um sechzehn Uhr ein Fahrgast aus dem Hotel abgeholt wurde?"

Der Fahrer zeigte wenig Lust, umständlich mit der Zentrale zu sprechen, außerdem sei es nicht üblich, Fremden solche Auskünfte zu erteilen.

„Das ist mein Verlobter", sagte sie und gab ihm einen großen Geldschein. Sie beschrieb das Aussehen Marios und erfuhr, dass er tatsächlich mit einem Taxi vom Hotel weggefahren sei. Er habe nur einen kleinen Aktenkoffer dabeigehabt und sei ins Zentrum gefahren worden. Man sagte ihr auch die Straße wo er ausgestiegen sei, und sie bat den Fahrer, erst mal dorthin zu fahren. Sie stieg aus und bat ihn zu warten.

„Bitte zahlen Sie zuerst", meinte er lakonisch, „und sehr lange kann ich nicht warten."

Jenny wurde wütend. „Hier sind fünfhundert Mark als Garantie und ich miete Sie für die ganze Nacht. Basta!"

Der Chauffeur tippte mit dem Zeigefinger an den Mützenrand. „Geht in Ordnung", erwiderte er in seiner behäbigen Berner Mundart.

Jenny klapperte sämtliche Hotels, Kneipen und Cafés ab, die im weiten Umkreis lagen, aber keiner hatte Mario gesehen, oder konnte sich an ihn erinnern. Sie wurde wütend, wenn die Kellner grinsten und anzüglich meinten, er habe sicher was passendes gefunden. Es wurde schon hell als sie mit dem Taxi ins Hotel zurück fuhr. Auf der Polizeiwache hatte man sich geweigert, eine Vermisstenanzeige auf zu nehmen. Es ei nicht außergewöhnlich, wenn ein erwachsener Mann mal eine Nacht in einem anderen Bett schlafe. Er würde schon wiederkommen. Und überhaupt, er habe sogar das Recht, nicht wieder zu kommen. Verzweifelt warf sie sich in den breiten Sessel ihre Hotelzimmers und versuchte, zu Hause anzurufen. Vielleicht musste er aus irgendeinem Grund nach Leipzig fliegen. Sie konnte sich allerdings nicht vorstellen, dass er sie dann nicht benachrichtigt hätte. Lange ließ sie es klingeln, aber es nahm niemand ab. Immer wieder versuchte sie in den nächsten Tagen, Mario zu finden. Am dritten Tag nahm man wenigstens auf der Polizei ihre Vermisstmeldung auf, nachdem sie mit dem Dienststellenleiter gesprochen hatte. Am Wochenende gab sie auf. Diesmal nahm sie trotz ihrer Flugangst den Flieger nach Leipzig. Sie rief in der Bank Marios an, aber da habe er sich auch nicht gemeldet. Das sei auch nicht wahrscheinlich, er habe Urlaub genommen und sei in die Schweiz gefahren. Sie rief alle Leute an, mit denen sie oder Mario jemals zu tun gehabt hatten, aber keiner hatte ihn gesehen. Alle Zeitungsmeldungen in denen was von Mord oder Überfall stand verschlang sie. Nichts! Mario hatte immer viel Geld bei sich. Vielleicht hatte man ihn überfallen und irgendwo verscharrt.

Mario war wie vom Erdboden verschluckt.

* * *

Kremer, der sich mit Lucas in die Beobachtung von Jennys Wohnung teilte, hatte Suse angerufen, dass Jenny Wellinger wieder da sei. Ob auch Mario zurückgekommen war, konnte er nicht sagen.

Suse überlegte nicht lange. „Gut. Treffen wir uns in einer halben Stunde vor ihrem Haus." Sie hängte ein, bevor Adrian antworten konnte. Er stand vor dem Haus, als Suse angefahren kam.

„Bist bei Trost? Heute ist Sonntag. Du kannst doch am Sonntag nicht jemanden unangemeldet überfallen."

„Komm", sagte sie, ohne auf seinen Einwand einzugehen. Sie klingelten bei Jenny, aber es dauerte eine ganze Weile, ehe sie mit schlurfenden Schritten an die Tür kam. Sie öffnete nur einen Spalt, ohne die Kette abzunehmen. Suse sah, dass sie unfrisiert war. Strähnen hingen ungepflegt von ihrem Kopf. Das Kleid war zerknittert als habe sie darin geschlafen. An den Füßen trug sie statt der Hausschuhe dicke Wollsocken.

„Wer sind Sie. Was wollen Sie?" Ihre Stimme klang müde und interesselos.

Suse zeigte ihren Ausweis. „Wir sind von der Presse. Mein Name ist..." Aber Jenny ließ sie nicht ausreden. Sie schlug die Tür zu, öffnete sie aber gleich wieder, nachdem sie die Kette abgenommen hatte.

„Ist etwas mit Mario? Wissen Sie, wo er ist?"

Suse versuchte sie zu beruhigen. Nein sie wisse es nicht, sie kenne nicht mal diesen Namen, log sie. Jenny schien enttäuscht zu sein und wollte die Tür wieder schließen, aber Adrian steckte einen Fuß dazwischen.

„Bitte lassen Sie uns herein. Vielleicht können wir Ihnen doch helfen. Ich bin Susanne Marofsky, Journalistin, und das ist Adrian Kremer, mein Fotograf. Erzählen Sie uns, was mit diesem Herrn Mario passiert ist. Bei der Presse hat man viele Möglichkeiten."

Jenny Wellinger drehte sich teilnahmslos um und ging ins Zimmer. Die

Tür ließ sie offen, sodass ihr die beiden folgen konnten. Auf dem Tisch stand eine halb geleerte Cognacflasche und ein schmutziges Glas. Daneben lag auf einem Teller ein Stück kalter Pizza und ein angebissenes Baquette. Jenny ließ sich in den Sessel fallen, ohne vorher die Wäschestücke wegzunehmen, die darauf verstreut waren.

„Was wollen Sie von mir wissen? Warum sind Sie überhaupt hier?"

„Das ist eine lange Geschichte", antwortete Suse vorsichtig. Sagen Sie mir, wer ist Mario, und was ist mit ihm. Sie scheinen nicht zu wissen, wo er sich aufhält."

Jenny liefen die Tränen über die Wangen und sie versuchte nicht einmal sie abzuwischen. „Mario ist mein Verlobter und er ist spurlos verschwunden. Vor fünf Tagen."

„Ist er in der Schweiz verschwunden?", half ihr Suse.

„Woher wissen Sie das? Haben Sie etwas damit zu tun?" Suse spürte, wie Jenny misstrauisch wurde und beeilte sich, sie zu beruhigen.

„Wir waren vorige Woche schon mal hier, und Ihre freundliche Nachbarin hat uns erzählt, dass Sie jetzt wo anders wohnen, aber zur Zeit in der Schweiz sind. Mit ihrem Verlobten, eben diesem Mario. Sie sagte, dass Sie dort heiraten wollten."

Jenny schluchzte tief auf, und Tränen schossen ihr wieder in die Augen. Sie suchte nach einem Taschentuch und Adrian reichte ihr seines. Sie nahm es ihm teilnahmslos aus der Hand, wischte ihr Gesicht ab und schnäuzte dann kräftig hinein.

„Mario Sabatini ist mein Verlobter und wir wollten tatsächlich heiraten, aber er ist wie vom Erdboden verschluckt. Ich bin mir sicher, man hat ihm etwas angetan, berichtete sie und schluchzte wieder tief.

„Verzeihen Sie bitte die indiskrete Frage: Hatte Ihre Reise noch andere Gründe?"

Wieder wurde Jenny misstrauisch. „Was meinen Sie? Andere Gründe?"

Suse musste jetzt deutlich werden. „Ihre Erbschaft?"

Jenny hörte sofort auf zu weinen. „Was wissen Sie über meine Erbschaft, und was geht Sie das an?"

„Das ist eine lange Geschichte", sagte Suse nochmals. „Ich bin nicht an dem Geld interessiert, falls Sie das befürchten. Ich kenne einige Umstände, wie es zu dieser Erbschaft kam." Sie erzählte Jenny von Katharina Stiller, von dem ungeklärten Tod der Maria Melkow, und sie erzählte sogar von Lucas Bernauer und dem anfänglichen Verdacht gegen ihn.

„Warum kommen Sie dann zu mir? Vielleicht hat dieser..dieser Bernauer meinen Mario auf dem Gewissen."

„Herr Bernauer hat in der letzten Woche die Stadt niemals verlassen. Er kann nicht in der Schweiz gewesen sein. Und ich will ehrlich sein. Sie sind die Erbin eines riesigen Vermögens. Zwei Frauen mussten sterben damit Sie erben. Da liegt der Verdacht doch nahe, dass Sie etwas damit zu tun haben könnten."

„Sind Sie bei Verstand? Ich habe doch niemanden umgebracht." Jenny war ehrlich entrüstet.

„Nein, das war am, Anfang ein Verdacht. Ich weiß inzwischen, dass Ihnen die beiden Frauen unbekannt waren. Aber es gibt da einen geheimnisvollen Mann, einen den es eigentlich gar nicht gibt. Ich weiß, das klingt konfus, ist es aber nicht. Kennen Sie einen Mann mit dem Namen Keller. Martin Keller?" Sie sah Jenny gespannt an.

„Ja ich kenne einen Herrn Keller. Ob er Martin heißt, weiß ich nicht."

Suse und Adrian starrten Jenny gespannt an. „Woher kennen Sie diesen Mann?"

„Er hat in meiner früheren Firma gearbeitet. Pförtner war er. Jetzt ist er wohl in Rente."

Die beiden Journalisten waren enttäuscht. „Jenny..,darf ich Jenny sagen? Ich bin die Suse und das ist Adrian", erzählte sie vertraulich. "Sagen Sie mir bitte ehrlich ob Sie einen anderen Grund für die Reise hatten. Wo waren Sie eigentlich genau? Sie können mir vertrauen, in meinem Beruf lernt man als Erstes Diskretion."

Jenny schien jetzt nachzudenken. „Gut, wir waren in Bern. Ich habe mein Geld dorthin überweisen lassen. Ich wollte versuchen, die Steuer zu umgehen. Dass das strafbar ist weiß ich, aber Sie haben mir Diskretion zugesichert." Plötzlich kam ihr ein Gedanke. „Zeigen Sie mir bitte noch mal Ihren Ausweis. Sie sind vielleicht vom Finanzamt? Sie auch", fuhr sie Adrian an.

Lächelnd gab Suse ihr die beiden Ausweise in die Hand, und Jenny studierte sie bis auf den letzten Punkt.

„Sie brauchen vor uns keine Angst zu haben, Jenny. Aber das Finanzamt erfährt von Ihrer Erbschaft, und die werden nicht locker lassen, da haben Sie keine Chancen. So leid mir das tut."

„ Ich wollte nicht nach Deutschland zurückkommen. Mario sagte mir, dass die Schweiz keine Steuerflüchtlinge ausliefert. Es hätte mir nichts ausgemacht, Deutschland für immer zu verlassen."

„Wer kam eigentlich auf die Idee mit dem Geldtransfer?", fragte Suse nachdenklich.

Jenny überlegte. „Das kam ganz nebenbei. Ich hatte mich geärgert, dass ich mein halbes Erbe dem Finanzamt überlassen sollte und Mario gefragt, was man da tun könne. Er sagte, das sei der einzige Ausweg. Mario ist nämlich ein Bankfachmann. Allerdings im Kreditgeschäft. Mit der Steuer wusste er auch nicht so gut bescheid. Er wolle einen Kollegen fragen, sagte er."

Suse wollte jetzt alles über Mario Sabatini wissen. Wann sie ihn kennen gelernt habe und wo. Ob sie seine Eltern kenne und die Adresse wisse, die Telefonnummmer.

Jenny wusste überhaupt nichts von seinen Eltern. Sie lebten in den Schweizer Bergen, genaueres wüsste sie nicht. Mario wollte sie nicht über das Telefon unterrichten, dass er sie kennen gelernt habe und dass sie heiraten wollten. Er meinte er müsse mich persönlich dort einführen. Seine Familie sei sehr konservativ.

Suse ließ sich genau schildern, wie er in Bern abhanden gekommen war. „Haben Sie ein Bild von ihm?"

„Nein."

„Aber es ergibt sich doch immer mal eine Gelegenheit zum fotografieren."

„Mario wollte das nie. Er sehe immer nicht gut aus auf Bildern. Mario war sehr eitel. Als ich ihn doch mal knipste ist er sogar böse geworden. Das einzige Mal seit wir uns kannten. Er hat den Film aus dem Apparat genommen. Ich hab´s nie wieder getan."

„Ist Ihnen schon mal der Gedanke gekommen, dass Mario ganz bewusst verschwunden ist. Mit Ihrem Geld.? Hat er die Kontonummer gewusst?"

„Wenn Sie Mario kennen würden kämen Sie nie auf so einen

Gedanken", sagte sie voller Überzeugung. „Nein, die Nummer kannte er nicht. Er musste ausdrücklich den Raum verlassen. Es sei wegen der Haftung der Bank, sagte der Bankangestellte. Ich bekam die Nummer auf einer kleinen Karte ausgehändigt.

„Wo haben Sie die aufbewahrt?"

„In meiner Handtasche. Ich habe sie mir gemerkt, und sie in kleine Fetzen zerrissen, noch an dem Abend nachdem Mario zu seiner Verabredung ging."

„Hatte er Gelegenheit, die Karte in Ihrer Tasche zu suchen?"

Jenny wurde ärgerlich. „Jetzt hören Sie aber auf. Natürlich hätte er Gelegenheit gehabt. Mario war ein gut erzogener, junger Mann. Er hätte niemals in meiner Tasche herumgewühlt."

„Auch nicht für dreißig Millionen Mark? Da kann man schon mal seine Erziehung vergessen." Suse wurde ironisch.

„Sie sind auf dem Holzweg. Mario hatte eine gut bezahlte Stellung in einer angesehenen Bank. Seine Familie ist wohlhabend, und als wir uns kennenlernten, war an eine Erbschaft nicht im Mindesten zu denken. Hören Sie auf."

„Gelegenheit macht Diebe, Jenny."

* * *

Susanne Marofsky, Adrian Kremer und Lucas Bernauer saßen an einem kleinen Tisch in der Ecke von Alessandros Bodega. Und diskutierten. Suse war die ruhigste und legte jetzt Ihre beiden Hände auf die Arme von Lucas und Adrian. „Stop, stop! So kommen wir nicht weiter Lasst uns mal überlegen, was wir wissen, oder was wir glauben zu wissen.

143

Also: Da ist zuerst dieser Mario Sabatini. Er ist verschwunden. Es wäre möglich dass er Jenny zu dem Transfer überredet hat. Dann könnte er sich Zugang zu der Kontonummer verschafft haben. Kein Problem bei der Vertrauensseligkeit von Jenny. Er hat das Konto abgeräumt und ist abgehauen. Das wäre aber eine Dummheit, denn wenn seine Eltern wirklich wohlhabend sind, lassen sie sich ermitteln. Darum kümmerst du dich, Adrian. Du kennst doch den Klatschkolumnisten der Berner Zeitung. Hügli oder so heißt er. Mit dem setzt du dich in Verbindung. Dann sehen wir weiter.

Lucas gab zu bedenken: „Wenn es diese Eltern überhaupt gibt. Wenn dieser Sabatini überhaupt Schweizer ist, und wenn er wirklich Sabatini heißt.

Suse ließ sich nicht beirren. „Deshalb wollen wir das ja herausfinden. Deine wenn...wenn helfen uns überhaupt nichts. Wir werden eine saubere Journalistische Arbeit machen. Weiter! Lucas du gehst zu der Bank wo dieser Sabatini gearbeitet hat. Bringe alles in Erfahrung was man dort über ihn weiß. Herkunft, Referenzen. Die muss man haben, wenn man einen Leitungsposten in einer Bank haben will. Vermögenslage, Leistung Ansehen, Geschäftsverbindungen. Alles! Ich werde herausbekommen ob das Geld Jennys noch da ist. Theoretisch ist das ja möglich. Dann hätte das Verschwinden Sabatinis andere Gründe. Ich werde Jenny überreden mit mir nach Bern zu fahren. Dort lässt sich das am besten klären."

Und wieder mischte sich Lucas ein. „Und was wird mit dem Mord an Katharina, mit dem mysteriösen Tod dieser Maria Melkow?"

„Lucas. Wir müssen jetzt das tun, was wir tun können. Für die beiden Morde, und ich denke die Melkow ist auch ermordet worden, Haben wir noch nicht mal den Zipfel eines Beweises in den Hand. Vielleicht kommen wir ja weiter, wenn wir die Identität oder den Aufenthalt dieses Sabatini herausbekommen. Machen wir uns also an die Arbeit."

Sie riefen Alessandro wegen der Rechnung, da fiel Suse noch etwas ein. „Hör mal", sagte sie. „Sollte dieser Keller noch mal bei dir hier auftauchen, rufst du einen von uns an. Zuerst mich. Wenn du keinen erreichst sprich mit meinem Chef, du kennst ja Lohmeyer. Ich werde ihn über unsere Pläne unterrichten, Er wird es verkraften." Sie gab ihm alle Telefonnumern.

„Hör mal Suse," Adrian druckste herum. „Warum willst du mit Jenny nach Bern fahren? Das kann ich doch machen. Ich soll mich doch sowieso um diesen Hügli kümmern. Außerdem ist doch dieser Sabatini verschwunden. Vielleicht ist er wirklich entführt worden. Dann könnten die Entführer auch Jenny was antun. Ich bin ein Mann und wäre eher in der Lage ihr zu helfen. Meinst du nicht auch?"

Suse sah Adrian grinsend an. „Hast du mir nicht mal erzählt, dass die die Freundin weggelaufen ist? Bist du nun auf Jenny scharf oder auf ihre Millionen?"

Kremer wurde roz bis über die Ohren. „Was unterstellst du mir? Ja Jenny gefällt mir gut, aber ihr Geld ist wahrscheinlich futsch."

„Okey, fahre du mit Jenny nach Bern, ich werde mich hier um die Koordination kümmern."

* * *

Sie verloren keine Zeit. Suse telefonierte bereits mit diesem Hügli. Sie erzählte ihm, was er wissen musste und er versprach, sich um Sabatini zu kümmern, damit er alles wisse, wenn Adrian in Bern ankäme.

Adrian hatte es leicht, Jenny zu überreden nach Bern zu fahren. Sie wollte irgend etwas unternehmen. Dass sie mit dem Zug fahren wollte, passte ihm sehr. So konnte er sich doch auf ein paar Stunden mit ihr alleine freuen.

Lucas ließ sich beim Direktor von Lucas Bank anmelden. Er musste eine ganze Weile warten, bis ihn eine junge Frau zu ihm führte.

„Was kann ich für Sie tun, Herr Bernauer?"

„Entschuldigen Sie, Herr Direktor. Es ist eine ganz private Angelegenheit. Ich möchte gerne wissen, ob ein Herr Sabatini bei Ihnen beschäftigt ist, und wie Sie mit ihm zufrieden sind:" Was besseres war ihm nicht eingefallen.

Der Direktor reagierte abweisend. Das sei doch wohl eher eine Sache der Personalabteilung. Er brauch sich allerdings nicht die Mühe zu machen. Auskünfte über Mitarbeiter seiner Bank seien nicht üblich.

Herr Sabatini sei möglicherweise in Schwierigkeiten, hakte Lucas schnell nach. Es sei sehr wichtig für Herrn Sabatini, diese Auskunft zu bekommen. Schließlich sei er doch ein leitender Mitarbeiter der Bank.

„Jetzt machen Sie aber mal einen Punkt", schnaubte der Direktor böse. „Wie kommen Sie denn darauf? Herr Sabatini hat bei uns täglich sechs Stunden gearbeitet. Eine Art Pförtner. Er habe die Kunden an der Tür empfangen, sie nach ihren Wünschen gefragt und an die entsprechende Abteilung geleitet. Genau wie Sie von unserer jungen Dame empfangen wurden." Er wollte gehen, aber Lucas blieb hartnäckig. Wie es dann komme, dass dieser Sabatini Reisen im Auftrag der Bank unternommen habe. Zum Beispiel Mitte Februar sei er in der Türkei gewesen., und in der vorigen Woche in Bern, um dort einen Bankkunden zu treffen.

„Das wird ja immer mysteriöser", entrüstete sich der Chef. „Herr Sabatini hat niemals irgendwo unsere Bank vertreten. Dafür haben wir geeignetes Fachpersonal, was man von Herrn Sabatini nicht behaupten kann. Und da dieser Mann Sie wohl arg getäuscht hat, kann ich es Ihnen sagen, dass seine Entlassungspapiere bereits ausgeschrieben sind. Er hat seinen Urlaub bereits um fünf Tage überzogen. Solange er bei uns war hat er sich mehr um seine Privatangelegenheiten gekümmert als um die Belange der Bank. Wir waren sehr großzügig, dass wir ihn überhaupt so lange bei uns beschäftigt haben Bitte entschuldigen Sie mich jetzt. Ich habe Termine." Damit rauschte er empört von dannen. Dann drehte er sich noch einmal um und kam zurück. „Den Kredit von dreißigtausend Mark, den wir ihm als Angestellten gewährt haben, werden wir natürlich ebenfalls kündigen. Er hat sowieso kaum etwas zurückgezahlt, Er ist drei Monate im Rückstand, und wir mussten ihn schon mahnen."

Sehr überrascht war Lucas nicht. Obwohl er ja den Mann nie gesehen hatte, traute er ihm von Anfang an nicht. Es gab dafür eigentlich keinen Grund bisher. Es war nur ein Gefühl und Suse hatte ihn deshalb einen Spinner genannt. Für sie gelten nur Tatsachen, keine Gefühle.

Sofort rief er Suse an und machte einen Treff mit ihr im Büro aus. Suse wollte aber lieber in die Bodega kommen. „Lohmeyer, mein Chef" bekommt einen Wutanfall, wenn er hört dass ich mich immer noch um die Sache beschäftige. Er hält das für Zeitverschwendung.

Sie war dann doch überrascht, als ihr Lucas erzählte, was er erfahren hatte. „Langsam rundet sich das Bild. Hügli hat recherchiert. Jetzt halte dich fest. Es gibt die Familie Sabatini. Sie sind nicht wohlhabend. Sie sind stinkreich. Es gibt eine Tochter von zweiundzwanzig und einen Sohn, der Mario heißt. Aber: Dieser Mario ist ein Nachzügler und gerade mal zehn Jahre alt. In der ganzen Familie gibt es keinen anderen Mario und überhaupt niemand, der als unser Mario in Frage käme. Es steht also fest: Mario Sabatini ist ein Schwindler. Er hat sich unter Vorspiegelung einer falschen Identität an Jenny herangemacht. Warum aber? Sie war damals ein armes Mäuschen. Hat er etwa gewusst dass sie erben würde? Das ließe den Schluss zu, dass er irgend etwas mit dem Tod der beiden Frauen zu tun hatte. Ich glaube nicht, dass er es selber getan hat."

Lucas schüttelte den Kopf. „Ich schon. Denk doch mal nach. Er war zur Mordzeit der Katharina Stiller angeblich im Autrag der Bank in der

Türkei. Die Bank streitet das ab. Von dort aus hat er Jenny ein Paarmal angerufen. Zum Beispiel aus Istanbul. Von dort aus ist es ein Katzensprung nach Bulgarien. Es ist sogar denkbar, dass er aus Bulgarien angerufen hat. Vielleicht war er gar nicht in der Türkei. Die Bank bestreitet auch, dass er in ihrem Auftrag in Bern war, Ich denke wir können froh sein, dass Jenny noch lebt."

„Warum sollte er sie umbringen? Immer vorausgesetzt dass deine Theorie richtig ist. Er hätte doch mit einem gewaltigen Fahndungsaufgebot rechnen müssen, wenn er in der Schweiz eine reiche deutsche Erbin umgebracht hätte. Jetzt kann er beruhigt annehmen, dass weniger nach ihm gesucht wird. Vielleicht gar nicht, denn er hat gemeinsam mit Jenny versucht, dreißig Millionen vor der Steuer zu retten. Das macht man in der Schweiz nicht gerne öffentlich."

„Du hast wahrscheinlich recht. Ich glaube, wir haben es mit einem skrupellosen Gangster zu tun. Wir sollten auf der Hut sein."

* * *

Adrian und Jenny fuhren mit dem Taxi vom Leipziger Flughafen nach Schönefeld in Jennys alte Wohnung zurück, wohin sie schon vor ihrer Abreise mit Adrian nach Bern wieder zurückgegangen war. Anscheinend hatte Adrian ihr Vertrauen gewonnen. Sie sagten du zueinander, und Jenny, die sehr blass aussaht, lehnte ihren Kopf an seine Schulter. In der Wohnung riefen sie sofort Suse an.

„Was gibt es bei Euch?", wollte sie gleich wissen. Adrian schüttelte den Kopf, obwohl sie das ja gar nicht sehen konnte. „Komm hierher in Jennys Wohnung. Bring möglichst Lucas mit, damit wir nicht alles zweimal erzählen müssen. Es dauerte keine halbe Stunde und beide waren da. Jenny hatte eine große Kanne Kaffee gemacht und die Tassen standen schon auf dem kleinen Tisch. „Erzählt!" Suse und Lucas sahen die beiden gespannt an.

Jenny nickte Adrian zu und der begann. „Beinahe hätten wir die richtige Bank überhaupt nicht gefunden. Jenny war damals so aufgeregt, dass sie sich den Namen nicht gemerkt hatte. Der Taxifahrer hat uns in der halben Stadt herumgefahren, bis Jenny das Gebäude erkannte. Am Empfang wurden wir in die entsprechende Abteilung geschickt, und in einem separaten Zimmer sagte Jenny aufgeregt ihre Nummer einem Herrn und wollte Geld abheben. Von unserem Verdacht hatten wir nichts gesagt. Der adrette, junge Mann tippte die Nummer in seinen Computer, schaute uns an und tippte noch mal. Dann stand er auf, entschuldigte sich und verließ den Raum. Kurz darauf kam er in Begleitung dieses Herrn Müller zurück, bei dem Jenny das Konto eröffnet hatte. Er begrüßte uns und sah Jenny misstrauisch an.

„Gnädige Frau, was kann ich für Sie tun?" Ich schaltete mich ungeduldig ein. „Meine Begleiterin hat das bereits Ihrem jungen Mann gesagt. Sie hat ein Konto bei Ihrer Bank und möchte davon etwas abheben. Was ist daran so unverständlich?"

Müller druckste herum. „Gewiss. Ich kann mich erinnern. Aber Sie haben doch noch am gleichen Tag darum gebeten, das Guthaben auf unsere Filiale in Monaco umzuleiten. Sie würden sich dort ein Haus kaufen . Sie hätten sich das zu spät überlegt. Können Sie sich nicht daran erinnern?"

Jenny war wie vor den Kopf gestoßen. „Ich war nur ein einziges Mal bei Ihnen, nämlich als ich das Konto eröffnet habe."

„Ja natürlich, gnädige Frau. Das weiß ich wohl, aber Ihr Begleiter kam in Ihrem Auftrag zurück. Er kannte die richtige Nummer, die ich ja bewusst nur Ihnen bekannt gab", warf er vorwurfsvoll ein. „Es gab also keinen Grund Ihrem...entschuldigen Sie, seinem Wunsch nicht zu entsprechen. Gibt es da irgendwelche Missverständnisse?"

Jetzt schrie ihn Jenny hysterisch an. „Sie können doch nicht mein Geld irgend einem fremden Menschen anvertrauen, beziehungsweise darüber verfügen lassen."

Müller war sehr beleidigt und antwortete reserviert. „Ich bitte Sie, es war kein wildfremder Mensch. Es war exakt der Mann, der mit Ihnen bei mir war, und den Sie als Ihren Verlobten vorgestellt haben. Ich habe Sie auf die Besonderheiten eines anonymen Kontos hingewiesen. Ich sagte Ihnen auch, dass Sie die Kontonummer auf keinen Fall weitergeben dürfen, dass sie sehr geheimgehalten werden muss, denn wer die Nummer kennt, kann über das Geld verfügen. Das habe ich Ihnen ausdrücklich gesagt. Oder?"

„Ja schon", sagte Jenny genervt. „Aber Sie hätten doch stutzig werden müssen. Man zahlt doch nicht eine hohe Summe ein und zieht sie dann ein oder zwei Stunden später wieder ab. Sie hätten mich doch wenigstens anrufen können."

„Aber wie hätte ich Sie anrufen können. Ich kenne doch Ihren Namen überhaupt nicht. Auch das war Ihnen bekannt. Und überhaupt, wir haben zum Teil sehr exzentrische Kunden, wobei ich mich nicht negativ ausdrücken möchte, die manchmal viel öfter kurzfristig um disponieren.

„Sie hätten Ihren Direktor nach meinem Namen fragen können."

„Der hätte ihn mir aber nicht gesagt." Müller war jetzt auch gereizt. „Wie haben exakte Geschäftsbedingungen, die jedem Kunden bekannt gegeben werden."

„Gut, rufen Sie die Polizei!" , schrie Jenny ihn an.

„Das würde ich äußerst ungern tun". Müller war schon wieder ruhig. „Ich müsste dann aussagen, dass ich Sie nicht kenne, dass Sie versuchen, die Bank zu betrügen. Sie haben unterschrieben, dass wir in keinem Fall, ich betone in keinem Fall die Identität unserer Kunden preisgeben. Wir halten uns daran, gerade im Interesse unserer Kunden. In jedem Fall."

Jenny bekam einen Weinkrampf. „Sie können mir doch nicht einfach sagen, dass mein ganzes Geld einfach weg ist. Ich habe es Ihnen vertrauensvoll gegeben."

„Und wir haben es pflichtbewusst verwaltet. Wenn Sie leichtfertig mit Ihrer Kontonummer umgegangen sind, können Sie uns nicht des Vertrauensbruchs bezichtigen."

Adrian, der still der Diskussion gefolgt war, legte Jenny den Arm um die Schulter. „Lass sein, Jenny! Ich denke er hat recht. Gehen wir."

Er hatte sie zum ersten Mal mit ihrem Vornamen angesprochen.

* * *

Alle redeten durcheinander, bis Suse wieder für Ruhe sorgte. „Es steht also einwandfrei fest, dass dieser Sabatini Jenny vorsätzlich um ihr Geld betrogen hat. Wahrscheinlich wollte er das von Anfang an. Dass er sie so hintergehen konnte, zeigt nur, dass er ein guter Schauspieler ist. Damit steht aber auch fest, dass er zumindest mit dem Mord an Katharina Stiller in Verbindung stehen muss, denn er hat ja die Bekanntschaft Jennys schon gesucht, bevor Katharina was vererben konnte, bevor sie tot war. Sind wir uns da einig?"

Dann erzählte sie den anderen von Lucas's Theorie., die sie nun auch für möglich hielt. Dass Sabatini zum Zeitpunkt des Mordes durchaus in Bulgarien gewesen sein könne. Es ist ihm also nicht nur der Betrug an Jenny zur Last zu legen, sondern möglicherweise Mord, Anstiftung zum Mord oder Beihilfe."

Jenny heulte tief auf und Adrian legte seinen Arm um ihre Schulter.

151

„Wir sollten zur Polizei gehen", überlegte Lucas laut.

„Auf keinen Fall!" Alle schauten auf Suse, die das ziemlich energisch gesagt hatte. „Wenn wir zur Polizei gehen, dann kriegt Jenny Ärger. Jetzt kann Jenny immer noch behaupten, Sabatini habe das Geld in die Schweiz transferieren lassen. Polizisten haben kein großes Gehalt, und bei dreißig Millionen werden sie höchstens ein bisschen schadenfroh grinsen, dass es diesmal einen Reichen trifft. Außerdem haben wir überhaupt keinen Beweis für Sabatinis Schuld an dem Mord. Wir haben nicht mal ein Foto, wir wissen nicht wie er wirklich heißt, und wie er aussieht kann höchsten Jenny beschreiben. Ihr wisst, wie so ein Phantombild dann aussieht. Wir sollten für heute Schluss machen. Am besten treffen wir uns morgen bei mir im Büro. Ich werde Lohmeyer dazu bringen, dass wir an der Sache dranbleiben können. Bis dahin überlegt jeder selber, wo wir weitermachen können."

Sie verabschiedeten sich von Jenny und alle umarmten sie herzlich. Adrian wollte noch bleiben, aber Jenny sagte sie sei müde und durcheinander. Sie müsse ein bisschen schlafen.

Als sie die Treppe hinuntergingen, hielt Suse Adrian am Ärmel. „Ihr seid per du...? Hast du..."

„Nein verdammt noch mal." Er riss sich von ihr los und rannte schnell die Treppe hinunter. Er war schon weg, als die anderen die Straße erreichten.

* * *

Am nächsten Tag saßen die vier schon um acht Uhr in Suses Büro. Gerade kam Lohmeyer herein. Suse hatte ihn über den Stand der Dinge informiert, und knurrend hatte er zugestimmt, dass sie weiter an dem Fall arbeiten durfte. Sie hatte ihm gesagt, sie würde auch weitermachen, wenn er nicht einverstanden sei. Auf eigene Kosten. Lucas versprach ihr finanzielle Unterstützung, auch wenn er schon einen ganzen Teil seines Geldes für diese Angelegenheit ausgegeben hatte.

„Was wollt Ihr als nächstes tun?" ,fragte Lohmeyer.

„Das ist eine gute Frage. Wenn wir wenigstens ein Bild von diesem Kerl hätten, aber selbst dann wüsste ich nicht wie wir an den Kerl herankommen könnten. Er besitzt jetzt ein Vermögen mit dessen Hilfe er sich überall weiterhelfen kann. Selbst wenn er eine ganze Million für Schmiergelder ausgibt, für falsche Pässe oder Flüge in die ganze Welt- Er hat jede Möglichkeit, seine Spur zu verwischen.

Jenny beteiligte sich kaum an dem Gespräch. Nachdenklich ging sie im Büro herum, betrachtete die Computer, las die Meldungen, die aus dem Ticker kamen. Sie konnte nicht an den Erfolg dieser drei kriminalistischen Laien glauben. Die Bilder an den Wänden betrachtete sie lange. Dann plötzlich sah sie das Titelbild mit ihr von der Silvesterfeier am Brandenburger Tor.

„Ach, waren Sie das, die das Bild knipste?", fragte sie Suse. „Es war damals alles so ein Durcheinander, dass ich gar nicht mitbekam, wer mich da befragte."

Suse freute sich, dass Jenny wieder an etwas Interesse zeigte. „Befragt habe ich Sie, fotografiert hat Adrian. Wollen Sie ein paar Bilder haben?"

Jenny war erfreut. „Haben Sie mehrere?" Adrian ging eifrig zu einem Regal. Er war froh, dass er etwas für Jenny tun konnte, und nahm eine Mappe heraus. „Einen ganzen Haufen. Such dir ein paar heraus, die dir gefallen."

Jenny ging mit den Bildern in eine Ecke und schien ganz vertieft zu sein. Vielleicht dachte sie an vergangene, glückliche Tage mit Mario, als sie ihm noch blindlings vertraute. Ihr traten schon wieder Tränen in die Augen, und Adrian bereute schon, dass er ihr die Bilder gegeben hatte. Plötzlich rieb sie sich mit einem Papiertaschentuch die Augen trocken und starrte auf eines der Bilder. „Da!", rief sie. „Da ist Mario. Sabatini meine ich. Wenn er wirklich so heißt", setzte sie hinzu.

Alle sprangen auf und stürzten zu Jenny an den Tisch in der Ecke des Büros. Jenny deutete auf eines der Bilder. Sie war im Hintergrund zu sehen, aber ganz vorne im Bild sah man leicht verschwommen den Kopf eines Mannes.

„Das ist Mario Sabatini!"

Verblüfft schaute Lucas auf das Bild: „Das ist Martin Keller!"

* * *

Die Aufregung war groß. Es gab eine einfache Erklärung für das Bild. Adrian hatte wie ein Verrückter ein Foto nach dem anderen geschossen. Allein am Brandenburger Tor hatte er einen ganzen Film verknipst. Das Bild um das es sich hier handelte, war nach dem Aufdruck auf der Rückseite um 23.28h am 31.12.99 geknipst worden. Kurze zeit später hatte Jenny ihren Verlobten verloren und so den Anlass für das Titelbild gegeben.

„Warum ist das Bild im Vordergrund so unscharf", wollte Lohmeyer wissen. Adrian erklärte es ihm. „Ich habe mit einer großen Blende gearbeitet und hatte den Focus auf die Bildmitte gerichtet." Lohmeier verstand kein Wort, und Kremer winkte ab.

„Los", sagte Suse. „Zu Hohlfelder. Sie erklärte Lohmeyer, dass Hohlfelder ein Kriminalbeamter sei, der die Möglichkeit hatte, das Bild in den Interpol Computer zu laden. Sogar Lohmeyer quetschte sich in einen der beiden Wagen, die kriminell schnell zum Polzeipräsidium rasten.

Hohlfelder enttäuschte ihre Hoffnungen. „Das hat wenig oder keinen Zweck", sagte er. „Der Mann auf dem Bild ist verschwommen. Wenn ich das Bild in den Scanner lade, nimmt das kein Mensch ernst. So ein Vergleichsscanner kann auch nicht alles. Das Bild verschwindet in der Ablage. Das ist nicht Desinteresse bei der Interpol. Es ist nur so, das durch die Übertragung die Unschärfe noch zunimmt. Was dann auf der anderen Seite herauskommt, taugt nicht mehr viel. Trotzdem können wir es natürlich probieren. Vielleicht kennt jemand den Mann, dann könnte es klappen. Warum sucht Ihr ihn. Das muss ich schon wissen."

Suse erzählte ihm von den beiden toten Frauen, und dass damals Lucas seine Kartei durchgesehen habe nach diesem Mann, der sich allerdings seinerzeit Keller nannte. Von dem unterschlagenen Geld erzählte sie nur in Andeutungen.

„Unterschlagung? Das gehört in mein Ressort. Ein aktueller Fall? Davon habe ich noch nichts gehört. Erzähl mal."

Suse biss sich auf die Lippen und wiegelte ab. „Ach Hohlfelder, du weißt auch nicht alles, und du musst auch nicht. Ich erzähle es dir bei Gelegenheit genauer. Jetzt ist nicht die Zeit dazu. Sie atmete auf, als sich der Polizist damit zufrieden gab.

Dann hatte Lohmeyer einen guten Gedanken. „Haben Sie mir nicht erzählt, dass Kremer seine Freunde mitgenommen habe nach Berlin. Sogar diesen Nichtskönner von der Konkurrenz?"

„Ja", überlegte Adrian. „Vor allem der Maik hatte unentwegt geknipst. Er wollte eine Portraitserie machen. Für ein Buch. Vielleicht ist der Sabatini da auch drauf. Ein Versuch ist das wert. Los fahren wir hin."

„Geh du mit Jenny. Die kennt ihn am besten. Wir könnten ihn übersehen. Das tust du doch sicher Gerne für Jenny." Sie zwinkerte ihm zu und er fletschte wütend die Zähne.

Sie hatten sich aber zu früh gefreut. So sehr sich Jenny Mühe gab und die Bilder mehrmals, sogar mit einer großen Lupe, durchsah. Sabatini war nicht drauf.

* * *

Um die Mittagszeit waren alle wieder in Suses Büro. Keiner wusste, wie es weitergehen sollte. Lucas hatte eine Idee. „Wenn dieser Kerl Katharina tatsächlich umgebracht hat, dann hatte er sie doch bestimmt gekannt. Irgendwann muss er dann doch in Nessebar gewesen sein. Wenn nicht zur Tatzeit, dann vielleicht vorher. Irgendwem muss er doch begegnet sein. Irgendjemand muss ihn doch gesehen haben, also fliegt einer dahin, nimmt das Bild mit und geht damit hausieren. Man muss Swetja fragen und Stojan, die Kellner in den Hotels und Restaurants, Taxifahrer. Er kann sich ja nicht unsichtbar gemacht haben.

Alle stimmten dem Vorschlag zu, aber Suse hatte noch einen Einwand. „Du hast ja recht, Lucas, aber damit wissen wir immer noch nicht wo er jetzt steckt.”

„Wie hast du gestern gesagt? Saubere journalistische Arbeit. Wir müssen das anpacken, was im Moment möglich ist. Wir brauchen erst mal Gewissheit, dass er der Mörder sein kann. Das können wir nur in Nessebar. Wer fliegt also?”

„Warum machst du das nicht einfach selbst? Du weißt dort doch am besten Bescheid. Kennst viele Leute.”

Natürlich hatte Adrian recht, aber da gab es doch einen kleinen Haken. „Dieser Starow würde mich einsperren, sowie ich dort ankomme. Glaubst du, der hätte inzwischen den Mörder gefasst, wo wir das nicht mal fertig bringen. Villeicht wird er mir noch den Tod dieses Gaidan anhängen. Der kann übrigens auch ein Opfer Sabatinis sein. Theoretisch. Vielleicht hat er zu viel gewusst.”

156

Jenny wollte man nicht schicken. Das wäre zu gefährlich, denn es bestand ja die Möglichkeit, dass Sabatini sich dort versteckt hält. Wenn er Katharina gekannt hat, dann muss er sich ja dort gut auskennen. Suse wollte unbedingt hier die Fäden zusammenhalten, außerdem hätte Lohmeyer da nicht zugestimmt. Also musste Adrian fliegen. Dem war das jedoch gar nicht recht. Er wäre lieber bei Jenny geblieben, Lohmeyer ließ über seine Sekretärin einen Platz in dem Flugzeug buchen, das noch heute Abend startete. Lucas fuhr ihn mit dem Wagen zum Airport.

„Lass dich hier nicht blicken, bis du ein Ergebnis hast."

* * *

Bereits zwei Tage später bekamen sie einen Anruf von Kremer. „Ich bin morgen wieder zu Hause. Kann mich jemand vom Flughafen abholen?"

„Was hast du erreicht?", wollte Suse wissen.

„Wartet ab! Positiv. Ich erzähle euch alles in Leipzig. Ende." Er legte einfach auf. Er hatte auch Lucas nichts erzählt, als der ihn abholte und nach Leipzig fuhr. Er wolle nicht alles zweimal erzählen. Es war nichts aus ihm heraus zu kriegen, und wäre Lucas nicht so neugierig gewesen, hätte er Adrian am liebsten nach Hause laufen lassen.

„Also", begann er nachdem alle zusammen getrommelt waren. „Ich habe bei den Hotels angefangen, nein, schon dem Taxifahrer habe ich das Bild gezeigt. Keiner konnte oder wollte sich an das Gesicht erinnern. Ich war schon fast verzweifelt, da sprach ein Koch in einer Hotelküche, wo ich mir einen Kaffeefleck aus dem Hemd rieb, eines seiner Mädchen mit Swetja an. Sicher wird es Tausende mit diesem Namen hier geben, dachte ich. Trotzdem habe ich sie gefragt, ob sie mit einem Stojan verheiratet sei. Sie sah mich erstaunt an, und fragte mich, warum ich das wissen wolle. Ich wollte keine langen Erklärungen abgeben und fragte weiter, ob sie mal für einen Herrn Bernauer gearbeitet habe. Zu meinem Erstaunen nickte sie freudig. Das sei ein sehr freundlicher Mensch gewesen. Sie habe gerne für ihn gearbeitet. Ob ich ihn kenne, und ob es ihm gut gehe. Sie hörte nicht auf zu fragen und strahlte mich an. Da kam ihr Chef und schimpfte mit ihr auf bulgarisch. Sie flüsterte mir zu, dass sie um vierzehn Uhr Feierabend habe. Ich holte sie mit einer großen Schachtel Pralinen vom Hotel ab. Sie freute sich und fragte mich, ob ich sie nach Hause begleiten wolle. Ihr Mann wäre sicher auch erfreut, wenn er etwas über Herrn Bernauer erführe. Sie genoss die Fahrt in meinem Mietwagen sichtlich, und als wir bei ihr ankamen, musste ich lange und laut hupen, damit Stojan sie in meinem Wagen bewundere. Sie kochte Kaffee und stellte einen Kuchen auf den Tisch, von dem sie mir zwei Stück auf den Teller legte. Er war unangenehm süß, aber ich wollte sie nicht kränken und aß ihn auf."

„Verdammt, du Schwätzer", schimpfte Suse, „kommst du endlich zur Sache?" Alle nickten, aber Adrian ließ sich nicht aus der Ruhe bringen.

„Was ist mit diesem Mann?", fragte Stojan mich, als ich ihm das Bild zeigte.

„Der Mann könnte Frau Stiller erschossen haben, oder jemanden dazu angestiftet haben."

Da begann Swetja zu reden, nachdem sie eine ganze Weile heftig mit Stojan auf bulgarisch diskutiert hatte. „Mein Mann meint, ich solle lieber nichts sagen. Wir könnten Ärger mit der Polizei bekommen, und das ist hier nicht gerade angenehm. Ich müsste dann auch Unangenehmes über Frau Stiller sagen, was mir als Küchenhilfe und ehemalige Hausangestellte nicht zukäme. Ich werde trotzdem reden." Sie sagte dann, dass sie sich gut erinnern könne, wie Frau Stiller plötzlich in Nessebar angekommen sei. Sie habe anscheinend viel Geld gehabt und sich ihr Haus gut eingerichtet. „Was uns wunderte, war, dass sie keinen Mann hatte. Sie war schön und reich. Dann erzählte man sich, sie ließe immer mal einen Mann kommen, der dann bei ihr auch über Nacht bliebe. Wir sind ein frommes Volk, und bei uns ist so etwas nicht üblich. Irgendwann fand man sich jedoch damit ab. Die Männer wechselten häufig und man munkelte, Frau Stiller bezahle sie. Ich kann das aber nicht behaupten. Ich habe es nur von anderen gehört. Deshalb wollte Stojan nicht, dass ich darüber rede."

„Und war einer von denen Sabatini", wollte Lucas aufgeregt wissen. „Erzähle! Komm zur Sache!"

„Es kommt ja jetzt. Swetja redete weiter."

„Eines Tages tauchte dieser Mann in Nessebar auf. Er wohnte bei Gaidan, dem Tschetschenen. Anscheinend kannte er ihn. Er war dann öfter bei Frau Stiller zu sehen, bis er kurz darauf bei ihr einzog. Wir dachten, dass jetzt die Sache mit den Gigolos aufhöre, aber nach ein paar Monaten gab es dann bei Frau Stiller einen großen Krach, und der Mann flog aus dem Haus. Wieder kann ich nur sagen, was ich hörte: Er habe Schecks gefälscht mit Frau Stillers Unterschrift. Sie habe ihm mit der Polizei gedroht, wenn er sich noch Mal hier sehen lassen würde. Und ich habe selbst gehört, ich ging gerade an ihrem Haus vorbei, als er sie anzischte: Das wirst du mir büßen, mein Liebes, das werde ich dir nicht vergessen, du Nutte ! Er ist dann genau so schnell verschwunden, wie er gekommen war."

„Ich habe sie gefragt, ab der Mann Sabatini hieß, oder ob sie ihn Mario nannte."

„Nein, sagte sie. Er wurde von ihr und den anderen Ron gerufen."

* * *

Adrian brachte Jenny nach Hause und sie lud ihn noch auf eine Tasse Kaffee ein. Er freute sich darüber. „Aber bitte keinen süßen Kuchen, den hatte ich in Nessebar schon", scherzte er.

Sie stand in der Küche und war mit der Zubereitung des Kaffees beschäftigt. „Gehst du bitte mal in die Küche. Da muss ein Päckchen Papierservietten liegen, in der obersten Schublade. Bringst du es bitte mal."

Adrian kam mit den Servietten in die Küche. „Ich wusste gar nicht, dass du rauchst.", sagte er, aber sie sah ihn verständnislos an. „Wie kommst du darauf?"

„In der Lade lag ein Zigarettenetui." Ihr Gesicht wurde abweisend. „Schmeiß es weg! Das hat mal Mario gehört. Er hat es wohl hier vergessen, als ich noch in dieser Wohnung wohnte."

„Adrians Gesicht wurde starr. „Warum hast du das niemandem gesagt? Hast du das oft in der Hand gehabt. "Sie schüttelte den Kopf. „Nein, ich glaube überhaupt nicht. Warum?"

Er gab ihr keine Antwort, sauste zum Telefon und rief Suse an. „Kannst du bitte einen Termin bei Hohlfelder machen. Wann? Gleich! Frag nicht soviel. Komm her!" Dann legte er auf.

„Was hast du plötzlich?" Jenny war enttäuscht. „Ich dachte wir wollen Kaffee trinken. Jetzt bestellst du Suse hierher. Ich hatte mich gefreut, dass wir mal alleine reden können, bei einer Tasse Kaffee." Sie verstand die Aufregung Adrians nicht.

„Ich wäre jetzt auch lieber mit dir alleine. Aber jetzt vergiss den Kaffee. Wir müssen weg. Wenn Suse kommt will ich schon unten sein. Ich will keine Sekunde verlieren. Auf dem Etui müssen Sabatinis Fingerabdrücke sein. Das ist der erste Anhaltspunkt zu seiner Identität. Hohlfelder kann die in den Computer geben. Vielleicht können wir ihm so auf die Schliche kommen."

Er wickelte das Etui in einer der Servietten ohne es anzufassen. Und zog Jenny mit auf die Straße. Suse kam gerade mir ihrem Wagen um die Ecke, und die beiden setzten sich zu ihr. Mit kurzen Worten klärte er sie auf. „Hohlfelder hat gemeckert, aber er erwartet uns in seinem Büro.

„Jenny war sehr erstaunt, als er von ihr die Abdrücke nahm und von Adrian. „Frau Wellinger auf diesem Ding sind bestimmt die Abdrücke dieses Sabatini, aber vielleicht auch Ihre und die Adrians. Es wäre doch blöde, wenn wir die alle um die Welt jagen. Das sehen sie doch ein?"

Er gab ihr ein Tuch, damit sie ihre Finger wieder sauber machen konnte, was gar nicht so leicht war. Noch in ihrem Beisein stellte r fest, dass zwar ihre Abdrücke zu sehen war, nicht aber die von Adrian. „Der zweite Abdruck müsste der richtige sein. Ich gebe den mal in den Scanner. Haltet die Daumen, dass wir ihn auf spüren."

Am nächsten Tag rief er Suse an. „Volltreffer, Suse. Der Mann heißt Ron Summers. In New York und einigen anderen Staaten ist er wohlbekannt. Er hat mal Schauspieler gelernt, aber nie eine Rolle bekommen. Seine Fähigkeiten hat er als Scheckfälscher und zweimal als Heiratsschwindler genutzt, die beiden betroffenen Frauen haben jedoch ihre Anzeigen wieder zurückgenommen. Für die falschen Schecks hat er drei Jahre bekommen. Mein Kollege in New York, ein Kommissar Spellmann lässt die Unterlagen über Summers raussuchen und faxt mir das Wichtigste rüber.

Das Fax kam schon am nächsten Tag bei Hohlfelder an. Er bestellte Suse in sein Büro. „Du kannst alles bei mir hier durchlesen. Eigentlich darf ich dir keine Einsicht geben. Ich kann sie dir also auf keinen Fall mitgeben. Auch ein Ganove hat ein Recht auf den Schutz seiner Daten,"

Suse passte das überhaupt nicht. „Kannst du nicht eine Ausnahme machen Herbert?", fragte sie ihn schmeichelnd. Aber Hohlfelder lehnte ab. „Dann lass mich wenigstens meinen Kollegen Kremer herbestellen. Alleine kann ich mir das alles doch gar nicht merken. Wenn wir es zu zweit lesen, bleibt doch mehr hängen. Es sind doch eine Menge Fakten und Daten."

Widerstrebend genehmigte ihr der Polizist das. „Das mache ich aber nur deinetwegen. Du hast mir auch schon geholfen. Und du ziehst nicht gleich über die Polizei her, wenn mal was danebengeht."

Obwohl ein Apparat im Zimmer stand, ging sie an den öffentlichen, der im Flur des Präsidiums stand. „Ich will mir doch nicht nachsagen lassen, dass ich auf Staatskosten telefoniere", grinste sie Hohlfelder an.

Als sie Adrian an der Strippe hatte, dämpfte sie ihre Stimme und blickte sich um, ob sie jemand hören könne. „Pass auf! Ich habe hier die Unterlagen über diesen Summers. Ich darf sie aber nicht mitnehmen. Bring deine kleine Minox mit. Vielleicht klappt es, sie zu fotografieren. Rede aber nicht darüber, wenn ein anderer dabei ist.

Als Kremer dann da war, studierten sie beide di Akten. Sie waren ziemlich ausführlich, aber viel Neues erfuhren sie daraus nicht. Dass er wegen Scheckfälschung vorbestraft war, wusste Suse ja schon. Vielsagend waren die Vernehmungsprotokolle über die beiden Heiratsversprechen und die damit in Zusammenhang stehenden finanziellen Manipulationen Summers, mit denen er sich erhebliche Summen ergaunert hatte. Er reagierte so selbstsicher und kaltschnäuzig, und er brachte es tatsächlich fertig, dass die beiden Damen ihre Anzeigen zurückzogen. Kremer deutete auf eine Aktenvermerk, der am Schluss von einem der Vernehmer angefertigt wurde. „Obwohl von Seiten der Untersuchungsbehörde die Überzeugung dass der S. Schuldig war, konnte ihm diese Schuld nicht nachgewiesen werden. Da durch die Zurückziehung der beiden Anzeigen ein berechtigter Zweifel zugunsten des Beschuldigten bestand, wurde eine Anklage durch den Staatsanwalt abgelehnt." Die Unterschrift war unleserlich. Dann stieß Suse auf eine weitere Aktennotiz.

Von der Abteilung Verkehrssicherheit an die Abteilung Betrugsdelikte. „Der amerikanische Staatsbürger Ron Summers, geboren...., wohnhaft..., wurde am Vormittag des vierzehnten August 99 um zehn Uhr zeiundvierzig auf der Interstate Nr....aus Richtung Süden kommend, Fahrtrichtung NY von einer Motoradstreife angehalten, da an seinem Wagen ein Rücklicht defekt war. Er wurde belehrt und beauftragt, den Wagen am nächsten Tag der Polizeiinspektion vorzuführen. Er ist dieser Aufforderung nicht nachgekommen, und es wurde ein Verwarnungsgeld gegen ihn ausgesprochen. Diese Verwarnung konnte jedoch nicht schriftlich zugestellt werden, da er bei der angegebenen Adresse (s.o.) Seit längerer Zeit nicht mehr wohnt. Da uns bekannt ist, dass Sie ebenfalls gegen den S. Ermitteln, bitte wir Sie um Amtshilfe, falls sie den Aufenthalt ermitteln können. Danke." Mit Kugelschreiber war daruntergeschrieben, dass der Aufenthaltsort ebenfalls nicht bekannt sei. Möglicherweise im Ausland. Unterschrift Spellmann.

Suse zeigte auf das Datum. „Summers fuhr am vierzehnten August 99 aus südlicher Richtung nach New York."

„Na und", fragte Hohlfelder. „Darf er das nicht.?"

„An diesem Tag stürzte Frau Maria Melkow von einer Steilküste in Pensylvania zu Tode. Angeblich ein Unfall .Die Melkow war posthum die Erbin der Katharina Stiller. Das Vermögen der Stiller, und das der Melkow, einige Millionen Dollar, erbte Frau Wellinger, die du ja kennst."

Hohlfelder pfiff durch die Zähne. „Dann ist ja die kleine eine gute Party. Schade, dass ich zu alt für sie bin."

„Eben nicht", sagte Suse. „Das Geld hat der Sabatini wegen dem wir ja bei dir sind, also der Summers, der Jenny Wellinger geklaut."

„Aber darüber gibt es bei uns keinen Vorfall", wunderte sich

163

Hohlfelder. Suse erklärte ihm dass keine Anzeige gemacht wurde., und er wollte wissen warum nicht.

„Das kann ich dir nicht sagen. Es gibt da einige Probleme, die ein Polizist nicht versteht. Dieser Summers wurde in Bulgarien identifiziert als einehemaliger Geliebter der Stiller. Er nannte sich übrigens Ron, also kaum Zweifel. Außerdem steht fest, dass der gleiche Mann, diesmal unter dem Namen Keller. Den Lucas Bernauer unter mysteriösen Umständen nach Bulgarien gelockt hat, wo er unter Verdacht steht, die Stiller erschossen zu haben."

Hohlfelder sträubten sich die Haare. „Und das erzählst du mir erst jetzt. So nebenbei. Weißt du, dass ihr euch wahrscheinlich strafbar gemacht habt, wegen Beweisunterdrückung. In mehreren Mordfällen. Ich müsste eigentlich davon den Staatsanwalt unterrichten."

„Suse wischte mit der Hand durch die Luft. „Vergiss nicht, du hängst da auch mit drin, und beweisen können wir es auch nicht. Es gibt lediglich Aussagen verschiedener Personen, auf Grund eines Bildes, das zufällig geschossen wurde. Was hätte denn ein Staatsanwalt in so einem Fall gemacht?"

„Er hätte möglicherweise eine Untersuchung veranlasst."

„...die möglicherweise vor sich hingedümpelt hätte. Dann wäre sie irgendwann zu den unerledigten Akten in der Versenkung verschwunden, bis sie dann als nicht aufklärbar in der Ablage im Keller gelandet wäre. Wir aber bleiben dran. Wir wollen den Kerl erwischen und wir wollen, dass Jenny ihr Geld wieder bekommt.

Hohlfelder regte sich auf. „Ihr könnt doch der Polizei nicht einfach ins Handwerk pfuschen. Wenn ich da mitmache. Komme ich in Teufels Küche."

„Der Summers-Keller-Sabatini ist der Küchenchef dort. Und wenn du nicht erzählst, was ich dir gesagt habe, wird es niemand erfahren, dass du uns ein bisschen geholfen hast."

* * *

Suse stand mit Lucas vor Jennys Wohnung. Nachdem sie lange geklingelt hatten, öffnete Jenny. Sie war anscheinend unter der Dusche gewesen. Um die Haare hatte sie ein Handtuch gewickelt und den Bademantel hielt sie mit einer Hand zusammen.

„Was wollt Ihr denn hier?", fragte sie erstaunt.

„Lass uns erst mal rein!"

„Ich weiß nicht recht. Eigentlich passt es mir jetzt nicht", antwortete sie ein bisschen verlegen, aber da rief eine Männerstimme aus der Wohnung: „Bist du fertig, Liebling? Kann ich jetzt duschen?" Adrians Kopf schaute aus der Wohnzimmertür. „Ist was? Hat es geklingelt?" Da sah er die zwei grinsend im Flur stehen und er wurde rot. „Müsst ihr eure Nasen überall reinstecken?"

Jenny nahm es gelassener. „Jetzt seid ihr schon mal hier. Also kommt schon rein. Du verschwindest im Badezimmer, Adrian, und du Lucas holst Brötchen. Gleich um die Ecke ist ein Bäcker. Suse und ich kochen inzwischen Kaffee."

Die beiden Männer folgten ihr ohne Widerspruch. Die Frauen machten sich in der Küche zu schaffen.

„Hat er sich endlich getraut?", fragte Suse lächelnd.

„Lass ihn Suse. Er ist ein lieber Kerl. So einen kann ich jetzt gebrauchen. Er ist nicht so selbstsicher wie Mario, und das finde ich

165

schön. Vielleicht denkt ihr, das sei zu früh, nachdem ich so reingelgt worden bin, aber das ist alles meine Sache. Klar?"

Suse freute sich, dass Jenny plötzlich so energisch geworden war. „Aber Jenny, wir wollen uns doch da nicht einmischen. Dass Adrian ein lieber Kerl ist, weiß ich genau so gut wie du. Ich kenne ihn schon lange. Ich wünsche euch Glück."

Inzwischen saßen die beiden Männer am Frühstückstisch. Die Frauen brachten den Kaffee. „Lucas hat eine Idee. Er hat sie mir aber auch noch nicht verraten. Zuvor wollen wir noch einmal zusammenfassen. Also: Summers kannte Katharina, hat durch sie von ihrer Verwandtschaft mit der Melkow in New York erfahren. Anscheinend hat die Stiller sich auf dem Laufenden gehalten, im Gegensatz zu dir und der Melkow. Nachdem ihn die Stiller rausgeworfen hat, wollte er sich rächen und entwarf einen rücksichtslosen Plan. Er hätte sich ja nach dem Mord an Katharina einfach an die Melkow heranmachen können und mit ihr das Erbe teilen. Aber dann wäre er bestimmt in Verdacht geraten. Also brachte er zuerst die Melkow um. Dann, erkannte ja die Erbfolge, suchte er deine Bekanntschaft. Sein Glück war, dass du so arglos und vertrauensselig warst. Er spielte die den reichen Erben vor. In der Bank war er praktisch ein Nichts, aber das wusstest du nicht. Wieso eigentlich? Hast du ihn nie dort besucht?"

Jenny wurde verlegen. „Ich habe ihm alles geglaubt. Er sagte, die Bank lege Wert darauf, dass keine Angehörigen das Geschäft störten. Ich durfte nicht mal ein Konto auf dieser Bank haben. Einmal habe ich ihn dort angerufen, und man hat mich anstandslos verbunden. Er hat ja wirklich dort gearbeitet. Ich hatte meinen Schlüssel in der Wohnung gelassen und konnte nicht rein. Als er dann nach Hause kam, war es sehr verärgert. Sein Chef habe ihn wegen meines Anrufes getadelt. Ich hätte besser den Schlüsseldienst rufen sollen."

„Weiter. Während einer vorgetäuschten Dienstreise, hat er Katharina umgebracht, oder, vielleicht von Gaidan, umbringen lassen. Danach hat er auch den beseitigt, denn ein Summers macht sich nicht von Mitwissern abhängig. Inzwischen hat er dich, Lucas, als Martin Keller zum Tatverdächtigen aufgebaut. Sicher wollte er vor allem Zeit gewinnen. Du hättest sicher monatelang im Knast geschmort, wenn nicht wir und der Botschaftsanwalt dazwischen gekommen wären. Jenny hat er mit der Erbschaftssteuer gefügig gemacht, und zwar so raffiniert, dass sie zum Schluss glaubte, es sei ihre eigen Idee gewesen. Den Rest kann ich mir sparen. Jetzt bist du dran Lucas. Ich wüsste nicht, wie wir jetzt weiterkommen könnten."

Lucas machte ein wichtiges Gesicht. „Jetzt kommt Lumumba ins Spiel."

Sie schauten ihn alle ratlos an. "Lumumba?, war das nicht ein schwarzer, der irgendwann in Afrika ermordet wurde?"

Lucas grinste. „Mein Lumumba ist ein Hipp-Hopper."

„Jetzt bist du wohl übergeschnappt?", meinte Adrian.

„Lumumba ist außerdem ein Computer- Spezialist. Der macht Kunststücke auf dem PC. Er wohnt in New York, und ich lasse ihn rüberkommen."

Suse schüttelte den Kopf. „So`ne Leute gibt es bei uns auch. Da brauchst du niemanden aus Amerika."

„Möglich, aber die kannst du nur mit der Lupe suchen, und vor allem musst du sie kennen. Lumumba kenne ich." Er erzählte wie er ihn kennen gelernt hatte, wie er von ihm die Adresse der Melkow bekommen hatte, und wie schnell das ging. Und wie einfach."

„Wenn schon", gab Adrian zu bedenken, „der Summers wird wohl keine Reklame für sich auf einer Web Seite machen. Wie willst du an ihn rankommen.?"

Lucas spielte den Überlegenen. „Das ist ja meine Idee. Dazu braucht man einen Kopf. Überlege doch mal: Dreißig Millionen. Die steckte der doch nicht einfach in die Manteltasche und spazierte davon. Irgendwohin muss er die doch geschafft haben. Zuerst hat er sie nach Monaco überweisen lassen, aber er musste damit rechnen, dass uns der Müller in Bern davon erzählt. Also hat er sie weiter in die Welt verschickt. Wo das Geld ist, ist auch Summers."

Jetzt redeten alle durcheinander. Die Idee war gut, aber Suse dämpfte die Begeisterung. „Vielleicht ist dein Lumumba ein As. Aber der Computer einer Großbank ist sicherer geschützt als Fort Knox."

Lucas ließ den Einwand nicht gelten. „Du kennst Lumumba nicht. Fort Knox macht der mit links. Eine Großbank halt mit rechts."

Nachdem jeder seine eigene Meinung hatte, hob Suse beide Hände. „Stop! So kommen wir nicht weiter. Versuchen wir es. Die Frage wer ist nur, wer es bezahlt. Der junge Mann wird nicht umsonst hierher kommen."

Nach einem Anruf gab Lohmeier knurrend sein Einverständnis. "Fünftausend. Keinen Pfennig mehr!"

„Und die Flugkosten."

„Gut. Und die Flugkosten."

Man einigte sich, dass man Lumumba gleich anrufen könne, und Lucas suchte die Telefonnumer heraus, die er sich damals notiert hatte.

Es klingelte eine ganze Weile, und sie wollten es schon aufgeben, als sich am anderen Ende eine gelangweilte Stimme meldete. Lucas hatte den Lautsprecher eingeschaltet. „Hey Leute, was is'n. Ich muss arbeiten. Ihr stehlt mir die Zeit."

Lucas meldete sich. „Hallo Jonny! Kannst du dich an mich erinnern. Ich war mal bei dir, und du hast für mich die Adresse einer Frau heraus gefunden „

„Hey Mann", antwortete Jonny gereizt. „Denkst du ich hab Luft im Schädel? Natürlich erinnere ich mich. Seit, ach ich weiß nicht mehr wann, hat mich niemand mehr Jonny genannt. Außerdem hast du miserabel bezahlt", lachte er meckernd. Im Hintergrund hörte man die Bassbox einer Musikanlage wummern. „Was is`n los. War die Adresse falsch?"

„Nein Jonny. Ich brauch dich. Du musst zu mir kommen, nach Deutschland."

„Hey Mann. Bist du crazy? Was soll`n ich in Germany. Brauchst du`n Hipp-Hopper?"

„Nein. Ich brauch wieder eine Adresse, aber diesmal ist es schwerer."

„Was soll`n das, Mann. Für so was brauch ich meine Geräte. Du glaubst wohl, du kannst mich bei Euch an so`n Scheißding setzen. Was glaubst du warum die großen Keyborder ihr eigenes Instrument überall mit hinschleppen. Wenn du was willst, dann komm rüber. Und was heißt schwerer? Hast du kein Vertrauen zu mir? Dann bleib gleich drüben. Und was is mit Kohle?"

„Da kannst du beruhigt sein, Jonny. Fünftausend."

Es wart eine Weile still. „Zehntausend. Wenn du extra zu Uncle Sam kommst und gleich fünf Mille gucken lässt, dann ist das eine große Sache. Also?"

Suse hob abwehrend beide Hände, aber Lucas hob beide Hände und streckte alle zehn Finger aus.

„Pass auf, Jonny. Wir machen ein Erfolgshonorar aus. Wenn du nichts findest, dann bekommst du die fünftausend, wenn doch, dann Zehntausend. Okey?"

Wieder war es eine Weile still. „Hey Mann, das muss aber ein großes Ding sein. Ich mach dir`n anderes Angebot. Wenn ich nichts finde, bekomme ich gar nichts. Finde ich das was ihr sucht, dann kriege ich zwanzigtausend:"

Jetzt nickte Jenny eifrig mit dem Kopf.

„Okey. Das gilt. Ich ruf an wann ich komme." Lucas wollte schon auflegen, als Jonny flüsterte: Komm schnell Mann. Ich brauche das Geld. Und noch was. Wenn ich rauskriege, dass ihr`n kriminelles Ding drehen wollt. Dann bekommt ihr keine Adresse und ich trotzdem die zwanzig!" Er legte einfach auf.

* * *

Suses Büro kümmerte sich um das Flugticket, Lucas konnte schon am nächsten Tag fliegen. Er hatte Glück und bekam einen Anschlussflug von Leipzig nach Düsseldorf, sonst hätte Adrian ihn hingefahren. Er saß schon im Taxi zum Leipziger Flughafen, als Jenny mit ihrem Flitzer angerast kam.

„Stop!", rief sie dem Taxifahrer zu und winkte mit der Hand. Der Fahrer sah Lucas an, der neben ihm saß und der nickte. Suse sauste quer über die Straße und Lucas kurbelte das Fenster herunter. „Was ist los? Wir sind knapp dran. Wenn ich mich nicht beeile, verpasse ich den Flieger."

Suse reichte ihm ein Couvert durch das Fenster. „Einen schönen Gruß von Lohmeyer", lachte sie ihn an. Lucas öffnete den Umschlag und zog verdutzt einen Scheck hervor. „Was ist das? Das ist ja ein Scheck über fünftausend Dollar."

170

„Ich war in der Buchhaltung und wollte den Scheck holen, den Lohmeyer angewiesen hatte. Der Buchhalter sah vom Schreiben hoch und fragte mich: Mark oder Dollar. Ich habe gesagt Dollar", grinste sie wieder. "Lohmeyer hat gesagt fünftausend. Ich nehme an er hat Dollar gemeint. Oder?"

„Suse, Suse, wenn dein Chef einen Herzinfarkt bekommt, bist du schuld. Wenn ich zurückkommen, lade ich euch alle zu einem guten Essen ein."

„Das ist ein Wort, Lucas. Aber jetzt zisch ab. Melde dich gleich, wenn du da bist und vor allem, mach deinem Lumumba Beine."

Das Taxi fuhr zügig los und Suse winkte hinterher.

* * *

Lucas hatte fast den ganzen Flug verschlafen. Er wurde erst wieder wach, als die Stewardess die Fluggäste zum Anschnallen aufforderte. Das Tableau leuchtete auf. FASTEN SEAT BELT. NO SMOKING!

Der Pilot schaffte eine Bilderbuchlandung, und die Fluggäste applaudierten. Sicher waren viele der Fluggäste Deutsche. Die Stewardessen standen auf beiden Seiten der Ausgänge und verabschiedeten die Gäste mit ihrem kommerziellen Lächeln. Über der Skyline New Yorks lag die übliche Dunstglocke. Lucas verzichtete auf einen Leihwagen und ließ sich mit der Taxe nach Manhattan ins Hotel bringen. Er hatte entgegen seiner Gewohnheit in einem großen Hotel auf der 7th Avenue ein Zimmer gebucht. Zuerst besorgte er sich an der Rezeption eine Telefonkarte, rief von einem öffentlichen Fernsprecher Suse an, und teilte ihr mit, dass er gut gelandet sei. Nein, Lumumba habe er noch nicht angerufen, er tue es aber gleich. Dem Operator gab er die Nummer seiner Telefonkarte und wählte dann Jonnys Nummer. Er ließ es lange klingeln, aber es meldete sich niemand. Den Hörer hielt er noch in der Hand, als es an seine Tür klopfte.

„Come in!", rief er laut, und Lumumba trat ins Zimmer. Er grinste von einem Ohr zum anderen und fletschte sein weißes Gebiss. „He Mann, da bin ich." Ohne zu fragen ging er ins Bad, brachte den Zahnputzbecher in einer Hand, goss ihn fast voll aus einer Flasche Whisky, die Lucas aus der Halle mit nach oben genommen hatte. Er reichte dem verdutzten Lucas das Glas und nahm selbst einen großen Schluck aus der Flasche.

Lucas trank automatisch aus dem Becher ehe er fragte: „Wo kommst du her, Jonny. Woher hast du meine Adresse."

„Passt dir das nicht. Ich kann gleich wieder gehen." Damit wandte er sich zur Tür.

„Mach keinen Quatsch. Ich brauch dich, das weist du doch. Ich wundere mich bloß woher du weißt dass ich hier bin."

„Du hast mir doch die Nummer von deiner Puppe gegeben. Die habe ich angerufen."

„Das ist nicht mein Puppe. Aber ich wäre doch zu dir gekommen."

Lumumba machte ein nachdenkliches Gesicht. „Das genau wollte ich nicht. Sieh mal Mann, schließlich weiß ich nicht, überhaupt nicht, was ihr eigentlich da vorhabt. Ich habe dich nur einmal gesehen. Vielleicht bist du ein Ganove, und ihr habt´n Ding vor. Red nicht rein!", wehrte er den Versuch von Lucas ab, ihn zu unterbrechen. „Also, wenn du was vor hast, was kriminelles meine ich, dann ist es doch möglich, dass du beschattet wirst. Dann ist es mir lieber, man weiß nicht, dass du zu mir willst. Außerdem haben sich meine Bedingungen geändert."

Lucas sah ihn argwöhnisch an. „Wir haben doch ein großzügiges Angebot gemacht, Oder nicht? Was willst du noch?"

„Ich will tausend Vorschuss."

„Und warum? Traust du mir nicht?"

Jonny kratzte sich am Hals und schien verlegen zu werden. „Die haben mir das Telefon gesperrt, also könnte ich gar nichts für euch tun. Außerdem muss ich ja auch was essen."

Lucas lächelte und wollte ihm einen Scheck geben,.aber Jonny schüttelte den Kopf. „Cash Mann. Was glaubst du was die Banker tun, wenn so ein schwarzer Affe einen Tausend-Dollar-Scheck, ausgestellt in Leipzig, Germany, einlösen will. Die Cops wären schneller das, als das Geld gezählt wird. Lös du den Scheck ein und gib mir das Bargeld."

Lucas rief den Zimmerservice, gab dem Kellner den Scheck und bat ihn einzulösen. Bevor der Kellner aber den Raum betrat, was Jonny ins Bad gegangen. „Muss mich keiner hier sehen."

Als alles erledigt war, wollte Lucas mit Jonny in seine Wohnung gehen, aber der meinte, er habe es ernst gemeint, dass er nicht so gerne mit Lucas in Verbindung gebracht werden wolle. „Sag mir, worum es geht und du bekommst von mir Bescheid was ich herausfinde. Denk aber dran. Ich hab dir gesagt, dass ich sofort hinschmeiße, wenn es ein krummes Ding ist. Sagen wir, ein sehr krummes."

* * *

Auf einer kleinen Insel der Caiman Islands, wo eine sehr gemischte Gesellschaft lebte, Aussteiger und undurchsichtige Geschäftsleute, wohlhabende Asiaten, reiche Amerikaner und Abenteurer, stand am Rand einer kleinen Ansiedlung eine unscheinbare Villa. Sie hatte leergestanden seit ihre Besitzerin, eine alte, allein stehende Dame verstorben war. Seit einiger Zeit gaben sich Handwerker und Händler die Klinke in die Hand. Alles wurde saniert und renoviert, erneuert, umgebaut und eingerichtet. Die meisten der Einwohner sahen hinter

173

den Gardinen neugierig hinüber, aber es galt als unschicklich, sich zu sehr für die Nachbarn zu interessieren.

Eines Tages fuhr ein kleines, hochseetüchtige Kajütboot in den Hafen, aus dem zwei Männer ausstiegen. Beide etwa gleich groß und von gleicher Statur. Einer mit hellblonden Haaren, braungebrannt, im offenen Hemd, weißer Hose mit scharfen Bügelfalten und weißen Lederschuhen. Der andere hatte eine unscheinbare, graue Jacke an und auf dem Kopf eine Art Uniformmütze. Er trug zwei schwere Koffer. Beide gingen zu der Villa, die nicht weit vom Ufer entfernt war und verschwanden im Haus. An den nächsten Tagen sah man den mit der Mütze öfter, wie er sich an einem BMW Kabriolett zu schaffen machte, während der andere auf der Terrasse saß und in Papieren blätterte. Er tippte Notizen in sein Laptop und ab und zu telefonierte er. Wie man erfahren hatte, wurde ein Mädchen von der Insel für das Haus eingestellt. Sie wohnte jedoch nicht dort, sondern ging nach der Arbeit zurück in ihr Viertel, wo die Leute wohnten die ihr Geld mit Arbeit verdienen mussten. Die kleinen, pastellfarbenen Häuser, sahen nicht nach Reichtum aus, aber fast an jedem zweiten Haus befand sich ein Schild unter einem Briefkasten, mit einem meist pompös klingenden Namen. Jeder Einwohner wusste dass es sich dabei um Briefkastenfirmen handelte, die sich die Steuervorteile der Caimans zu Nutze machten, deren eigentliche Arbeit, wenn es überhaupt welche gab, irgendwo in der weiten Welt erledigt wurde.

Bei den Antrittsbesuchen, die der neue Anwohner, gut erzogen, bei seinen Nachbarn machte, stellte er sich als Schriftsteller vor, der hier in Ruhe arbeiten wolle. Ronald M. Summers.

„Aber bitte suchen Sie jetzt nicht in den Büchereien nach Büchern von mir. Sie werden keine finden, denn ich schreibe prinzipiell unter Pseudonym. Ich liebe es nicht von aufdringlichen Fans, oder gar Zeitungsleuten belästigt zu werden. Leserbriefe und Autogrammwünsche werden mir von Verlag zugeschickt. Ich kann also antworten, oder auch nicht, ohne in meiner Arbeit gestört zu werden."

Da er sich nicht allzu oft sehen ließ und auch keine Parties gab, gewöhnte man sich mit der Zeit an ihn und seinen Chauffeur, oder was der war. Getuschelt wurde oft, aber nur der Filialleiter der kleinen Bank nickte ehrfürchtig, wenn man seinen Namen erwähnte. Wundern tat er sich allerdings nicht, denn es gab viele solcher Leute hier.

* * *

Lucas wollte Jonny nur das Notwendigste erzählen, aber der ließ nicht locker. „Wenn du Fakten zurückhältst, die ich brauche, kann es sein, dass ich nicht weiterkomme. Das kann nicht in deinem Interesse sein, und wenn es eine Gaunerei ist, werde ich es sowieso herauskriegen."

Also blieb Lucas nichts anderes übrig, als Jonny in alles genau einzuweihen. „Das mit der Ermordung der Frau Stiller in Bulgarien hast du ja selbst herausgefunden, als du von der Erbschaft hörtest, die Frau Melkow hier nach ihrem Tod gemacht hat. Wir haben herausgefunden, dass die nächste Erbin eine junge Frau aus Leipzig ist. An die hat sich ein Mann herangemacht und ihr mit einem miesen Trick das ganze Geld abgenommen. Wir vermuten jetzt, dass dieser Mann mit den beiden Morden, und möglicherweise mit einem dritten an einem Russen, in irgendeiner Weise beteiligte ist. Er ist uns unter drei verschiedenen Namen bekannt."

„Von welcher Bank ist das Geld verschwunden und wie viel war es genau."

Lucas nannte die Schweizer Bank und ihre Filiale in Monaco. Ziemlich unsicher nannte er die Summe. Jonny pfiff durch die Zähne und sah Lucas verblüfft an. „Hey, Dollar, Mann?"

„Nein Deutsche Mark."

„Ach so", sagte er abwertend, um aber dann als er sich die Summe aufschrieb, erschreckt hochsah. „Mann das sind ja auch mehr als fünfzehn Millionen Dollar."

„Lucas verzog den Mund. „Ja, ungefähr."

„Da habt ihr mich aber ganz schön über den Tisch gezogen", mault er.

So ähnlich hatte sich Suse schon in Leipzig geäußert. Wenn der die Summe hört, wird sich sein Honorar bestimmt vervielfachen."

„Na ja, wir haben ja eine Erfolgsprämie ausgehandelt. Wir können ja noch mal darüber nachdenken, aber erst müssen wir schließlich den Mann haben und vor allem an das Geld herankommen."

Jonny schien beleidigt zu sein. „Hör zu", sagte er und sah Lucas geringschätzig an. „Vielleicht bist du ein Ganove und du haust mir hier die Taschen voll. Ich bin kein Ganove, und mein Honorar hätte sich auch nicht geändert, wenn es nur zehntausend wären. Ich bin kein Krämer."

Er stand wortlos auf, ging zur Tür, nachdem er die Whiskyflasche eingesteckt hatte, drehte sich noch einmal um. „Du hörst von mir."

* * *

Nachdem Jonny aus dem Zimmer war, rief Lucas sofort noch mal Suse an. „Lumumba war gerade hier."

„Ja", sagte Suse, „ich weiß. Er wollte nicht, dass du bei ihm gesehen wirst. Er scheint dir nicht ganz zu trauen. Ich hab ihm deine Adresse gegeben."

„Er war ganz schön sauer, als er hörte, um welche Summen es sich bei uns handelt."

„Und, hast du ihm nicht gesagt, dass wir auch erhöhen würden. Wir haben den Fehler gemacht, dass wir ihn unterschätzt haben. Wie viel hast du ihm zugesagt?"

„Das ist es ja. Er war beleidigt. Er sei kein Krämer, und das Honorar sei fest vereinbart. Vielleicht rührt er jetzt keinen Finger mehr für uns, und ich kann wieder nach Hause fliegen."

„Meinst du?"

„Als er ging hat er mich böse angesehen und sagte ich höre von ihm.

Suse hatte ihm noch ein bisschen Mut zugesprochen, und Lucas saß jetzt schon den vierten Tag in seinem Hotelzimmer und traute sich nicht hinaus, weil er Angst hatte, einen Anruf zu verpassen. Wenn er doch mal hinaus musste, sagte er jedes mal an der Rezeption bescheid, wo er zu erreichen sei, aber das Telefon rührte sich nicht. Jeden Abend rief er bei Suse an oder bei Adrian, und jedes mal musste er wieder berichten, dass es nicht voran gehe.

„Am besten, du kommst wieder zurück", sagte Kremer, aber Suse, die mithörte war dagegen. „Wir haben alle keine Ahnung, wie viel Arbeit es macht so einen Bankcode zu knacken, vielleicht geht es überhaupt nicht. Bleib noch ein paar Tage. Notfalls gehst du in seine Wohnung. Du weißt ja wo das ist."

„Der Kerl könnte doch wenigstens einen Zwischenbericht geben, wie weit er gekommen ist. Ob er überhaupt noch an einen Erfolg glaubt.", brummte Lucas dazwischen.

Suse war optimistisch. „Alles was ich bisher über den jungen Mann gehört habe, deutet darauf hin, dass er Charakter hat. Hättest du mich beleidigt, hätte ich dich auch eine Weile im eigenen Saft schmoren lassen. Du bleibst."

Am nächsten Tag hielt es Lucas nicht mehr aus in seinem Zimmer. In Jonnys Wohnung traute er sich nicht, weil er Angst hatte, dann alles zu verpatzen. Er ging in den Hipp-Hopp Keller, wo er ihn zu ersten Mal getroffen hatte. Der Saal hing voller Rauchschwaden. Die Geräuschkulisse war ohrenbetäubend und es roch nach Schweiß und Alkohol. Er schaute zur Bühne. Die Band spielte, aber Lumumba der Frontmann war nicht dabei. Auf dem Parkett zappelten die Breakdancer wie beim letzten Mal. Mutlos ging er zur Bar und plötzlich klopfte ihm jemand auf die Schulter. Lucas drehte sich um und sah in das Gesicht Spensers, dem Mann, der ihn damals hier her gebracht hatte.

„He, du bist doch Lucas? Oder irre ich mich? Es ist eine Weile her."

Lucas war froh, dass er wenigstens ihn getroffen hatte. „Hallo Spenser", atmete er auf.

„Jetzt habe ich gerade zehn Dollar verloren." Lucas sah ihn fragend an. „Ich habe mit Lumumba gewettet, dass er dich nicht wieder sieht. Er hat mir erzählt, dass du ihn beleidigt hättest. Du wolltest was von ihm und hättest ihn unterschätzt. Ich glaubte nicht, dass du ihm nachläufst, aber er sagte du würdest garantiert wiederkommen.

Lucas fragte ihn, ob Jonny erzählt habe worum es geht. „Jetzt hast du aber Glück gehabt, dass er das nicht gehört hat, „grinste Spenser. Damit hättest du ihn wieder beleidigt. Lumumba arbeitet für viele, auch mal für windige Kandidaten, aber reden, nein reden tut er darüber nicht. Dreh dich um, da kommt er. Er war bloß mal pinkeln."

Jonny kam auf Lucas zu und tat als hätten sie sich gerade erst getrennt. „Hey Mann, da bist du ja endlich."

„Mir fällt ein Stein vom Herzen," atmete Lucas auf. „Ich dachte schon ich hätte dich beleidigt, Wo warst du so lange?"

„Jesus Christ, Mann. Natürlich hast du mich beleidigt, aber glaubst du ich kann zaubern? Kein anderer hätte dir helfen können", sagte er selbstbewusst.

„Und? Hast du was heraus bekommen?" Lucas hielt gespannt den Atem an.

„Was glaubst Du. Ich bin der Beste!" Wenn ich mich an etwas dranhänge, dann bleibe ich auch dabei."

„Was weißt du?". Wollte Lucas wissen.

„Ich weiß, dass du jetzt einen ausgibst. Aber nicht von dem Fusel, den du im Hotel hattest. Die haben hier einen Jonny Walker. Black Label." Es wurde ein langer und für Lucas ein teurer Abend.

* * *

Lucas hatte sich für heute zurückgemeldet, und Suse, Adrian und Jenny saßen voller Spannung in Suses Büro. Sie schauten erwartungsvoll zur Tür, als die sich öffnete. Herein kam nicht Lucas sondern ein junger Mann. Hellbraune Gesichtsfarbe, die krausen Haare vergeblich mit viel Gel gebändigt. Er trug einen hellroten Blouson, beige Jeans, und nagelneue Turnschuhe. Zu seinem blütenweißen Hemd hatte er eine grellbunte Krawatte zu einem riesigen Knoten gebunden. Lumumba.

Hinter ihm trat lächelnd Lucas ins Zimmer. „Das ist Jonny", stellte er ihn vor, „und das sind Suse, Jenny und Adrian." Jonny hob linkisch eine Hand zum Gruß. „Hey Leute", sagte er und wusste nicht weiter. Suse und die anderen beiden gingen freudig auf ihn zu und streckten ihm die Hände entgegen, die er verlegen schüttelte.

„Ich freue mich", sagte Suse. „Eine gute Idee von Lucas, dich mitzubringen. Ich muss allerdings sagen, dass ich mir unseren Computerexperten ein bisschen anders vorgestellt habe."

Lucas hatte inzwischen alle begrüßt. „Ja ich war auch überrascht, als ich ihn auf dem Flughafen sah. Dass er in Schlips und Kragen kommen würde hatte ich nicht erwartet. Zu Hause käme ihm das nicht in den Sinn." Er schlug Jonny freundschaftlich auf die Schulter. „Ich habe ihn überredet mitzukommen. Er hat eine extra Belohnung verdient. Ich habe versprochen, ihm Old Germany zu zeigen."

Jonny schaute sich verlegen in der Runde um. „Ich wollte dich doch nicht blamieren. Ich wusste doch nicht, was ihr für´ne Typen seid. „Oh Mann", stöhnte er und riss sich mit einer hastigen Bewegung die Krawatte vom Hals und öffnete den oberen Knopf seines Hemdes so heftig, dass er abriss. Dann zog er die Jacke aus und setzte sich in den Sessel, den ihm Jenny hinschob.

„Nun spannt uns nicht so auf die Folter", drängte Suse. „Habt ihr Summers?"

„Nein1" Lucas hob bedauernd die Schulter.

„Also alles umsonst?" Jenny sah man die Enttäuschung an.

„Nein, wir haben das Geld. Das heißt wir wissen wo es ist."

Alle waren jetzt voller Erwartung. „Jetzt lasst euch doch nicht die Würmer einzeln aus der Nase ziehen." Suse sprach englisch, damit Jonny sie auch verstehen konnte. „War es schwierig?"

Jonny sah sie freundlich an und sagte auf deutsch „Ich bin der Größte!" Alle waren überrascht, und Suse fragte: „Du sprichst deutsch?", aber als Jonny sie verständnislos ansah, wiederholt sie es auf englisch. „Do you speak german?"

Jonny lächelte und schüttelte den Kopf. „Nein, nur den einen Satz. Spenser hat ihn mir beigebracht und ich habe ihn auswendig gelernt. Er bedeutet: Ich freue mich, dass ich Ihnen helfen konnte."

Alle platzen laut mit einem Lachen heraus. Jonny sah erstaunt von einem zum anderen, bis Lucas ihm erklärte, dass Spenser ihn zum Narren gehalten habe. Dann übersetzte er ihm den deutschen Satz ins englische.

Da lachte er auch. „Na warte, Spenser, das zahle ich dir heim", setzte dann aber schnell hinzu: „Aber recht hat er schon. Ich bin der Größte."
Wieder lachten alle und die Spannung hatte sich, dank der unfreiwilligen Komik Jonnys, gelöst.

„Jetzt erzähl aber Lucas. Wir haben eine große Kanne Kaffe gekocht, und zu futtern haben wir auch genug." Jonny sah Lucas an, und der wusste was gemeint war. „Stell mal eine gute Flasche Whisky dazu. Zur Not tut es auch ein Cognac."

Alle schauten verblüfft. „Um diese Zeit? Am frühen Morgen?"

„Ihr müsst ja nicht, aber Jonny und ich, haben die letzten Tage fleißig geübt."

Als alle zufrieden gestellt waren, bat Lucas Jonny zu erzählen, was er herausgefunden hatte.

„An ja, Zuerst habe ich mal alle überprüft."

„Wie alle?", wollte Adrian wissen.

„Euch alle", sagte Jonny ohne im Mindesten verlegen zu sein. „Ich musste doch wissen, mit wem ich es zu tun hatte. Immerhin wart ihr hinter dreißig Millionen Mark her."

Kremer schien empört zu sein, aber Suse meinte, das sei doch ganz normal. „Hätte ich auch gemacht."

„Und woher hattest du die Informationen über uns?"

„Ach, euer Bundeskriminalamt ist ganz fleißig. Und erzählt mir nichts von Datenschutz. Bei Lucas war es ganz leicht. Der ist vorbestraft, das hatte er mir aber selbst gesagt. Susanne Marofsky und Adrian Kremer sind Journalisten, also habe ich mich mal beim Journalistenverband umgeschaut, und beim BKA. Auch das Archiv des BND war nützlich."

„Die haben dir alle ohne Weiteres Auskunft gegeben über uns?" Adrian schaute ganz entsetzt.

„Nö", schmunzelte Jonny. Man muss nur wissen wie man fragt. Nur Jenny Wellinger war ein unbeschriebenes Blatt. Da konnte ich überhaupt nichts finden. Dann habe ich mich um diesen Ron Summers gekümmert. Das ist vielleicht ein rogue."

„Gauner" übersetzte Suse den unbekannten Begriff. „Du kannst dir aber Einzelheiten sparen. Wir hatten Einsicht in seine Polizeiakte."

Jonny pfiff durch die Zähne." Da seid ihr ja besser als ich dachte. Gut. Ich habe mich dann an die Schweizer Bank herangearbeitet. Das war ein harter Brocken, aber nach ein paar Tagen hatte ich deren Code im Griff. Ich stellte fest, dass die eingezahlte Summe sofort, noch am gleichen Tag auf eine Filiale in Monaco überwiesen wurde. Unter der gleichen Kennnnumer. Dann hat unser Freund einen Fehler gemacht. Er hat die Summe nicht in einem Rutsch weitergeleitet, sondern in kleinen Teilen."

„Wieso war das ein Fehler?", warf Suse ein. „Das scheint mir doch ein kluger Schachzug."

Jonny erklärte. „Sie mal, er hat insgesamt siebzehn Überweisungen gemacht. In die ganze Welt, aber nur elf konnte ich verfolgen. Sechs habe ich also nicht geknackt. Hätte er nur eine Summe überwiesen und diese hätte ich gerade nicht herausgekriegt, wäre ich am Ende gewesen. So konnte ich aber eine ganze Menge verfolgen. Da er aber immer weiter umgeschichtet hatte, gingen mir immerhin noch drei Bewegungen verloren. Acht konnte ich jedoch bis zum Ende verfolgen. Alle acht sind auf einer Bank der Caiman Islands gelandet. Als ich dann das dortige Konto überprüft habe, es war übrigens eine Filiale der Bank von Mexiko, Kam eine Summe nach der anderen brav dort an. Insgesamt sind jetzt vierundzwanzig Millionen dort. Die letzten Summen sind wahrscheinlich inzwischen auch dort angekommen. Das kann ich aber von hier aus nachprüfen. Inzwischen hat er alles in Dollar umgerubelt. Ich weiß die Kontonummer. Wie ihr da jetzt dran kommt müsst ihr selbst herausfinden."

Adrian dachte nach. „Ich hab mal gehört, dass es für einen Hacker einfach ist, Geld von einem Konto auf ein anderes zu transferieren. Zum Beispiel auf Jennys Konto."

Jonny hob beide Hände. „Was ich bis jetzt gemacht habe, ist eine Verletzung des Bankgeheimnisses. Das ist strafbar, hält sich aber in Grenzen. Wenn ich jetzt aber von einer Bank Geld abziehe ist das Diebstahl. Das wird in der ganzen Welt bestraft. Da mache ich nicht mit, impossible."

„Aber das ist doch gestohlenes Geld.." sagte Lucas, aber Suse unterbrach ihn. „Das geht in Ordnung, Jonny. Das akzeptieren wir. Nun hör mal. Die Caimans sind doch drei Inseln, und ein paar kleinere. Die Bank of Mexiko hat aber sicher dort nur eine Niederlassung. Woher wissen wir aber, ob Summers dort ist, oder auf einer der kleinen Inseln abseits?"

„Das wissen wir nicht", sagte Jonny. „Aber er hat ein paar kleinere Summen abgehoben, beziehungsweise an Handwerker überwiesen, die ein Haus renovierten. Wo das Haus steht, das kann ich euch sagen."

Jenny meldete sich zu Wort. „Die Hauptsache ist nicht, an das Geld heranzukommen. Die Hauptsache ist, dass wir diesen Halunken finden, und dass er bestraft wird."

Jonny verzog die Mundwinkel nach unten. „Mir wäre es umgekehrt lieber. Dann könnte ich sicher sein, dass ich meine Prämie bekomme." Aber Lucas beruhigte ihn. „Du bekommst dein Geld. notfalls von mir."

* * *

Sie saßen alle noch über eine Stunde zusammen und beratschlagten, wie es weitergehen sollte. Jenny schlug vor, dass man für heute Feierabend mache. Lucas und Jonny war das ganz recht, denn sie hatten beide noch die Zeitumstellung im Körper und waren groggy. „Ich nehme Jonny mit in meine Pension und wir treffen uns morgen, sagen wir um neun, wieder hier im Büro.

„Nein mein Freund", protestierte Suse, und alle sahen sie gespannt an. „Herr Bernauer hat uns bei der Abreise nach Amerika ein gutes Abendessen versprochen. Wir werden morgen mal eine Denkpause machen. Jeder soll sich überlegen, wie es weitergehen könnte. Für den Abend lasse ich sechs Plätze in einer Weinstube reservieren, und wir machen uns einen gemütlichen Abend."

Lucas widersprach jedoch. „Ich hatte dir ein Essen versprochen, nicht einem ganzen Verein", aber er wurde mit Hallo von allen überstimmt. „Wieso aber sechs Plätze?"

„Weil ich Lohmeyer mitnehmen will. Ich werde ihn morgen über unsere Ermittlungsergebnisse informieren. Wir werden ihn bestimmt noch brauche können. Zumindest als Sponsor."

„Da werden wir sicher den ganzen Abend nur über Summers reden", gab Kremer zu bedenken, aber Suse meinte, dass nur der mitdürfe, der verspreche, dieses Kapitel nicht anzuschneiden. Sie verabschiedeten sich. Adrian nahm Jenny in seinem Wagen mit, und Suse fuhr die beiden anderen in die Pension am Bayrischen Bahnhof.

Als Lucas mit Jonny die Pension betrat, machte Frau Wagner, die Wirtin, kein erfreutes Gesicht. „Ich weiß nicht, ob ich noch ein Zimmer frei habe", zögerte sie, aber Lucas ließ sie gar nicht weiter zu Wort kommen. „Das ist ein Computerspezialist aus den Vereinigten Staaten von Amerika, der hier eine verantwortliche Aufgabe bei unserer Redaktion für eine kurze Zeit übernommen hat. Ich habe ihn überredet, mit in ihre Pension zu ziehen für die Dauer seines Aufenthaltes. Da ist er nicht so alleine wie im Steigenberger, wo ihn der Chef unterbringen wollte."

Sie sah Lumumba zweifelnd an, rückte aber doch einen Zimmerschlüssel heraus. Die beiden stiegen die Treppe hoch und Minuten später hörte sie in den beiden Zimmern die Duschen rauschen. „Wenigstens wäscht er sich", murmelte sie vor sich hin.

* * *

Es wurde ein schöner Abend. Lohmeyer war tatsächlich mitgekommen, obwohl er ahnte, warum man ihn mitnahm. Das konnte ihn noch eine schöne Stange Geld kosten, aber andererseits wäre es eine Bombenstory wenn die vier, nein fünf, die Morde aufklären konnten. Die Auflage seiner Zeitung würde auf das dreifache steigen. Die Story wäre so umfangreich, dass man eine Serie daraus machen könnte.

Der einzige der sich an diesem Abend langweilte war Jonny. Die gepflegte Weinstube mit der leisen, dezenten Musik war nicht sein Ding. Plötzlich hatte er so was wie Heimweh nach seiner Kneipe in New York. Die Krawatte, die er den anderen zuliebe wieder umgebunden hatte, drückte ihn. Die langweiligen Gespräche der anderen waren nicht zum aushalten. Außerdem fielen sie, obwohl alle gut englisch sprachen, gewohnheitsmäßig immer wieder ins Deutsche, bis dann irgendwem auffiel, dass er ja auch noch dabei saß.

Irgendwann hatte er es satt. „Hey Leute, gibt es denn in Eurer Stadt nicht was besseres als diesen langweiligen Laden? Eine Kneipe wo die Post abgeht?"

Lucas bekam einen Schrecken. Er konnte sich gut an die Szene in New York entsinne, an den Krach in dem Hipp-Hopp Schuppen. Lohmeyer war etwas befremdet. Er fand die Atmosphäre hier angenehm, aber Suse ergriff wieder mal die Initiative, denn Jonny war schließlich der Gast, und sicher wird man auch später noch auf ihn angewiesen sein. „Jonny hat recht", meinte sie. „Vielleicht sollten wir mal richtig auf die Pauke hauen. Wir sind doch noch keine Greise. Da gibt es doch noch den Jugendclub in Lindenau. Ich hab da mal eine Reportage gemacht, als ich dort die Drogenszene vermutete, was übrigens nicht stimmte. Die hatten eine tolle Band dort. Vielleicht ein bisschen laut, aber gut. Auf gehts!"

Lucas bezahlte die Rechnung. Lohmeyer wollte sich entschuldigen, aber alle protestierten. „Mitgegangen, mitgefangen", schmunzelte Lucas. „Aber das geht jetzt nicht mehr auf meine Rechnung" Bei dieser Bemerkung sahen alle auf Lohmeyer. „Da verschleppt man einen seriösen, älteren Herren in einen Jugendklub, und dann soll er auch noch dafür bezahlen."

Sie bestellten zwei Taxen und fuhren nach Lindenau. An der Eintrittskasse ließen sie Lohmeyer den Vortritt. Der Türsteher sah in ein bisschen erstaunt an, aber die anderen schienen ja in Ordnung zu sein. Schon vor der Tür hörte man den Lärm, den die Musik machte. Man konnte sein eigenes Wort kaum verstehen. Als sie den Saal betraten, wo sich die jungen Leute auf dem Parkett die Beine verrenkten, war plötzlich eine Stille, die fast weh tat. Aus dem Lautsprecher kam eine Stimme. „Ein hoch auf die duften Gruftis, die sich hier rein trauen." Alle trampelten begeistert und schlugen den ´Gruftis´ auf die Schultern. Vor allem Löhmeyer, der ja wirklich schon ein bisschen älter war, konnte sich kaum vor ihnen retten. Ein hübsches, ziemlich junges Mädchen zog ihn auf die Tanzfläche. Alle lachten, als er eine artige Verbeugung machte und versuchte, mit ihr einen Foxtrott oder so was zu tanzen. Wohl oder übel schaute er sich bei den anderen um, und zuckte bald wie sie nach dem Rhytmus der Musik. Zuerst war es ihm ein bisschen peinlich, als er merkte wie ein Paar nach dem anderen aufhörte zu tanzen und alle im Takt klatschten, bis er nur noch alleine mit seiner Partnerin herumhüpfte. Aber man konnte ihm ansehen, dass es ihm immer besser gefiel, bejubelt zu werden, und bald stand ihm der Schweiß auf der Stirn. Als dann die Band eine Pause machte und seine Tanzpartnerin einfach verschwunden war, als er sie höflich an ihren Platz bringen wollte, ging er an den Tisch zurück zu seinen Leuten. Die rückten zusammen, um ihm Platz zu machen, aber Lohmeyer winkte mit beiden Händen ab. Er zog die Jacke aus und riss sich den Schlips vom Hals. Als dann die Musiker einen neuen Titel trommelten, griff er sich ein Mädchen aus der Menge und sprang und hüpfte mit ihr begeistert weiter.

Suse und Lucas versuchten es auch und es schien ihnen Spaß zu machen. Adrian flüsterte Jenny ins Ohr: „Ich hab die Kamera an der Garderobe abgegeben. Ich hole sie. Das muss ich knipsen."

Plötzlich spielte die Band einen ohrenbetäubenden Tusch. Der Frontmann zog das Mikrofen näher. „Hello Girls, hello Boys. Wir haben einen berühmten Gast aus Amerika: Jonny Lumumba!"

Von der hinteren Bühne kam Jonny nach vorn. Gott weiß, woher er plötzlich das Breaker Outfit her hatte. Ganz alleine begann er einen Text ins Mikrofon zu hämmern, wobei er pantomimisch mit dem Körper ruckte. Die Musiker hatten sich schnell eingehört und fielen einer nach dem anderen ein. Der Applaus übertönte fast den Rap Jonnys. Adrian stand neben ihm und schoss ein Bild nach dem anderen. Lohmeyer hatte er schon auf dem Film.

Plötzlich warf Jonny beide Arme in die Luft. „Take care!" , rief er und sprang mit einem Satz in die Menge auf das Parkett. Der Break Dance, den er dort hinlegte war Filmreif. Er wirbelte auf Armen und Beinen um die eigene Achse, drehte Pirouetten auf dem Kopf und sprang zum Schluss mit einem weiten Sprung ins Spagat. Alle umringten ihn, umarmten ihn, küssten ihn und riefen im Rhytmus: „Zugabe, Zugabe, Zugabe!" Aber Jonny winkte ab. „Später vielleicht, später." Der Schweiß floss ihm in Strömen über das Gesicht und den Körper. Sein T-Shirt war total durchnässt, als er an den Tisch zurückkam. „Das haben wir noch nie gesehen!"

„Ich schon", sagte Lucas und war stolz auf seine Entdeckung, auch wenn er das damals in New York nie für möglich gehalten hätte.

Adrian und Jenny verabschiedeten sich. Kremer wollte noch ins Labor und nahm Jenny mit. Suse, Lucas und Lohmeyer nahmen sich ein anderes Taxi.

* * *

Obwohl es spät geworden war, saßen am nächsten Morgen alle, außer Lohmeyer, gegen neun in Suses Büro. Sie sprachen über den gestrigen Abend der so fröhlich geendet hatte. Suse legte die heutige Ausgabe ihrer Zeitung auf den Tisch, und es gab ein großes Hallo. Auf der Titelseite war ein großes Bild: Lohmeyer mit einem jungen Mädchen, nabelfrei, die Beine verknotet und beide Arme in der Luft. Darunter hatte Suse geschrieben: *Ein Herz für die Jugend. Unser Chefredakteur, Herr Doktor Lohmeyer beim Hipp-Hopp im Jugendklubhaus. Begeisterter Applaus bei den jungen Gästen.*

Ein anderes Bild zeigte Jonny beim Break Dance. *Ein freier Mitarbeiter unseres Verlags aus den Vereinigten Staaten zeigt unseren Kids, was ein Break Dance ist.*

Dann kamen ein paar Zeilen über den Klub und den gestrigen Abend. Lohmeyer hatte, entgegen den Befürchtungen Kremers, noch vor Druckbeginn das OK für den Artikel und das Bild gegeben.

„So, jetzt aber wieder zu unserem Fall", forderte Suse. „Wir müssen überlegen, wie es weitergeht. Ich habe in einem Buch über die Caiman Islands nachgesehen. Die Insel, auf der Summers anscheinend ein Haus besitzt, ist die kleinste der drei Hauptinseln. Von wenigen Touristen besucht. Sie hat einen schönen Yachthafen, zwei oder drei Tauchschulen und die üblichen Hotels und Bars. Über mein Reisebüro habe ich erfahren, dass es kein Problem ist, dort ein Zimmer zu bekommen, oder einen Bungalow zu mieten. Die Flugverbindung ist ein bisschen umständlich aber ebenfalls problemlos. Wir sollten uns dort umsehen. Vielleicht finden wir unseren Mann. Wie es dann weitergeht, müssen wir vor Ort entscheiden.

„Wen schicken wir hin?", wollte Lucas wissen.

„Ich werde als Koordinator unserer Aktivitäten hier bleiben", entschied Suse. „Ich denke, vor allem Adrian sollte fliegen. Vielleicht kriegt er ihn vor die Linse und kann ein paar Bilder schießen, die uns bei der Identifizierung helfen. Wir werden ihn als Tourist tarnen. Er sieht harmlos aus."

„In Ordnung", meinte Kremer, „aber sollte Jenny nicht mitkommen? Sie kennt ihn."

„Ja schon, ich kenne ihn aber auch, und ich weiß nicht, ob wir Jenny der Gefahr aussetzen sollten. Sie ist unerfahren in solchen Dingen. Ich zwar auch, aber ich bin ein Mann und werde mir zu helfen wissen." Lucas hatte recht.

Jenny war entrüstet. „Schließlich geht es um mein Geld. Ich kann nicht hier herumsitzen während ihr euch meinetwegen in Gefahr begebt. Ich fliege mit. So viel Geld habe ich schon, dass ich das noch bezahlen kann."

„Die finanzielle Seite ist geregelt", entgegnete Suse. „Lohmeyer bezahlt das. Ich werde also zwei Zimmer für Jenny und Adrian reservieren lassen. Du Lucas musst schon selbst in die Tasche greifen. Drei Mann, da macht Lohmeyer bestimmt nicht mit."

„Für uns beide reicht ein Zimmer." Adrian wurde immer noch rot, wenn es um sein Verhältnis zu Jenny ging. Im zweiten Zimmer bringen wir Lucas unter. Das merkt Lohmeyer nicht. Oder noch besser: Wir mieten einen Bungalow, da können wir alle drei unterkommen."

Lucas war nicht der Meinung. „Die Idee mit dem Bungalow ist gut. Am besten ein bisschen außerhalb der Hotels. Da kann man mal über die notwendigen Aktivitäten reden, ohne dass jemand mithören kann. Oder man kann sich auch mal ein paar Eier in die Pfanne hauen, damit man nicht nur auf das Hotel angewiesen ist. Ich werde aber ein Zimmer in einem Hotel nehmen. Da haben wir zwei Stützpunkte. In einem Hotel kann man sich eher mal unauffällig umhören, man trifft leichter Leute. Außerdem will ich das junge Glück nicht stören", setzte er anzüglich hinzu. "Das wird sowieso kein Liebesurlaub, sondern eine riskante Aktion. Wir wollen Summers und das Geld."

Die Sekretärin wurde beauftragt, die Tickets zu besorgen und Zimmer und Bungalow buchen.

* * *

An die zwei Männer, die das kleine Haus in der Nähe des Yachthafens der Insel bewohnten, hatte man sich gewöhnt. Sie benahmen sich unauffällig, hatten kaum Kontakt zu den Nachbarn, waren aber höflich und zuvor kommend. Sie grüßten freundlich, wenn sie sich in der Öffentlichkeit bewegten. Der, welcher anscheinend der Chauffeur war, machte manchmal ein Schwätzchen mit den Bediensteten der Nachbarn, aber wenn er nach seinem Chef gefragt wurde, den Schriftsteller, blieb er verschlossen. „Herr Summers möchte möglichst in Ruhe sein neues Buch schreiben. Er befürchtet, dass die Ruhe dahin ist, wenn sein Aufenthalt hier bekannt wird."

Eines Tages bekamen die Honoratioren der Insel die Einladung zu einer kleinen Party.

Ronald M.Summers bittet Sie und Ihre Gattin am 02.09.2000 um 21.00 Uhr zu einem Imbiss in sein Haus. Es wird um zwanglose Garderobe gebeten. Er würde sich freuen, Sie begrüßen zu dürfen.

Es waren höchstens fünfundzwanzig Gäste, die eingeladen waren. Alle waren gekommen. Alle waren neugierig. Auf der Terrasse des Hauses war ein exklusives Büffet aufgebaut. Die Flügeltüren zum großen Gesellschaftssaal standen weit offen. Auf dem Rasen waren Tische unter bunten Sonnenschirmen aufgebaut, die mit prächtigen Blumenarrangements geschmückt waren. Sehr Chauffeur, den man in eine Art Uniform gesteckt hatte, trug weiße Handschuhe. Zwei junge Mädchen hielten Gläsertabletts mit Getränken bereit.

Der Hausherr begrüßte seine Gäste mit zurückhaltender Höflichkeit vor der Terrasse. Im Laufe des Abends schwanden die anfänglichen Vorbehalte der Gäste. Man wurde vertrauter und der Hausherr erwies sich als angenehmer Plauderer und Charmeur gegenüber den Damen. Doch es fiel auf, dass er sich immer mehr den männlichen Gästen zuwandte, die sich für Wirtschaft und Finanzen interessierten.

Ein großgewachsener, älterer Herr in salopper aber geschmackvoller Kleidung stand neben dem Hausherrn. Er war Holländer, wohnte aber schon seit einigen Jahren auf der Insel. „Wie haben Sie sich eingelebt, Herr Summers?", fragte er den Hausherrn. „Sie sind Amerikaner? Schriftsteller habe ich gehört."

„Nun ja, Schriftsteller. Wenn Sie Kriminalromane als Literatur ansehen, dann ja. Ich schreibe ausschließlich Romane mit politischem Hintergrund. Die schlimmsten Intrigen und Verbrechen gibt es in der Politik. Man macht sich damit nicht beliebt bei den Mächtigen, aber die Leute interessiert so was, und so habe ich weltweit eigentlich gute Erfolge."

Herr van Myers, der Holländer war ein Finanzmakler, der in die ganze Welt Verbindung hatte. „Ich möchte nicht indiskret sein, Herr Summers, aber wenn Sie mal einen Rat in finanziellen Dingen brauchen, kann ich Ihnen helfen."

Summers lächelte. „Wenn Sie mir das nicht angeboten hätten, würde ich Sie darum gebeten haben. Ich habe mich über Sie erkundigt. Bitte entschuldigen Sie, wenn ich das so offen sage, aber ich brauche wirklich seriösen Rat. Als ich vor einigen Jahren meine Zelte in Pensylvania abgebrochen hatte, löste ich alle meine Konten auf, und verkaufte meine Aktien und Wertpapiere. Ich wollte mein Vermögen nicht aus der Ferne verwalten und ob die hiesigen Banken akzeptabel sind, habe ich nicht gewusst. Ich habe mein ganzes Geld sozusagen in der Hosentasche mitgeschleppt. Einen ansehnlichen Beutel mit ausgesuchten Diamanten." Er verschwieg jedoch, dass er die Steine erst vor wenigen Tagen für die Hälfte ihres Wertes von einem zwielichtigen Händler erworben hatte, kurz nachdem die südafrikanischen Zeitungen von einem Überfall auf einen Transport der South African Diamond Inc. berichtet hatten. „Ich werde in der nächsten Zeit die Steine versteigern lassen. Vielleicht bei Sothebies. Dann brauche ich wirklich einen guten Ratgeber. Ich möchte Papiere kaufen, die eine gute Rendite bringen ohne allzu großes Risiko."

Van Myers schien interessiert. „Wie hoch schätzen Sie den Wert Ihrer Steine? Was glauben Sie was sie bringen werden?"

„Wenn Sie mir absolute Diskretion zusichern können, denke ich, so um die..., er machte eine kleine Pause, dreißig, zweiunddreißig."

„Tausend Dollar?"

„Millionen Dollar."

Van Myers blieb sichtlich die Luft weg. „Und das haben Sie, wie Sie sagten, in der Hosentasche?"

„Natürlich nicht," lächelte Summers. „Das Teuerste, was ich mir hier zugelegt habe, war ein kleiner aber effektiver Tresor. Er ist mit Stahlbeton in der Wand vermauert, hat vier verschieden funktionierende Sicherungen. Bei unbefugter Nutzung strömt er Gas aus, das der Gesundheit wenig bekömmlich ist. Dieses Gas zersetzt sich nach wenigen Minuten. Kann mir also nicht schaden und ist auch nicht nach zu weisen."

Summers wurde van Myers unheimlich.

* * *

Sie saßen im Flugzeug. Langsam wurde es zu viel. Zwei mal waren sie schon zwischengelandet und jedes mal mussten sie auf den Anschlussflieger warten, aber nicht einmal lange genug, um ein Hotel zu buchen und auszuschlafen. Kremer war jedes mal der Meinung, es käme doch nicht auf einen Tag an, und man solle sich doch einen Tag Ruhe gönnen. Lucas aber, der ziemlich verwahrlost in seinen Klamotten hing, und Jenny, die erstaunlich gut durch gehalten hatte, waren nicht zu bremsen. Jetzt wo sie einer Aufklärung näher gekommen waren, wollten sie keinen Tag unnütz versäumen.

Endlich kam die Ankündigung des Piloten, dass man im Sinkflug sei, und in wenigen Minuten in George Town landen würde. Das übliche anschnallen, nicht rauchen leuchtete auf dem Tableau und man merkte, wie der veränderte Luftdruck auf die Trommelfelle drückte. Es war eine vorbildliche, weiche Landung, und der obligatorische Applaus hatte sich der Pilot verdient. Die freundlichen Stewardessen verabschiedeten die Gäste an den Ausgängen. Jetzt mussten die drei nur noch die Fähre nach der Nachbarinsel erreichen. Völlig erschöpft kamen sie dort an.

„Es wird ernst." Lucas übernahm das Kommando ,winkte zwei Taxis herbei, und ohne sich groß zu verabschieden, fuhren sie in ihre Quartiere. Man hatte das so geplant. Sie wollten jeden Zufall vermeiden das man sie zusammen sah. Jenny und Adrian hatten dem Fahrer die Adresse gegeben, und er hielt vor einem weißen, kleinen Holzhaus an, mit einer großen Terrasse. Vor der Tür erwartete sie eine junge Frau in der landesüblichen Kleidung und sagte, sie sei immer zu ihrer Verfügung. Sie sorge für die Sauberkeit, und wenn es gewünscht werde, bereite sie auch ein Frühstück. In einem kleinen Hotel in der Nähe gebe es eine ausgezeichnete Küche, wo man mittags und abends gut essen könne. Sie zeigte den beiden das Haus, eine modern eingerichtete Küche, ein geräumiges Wohnzimmer und ein luftiges, helles Schlafzimmer mit einem breiten Doppelbett. Die Terrasse zog sich um das ganze Haus und konnte von allen Zimmern aus betreten werden.. Die junge Frau deutete auf ein Haustelefon, von dem sie immer zu erreichen sei. Sie wohne zwei Häuser weiter. Dann ließ sie Jenny und Adrian alleine.

„Das ist ja ein Service", freute sich Jenny, aber Adrian verzog die Mundwinkel. „In dieser Gegend ist man Leute gewöhnt, die das erwarten, und denen das selbstverständlich ist. Der Billigtourismus ist hier noch nicht angekommen."

Lucas war inzwischen in seinem Hotel eingetroffen und hatte die gleiche Erfahrungen gemacht. Wenn man dem Empfangschef glauben durfte, gab es hier nichts, was nicht möglich gemacht wurde. Er wies auf die `sehr hübschen, jungen Damen´ hin. Die Herrn Bernauer jeden Wunsch von den Augen ablesen würden. Außerdem sei im Keller eine gute Bar mit internationalen Gästen und ein großes Casino.

„Ich wünsche Ihnen angenehmen Aufenthalt", sagte er in einwandfreiem deutsch mit einem amerikanischen Klang in der Stimme und verabschiedete sich, nachdem er ein gutes Trinkgeld bekommen hatte.

Die Bar wollte er lieber vermeiden, dachte Lucas. Der Zimmerpreis war schon eine Art Roulette, was die Möglichkeit anging, Geld zu verschwenden. Die Damen interessierten ihn im Moment auch nicht, aber die Bar wollte er sich gerne ansehen, wenn er ausgeschlafen hatte. Wenn man Informationen brauchte, war der Barkeeper auf der ganzen Welt immer eine gute Adresse.

Am frühen Abend ging er dann frischgeduscht hinunter. Für die Bar im Keller war es noch zu früh, aber in einer Ecke des Foyers gab es eine Tagesbar. Der junge Mixer, ein farbiger mit strahlendem Lächeln, kam sofort. Bevor er jedoch eine Bestellung los werden konnte, flechte ihn der junge Mann an und deutete mit einer Kopfbewegung auf die beiden Damen auf der anderen Seite der Bar. Lucas lächelte freundlich zurück, schüttelte aber den Kopf. „Vielleicht ein anderes Mal, wenn ich mich hier ein bisschen umgesehen habe", sagte er auf englisch. Aber als sei er ein Hellseher, antwortete der Keeper in deutsch. „Dann erst mal einen Drink?", fragte er und setzte hinzu: „Ich weiß, so ein langer Flug schlaucht."

Lucas wunderte sich wo er diesen typisch deutschen Ausdruck aufgeschnappt hatte, fragte aber nicht danach. „Whisky, Jonny Walker, Black Label, kein Eis, kein Wasser." Dank Lumumba war er inzwischen ein guter Whisky-Kenner. Amüsiert dachte er daran, es so zu machen wie der Mann in der Werbung, der das Glas auskippte und sagte: Das ist kein Jim Beam. Er wollte aber den Barkeeper nicht reizen, außerdem merkte er beim ersten Schluck, das tatsächlich Jonny Walker im Glas war. „Trinkst du einen mit?", fragte er und wortlos schenkte sich der Keeper mit einem Zähnefletschen ein Glas ein. Allerdings aus einer anderen Flasche mit einem anderen Etikett. Lucas war inzwischen klug genug, um zu wissen, dass in dieser anderen Flasche nicht ein Prozent Alkohol war. Gut, die Leute wollten auch leben.

„Was wollen Sie wissen?", fragte er Lucas. „Ich bin Dave."

Lucas war erstaunt. „Wie kommst du darauf?"

Wieder zeigte Dave sein weißes Gebiss. „Ich bin lange genug in der Branche. Da kommt ein Deutscher nach einem langen Flug ins Hotel. Er duscht, schläft ein Stündchen, zieht sich um, geht in die Bar und gibt dem unbekannten Keeper einen aus. Nicht gerade den billigsten. Die hübschen Damen interessieren ihn nicht. Also will er was wissen."

Lucas musste lachen. „Du bist clever Dave, aber vielleicht irrst du dich."

„Natürlich bin ich clever, Sir. Wäre ich sonst hier? Die Alternative wäre der Hafen oder die Markthalle. Da bin ich schon lieber in der Bar. Und wenn *Sie* clever sind, rücken Sie gleich mit der Sprache raus. Wichtige Sachen sollte man schnell erledigen. Morgen ist es vielleicht zu spät. Also, was wollen Sie wissen?"

Lucas gab auf. „Das bleibt aber unter uns, Dave." Dave nickte mit dem Kopf. „Nehmen wir an, ich habe einen guten Freund. Dieser Freund ist zufällig an eine große Summe Geld geraten. Jetzt will er aber nicht, dass sich das herum spricht. Du weißt schon was ich .Grinsend unterbrach ihn Dave. „Natürlich weiß ich das. Er will nicht, dass es sich bis zum Finanzamt rum spricht. Darüber redet man hier nicht; Sir."

Lucas war von seiner Offenheit überrascht. Er war schließlich Deutscher, da behandelte man solche Sachen diskret. „Nun gut, Dave, an wen wendet man sich in dem Fall?"

Dave sah Lucas prüfend an, dann nahm er eine Zettel, schrieb etwas drauf und reichte ihn Lucas. Er las: Mr. van Myers, dahinter eine Adresse und eine Telefonnummer.

„Danke Dave. Ich werde nicht erzählen, wo ich diese Adresse her habe. Ich bin diskret." Er reichte Dave zusammengefaltet eine hundert Dollar Note, die dieser ungerührt in seine Westentasche steckte. „Im Gegenteil, Sir. Sagen Sie es ihm. Ich bekomme Provision von Myers.

Von Ihnen auch, wenn das Geschäft klappt. Und einen schönen Gruß an ihren `Freund´.

* * *

Jenny und Adrian hatten sich inzwischen in ihrem Bungalow eingerichtet. Kremer kaufte in einem nahe gelegenen Laden das Notwendige ein. Sie wollten möglichst wenig in Hotel oder Kneipen essen, dass Summers, sofern er hier war, sie nicht zufällig sah, und dass er nicht von Freunden erfuhr, dass Fremde hier waren, die nicht zu den üblichen Reisegruppen gehörten. Die zogen in Rudeln über die Inseln, oder trauten sich kaum aus ihren all-inklusive-Burgen heraus. Auch Lucas sollte sich möglichst wenig hier blicken lassen, und auch nur, wenn es dunkel war. Deshalb waren sie erstaunt, dass er schon am ersten Abend bei ihnen auftauchte.

Er ignorierte die Vorwürfe der beiden. „Wenn es notwendig ist, muss man auch mal ein paar Abmachungen über den Haufen werfen. Ich habe meinen ersten Verbündeten gefunden. Der Barmann meines Hotels ist ziemlich klug und weiß anscheinend über jeden bescheid."

Jenny war erschrocken. „Du hast ihn doch hoffentlich nicht direkt nach Summers gefragt?"

„Natürlich nicht. Wofür haltet Ihr mich? Ich habe ihn gefragt, wer in Frage kommt, wenn man größere Summen lukrativ anlegen will. Er hat natürlich sofort kapiert, dass das eine Steuerfrage ist. Das scheint hier nicht ungewöhnlich zu sein. Ohne zu zögern hat er mir einen Namen aufgeschrieben, und sogar zugegeben, dass er von ihm Provision kassiert. Von mir will er auch einen Obulus. Der Mann heißt van Myers und ist offenbar ganz offiziell Finanzmakler."

„Und was nützt dir das?", wollte Kremer wissen.

„Denk doch mal nach. Wenn hier einer ankommt, der viel Geld hat, will er das doch sicher gewinnbringend anlegen. Ich setze mal voraus, dass er sich auf dem hiesigen Kapitalmarkt nicht auskennt. Steuern will er natürlich auch nicht zahlen. Also hört er sich um, und man wird ihm prompt den Namen van Myers nennen."

Aber", zweifelte Adrian, „Summers wird sich doch sicher lange um eine gute Kapitalanlage gekümmert haben."

„Lumumba hat ein Fax geschickt. Vor ein paar Tagen ist das gesamte Geld hier auf der Bank of Mexiko angekommen. Etwa die Hälfte wurde in bar abgehoben. Damit hat er bestimmt ein Geschäft eingefädelt. Summers wird aber kaum das Risiko eingehen, den immerhin noch großen Rest von fünfzehn Millionen Mark von einer seriösen Bank für ein dubioses Geschäft vermitteln zu lassen. Da gibt es immer irgendwelche Rückfragen. Wenn doch, dann bringt man solche Summen nicht in ein paar Tagen unter. Es ist also wahrscheinlich, dass das Geld noch auf dieser Bank liegt. Um das herauszubekommen, fragt Ihr bei Lumumba an. Ihr kennt seine E-Mail Adresse. Dann können wir weiter disponieren.

„Adrian holte seinen Laptop. Sie hatten einen Code mit Jonny vereinbart, der zwar nicht allzu kompliziert war, aber neugierige Hacker abschrecken konnte.

„Das ist ein Wahnsinns-Erfindung"; staunte Lucas immer wieder, als nach kurzer Zeit Jonnys Antwort auf dem Display erschien. „Das gesamte Geld wurde per Barscheck vor drei Tagen vom Konto genommen. Ich wollte Euch das schon mitteilen, aber Euer Gerät war nicht ansprechbar. Ich weiß nicht wieso. Heute kam schon die Anfrage einer englischen Bank, ob der Scheck gedeckt ist.. Bleibt bitte ständig auf Empfang.!"

„Verdammt, was hat das zu bedeuten?" ,riefen Adrian und Lucas wie aus einem Munde als sie das lasen. „War jetzt alles umsonst?", fragte Jenny.

Lucas dachte angestrengt nach. „Das kann mehreres bedeuten. Summers kann einen Kompagnon in England haben. Das glaube ich jedoch nicht. Er ist Einzelgänger. Außerdem, warum sollte er das Risiko eingehen, das ganze Geld erst hierher zu schicken, wenn er die Millionen in England anlegen will. Mit der ersten Hälfte hat er irgendwas gekauft. Was, müssen wir noch herauskriegen. Für die zweite Hälfte will er einen Barscheck. Mit einem Barscheck kann jeder Geld abheben der ihn vorzeigen kann. Er will vielleicht nur beweglich sein, falls ihn hier jemand findet.

„Vielleicht will er Immobilien kaufen, oder deinen Anteil en irgendeiner Firma?"

„Nein", schüttelte Lucas den wieder Kopf. „Summers legt sich nicht in Immobilien fest. Wir waren uns doch klar, dass er beweglich bleiben muss. Sonst ist im Notfall das Geld futsch. Und Firmenanteile? Das ist für Summers zu seriös. Das bringt nicht genug schnellen Gewinn und birgt die Gefahr, dass der Laden irgendwann bankrott geht."

„Und was ist mit Gold?"

„Hast du eine Ahnung was Gold wiegt. Da musst du schon für zehn Millionen mit dem LKW kommen. Ganz abgesehen davon, dass ein solcher Kauf fast unmöglich ist ohne Aufsehen zu erregen."

Aber irgend etwas muss doch mit dem Geld passiert sein, das er abgehoben hat. Oder denkst du, dass er selbst nach England gehen will?"

„Das glaube ich auch nicht", zweifelte Lucas. „Er weiß doch gar nicht, das wir keine Anzeige erstattet haben. Er muss also annehmen, dass er gesucht wird."

Sie beschlossen, dass Lucas irgendwie mit diesem van Myers in

Verbindung treten solle. Vielleicht kann er von dem einen Hinweis bekommen. Jenny und Adrian sollten, trotz aller Gefahren, Sich ein bisschen unter den Einheimischen umhören.

* * *

Lucas hatte ja von Dave, dem Barmann, van Myers Adresse. Er rief ihn an und bekam von der Sekretärin einen Termin für den übernächsten Tag. Nein, vorher sei es nicht möglich, meinte sie.

Er war ziemlich nervös, als er das Haus betrat. Obwohl er als Broker gearbeitet hatte, verstand er nicht viel von weltumspannenden Geldgeschäften, das war zu lange her. Er befürchtete, dass man ihm das anmerken würde.

In der Diele empfing ihn eine junge Dame, die fliesend deutsch sprach und eigentlich besser auf den Laufsteg gepasst hätte. „Ich bin die Sekretärin von Mister van Myers. Bitte nennen Sie mich Norma. Sie sind Herr Bernauer. Bitte gedulden Sie sich einen Augenblick." Sie ging, nein sie schritt durch eine weißlackierte Flügeltür, nachdem sie Lucas einen tiefen Sessel angeboten hatte. Nach einer langen Zeit, in der Lucas immer unsicherer wurde, kam sie wieder herein und bat ihn mitzukommen. Er wurde in ein kleineres Zimmer geführt, wo ihn ein Mann erwartete, der groß war und breite Schultern hatte.

„Ausziehen!"

„Wie bitte?" Lucas war empört „Warum?"

Der Mann gab keine Antwort, aber Norma, die Sekretärin, lächelte ihn freundlich an. „Das ist eines unserer Rituale. Wir kennen Sie nicht, und bis jetzt wissen wir nicht einmal, welche Absicht Sie zu uns führt. Eine reine Vorsichtsmaßnahme."

„Das ging Lucas aber wirklich zu weit. „Ich denke nicht daran".

„Es ist natürlich Ihre Entscheidung, aber in diesem Fall kann Herr van Myers Sie nicht empfangen."

„In Ordnung. Ich folge Ihnen unter Protest", fügte sich Lucas mit einem unguten Gefühl. Er sah die Frau an, und wartete, dass sie das Zimmer verließ.

„Ach mein Gott", lachte sie. „Sie haben Hemmungen. Ich bleibe natürlich, und glauben Sie mir, ein nackter Mann ist mir schon einmal begegnet. Wir können nicht riskieren, dass sie ausrasten und unseren Mann außer Gefecht setzen. In diesem Fall würde ich auf diesen Knopf drücken, und aus diesen drei Türen kämen jeweils zwei Männer, die keinen Spaß verstünden."

Mit rotem Kopf zog Lucas sich aus, bis auf die Boxershorts. „Die auch" sagte der Mann kurz angebunden.

Er beschäftigte sich so gründlich mit den Sachen, die Lucas ausgezogen hatte, wie es nicht mal die berüchtigten amerikanischen Zollbeamten tun, wenn sie eine Straftat für möglich halten. Die Schuhe stelle er einzeln auf ein Waage. Da einer mehr wog als der andere, suchte er peinlich genau jede Naht ab und hätte am liebsten die Absätzen abgerissen. Fast zwanzig Minuten saß Lucas nackt auf einem der unbequemen Stühle, während ihn Norma, die Schönheit, nicht ohne merkliches Wohlgefallen musterte.

Er durfte sich wieder anziehen, und Norma führte ihn in ein riesiges Arbeitszimmer. Es war teuer, aber nicht protzig eingerichtet. An drei der vier Wände standen wohlgefüllte Bücherregale. Der ältere Herr hinter dem Schreibtisch stand zur Begrüßung nicht auf, sondern winkte ihn mit einer Handbewegung in den Sessel ihm gegenüber.

Lucas war wütend über die unwürdige Behandlung, doch bevor er etwas sagen konnte, lächelte der Mann und sprach mit leiser Stimme zu ihm. „Ich weiß, Herr Bernauer, dass Sie sich gedemütigt fühlen. Hier ist nicht Deutschland, und ich bin ein alter Mann, der seine Prinzipien hat, und der sehr vorsichtig sein muss."

Lucas wollte ihn unterbrechen, aber der Mann hob die Hand und sprach weiter. „Eines dieser Prinzipien ist, dass man mich aussprechen lässt. Ein anders, diese auch für mich lästige Untersuchung meiner Besucher. Nein, nach Waffen haben wir nicht gesucht. Norma schießt im Notfall schneller, als ein potenzieller Gegner die Hand an der Waffe hätte." Er sah Norma liebevoll an.

„Ein weiteres meiner Prinzipien", fuhr er fort, „ist, dass ich keine schriftlichen Verträge abschließe, außer mit einheimischen Kleinanlegern. Die sind meine Versicherung, wenn Sie wissen was ich meine. Also nichts Schriftliches, heißt aber auch, keine Tonaufzeichnungen. Das ist es was wir gesucht haben. Da man diese Dinger heute so winzig machen kann, müssen wir um so gründlicher suchen. Das ist nicht nur im Interesse meiner, sondern auch Ihrer Sicherheit.

Lucas hatte sich wieder beruhigt. Jetzt beschloss er nicht mehr zimperlich zu sein. „Woher weiß ich, dass Sie keine Tonbänder laufen haben, die Sie irgendwann gegen mich verwenden könnten. Wieso kommen Sie darauf, dass ich etwas unehrliches von Ihnen will, das man mit Tonbändern beweisen könnte."

Aber Herr Bernauer. Ein weiters Prinzip ist, dass ich absolut ehrlich bin. Wenn Sie einfach ein bisschen Geld anlegen wollten, wären Sie zur Deutschen Bank in Leipzig gegangen. Nicht wahr?"

Lucas blieb vor staunen der Mund offen. „Woher wissen Sie, dass ich aus Leipzig komme?"

Myers freute sich wie ein Kind und rieb sich die Hände. „Weil es in Ihrer Hotelanmeldung steht. Aber was nicht drin steht, ist, dass Sie zu fünf Jahren wegen Anlagebetrugs verurteilt wurden. Das steht in Ihrer

Polizeiakte. Auf Grund des Verhandlungsprotokoll Ihre Falles ist zu vermuten, dass Sie, an sagen wir, eine mittelgroße Summe, am Gerichtsurteil vorbei geschafft haben, außerdem gibt es dazu noch den Schwindel mit der Eigentumswohnung, die angeblich Ihrer Mutter gehört. Aber das konnte man Ihnen alles nicht beweisen. Deutsche Gerichte sind nun mal sehr gründlich.

Das alles lässt mich hoffen, dass Sie noch mehr Kapital beiseite geschafft haben. Clever genug sind Sie. Mein Hobby sind Leute, die genug Geld haben, dass sie es mir geben können. Natürlich zu dem Zweck, es zu vermehren. Für Sie und für mich selbstverständlich. Und jetzt machen Sie den Mund zu. Was wollen Sie von mir. Wieviel Geld steht Ihnen zur Verfügung und was wollen Sie riskieren. Von der Höhe des Risikos hängt natürlich die Höhe des Ertrags ab. Das wissen Sie als ehemaliger Finanzberater selbst. Herr Kollege." Das klang ironisch.

Lucas nahm sich vor klein beizugeben, denn er wollte ja etwas ganz anderes. Wenn er den Mann jetzt reizte, konnte es sein, dass er ihn nie wieder in seine Nähe ließ.

„So gut war ich auch wieder nicht, sonst hätten sie mich nicht erwischt. Ich war aber klug genug, dass ich jetzt eine ganze Menge Geld besitze. Es handelt sich um einige Millionen Dollar, die auf einem sicheren Konto anonym für mich bereit liegen. Ich habe sie lange genug nicht angerührt. Jetzt möchte ich sie anlegen" Er dachte an sein angebliches Touristikgeschäft in Bulgarien. Vielleicht wusste der alte Gauner ja auch davon. „Ich wollte eventuell in ein Reiseunternehmen einsteigen:"

Wie sich herausstellte wusste Myers tatsächlich davon. „Na, das haben Sie ja schon mal probiert. Das hätte sie beinahe den Hals gekostet." Er grinste Lucas unverschämt an. „Dass ich Sie trotzdem empfange, liegt daran, dass Sie es mit einer bodenlosen Frechheit geschafft haben, im Fall der Mrs. Stiller, den Untersuchungsbeamten mit dem `Großen Unbekannten´ hereinzulegen. Die mussten Sie doch tatsächlich laufen lassen. Das imponiert mir.

Er machte eine lange Pause und sah Lucas nachdenklich an bevor er weiterredete. „Die Touristik ist überbesetzt. Geld kann man nur noch mit Nobelurlaub machen, für eine exclusive Klientel. So etwas ähnliches hatte Ihnen ja auch vorgeschwebt. Nur haben Sie das falsche Land gewählt. Das braucht noch ein paar Jahre, bevor dort wieder Ordnung herrscht. Für Zukunftsobkekte muss man eine Nase haben. Die habe ich. Holen Sie Ihr Geld hierher. Bis ich ein lukratives Geschäft finde, und das dauert einige Zeit, legen Sie Ihr Geld still an, aber es muss sofort verfügbar sein, wenn es gebraucht wird. Die Schweiz nutzt da überhaupt nichts. Viel zu weit weg trotz heutiger schneller Transfers. Ich könnte Ihnen eventuell was sicheres anbieten."

Lucas war vorsichtig. „Was heißt das, etwas anbieten?"

„Nicht so schnell, junger Mann, nicht so schnell. Ich könnte da vielleicht an ein paar Steine herankommen, Diamanten meine ich. Ich habe Grund zu der Annahme, dass sie weit unter Preis zu haben sind, weil sie nicht ganz koscher sind, wie ich meine. Ich besorge Ihnen die Steine, und wenn wir Geld brauchen, verkaufen wir sie zu einem guten Preis. Den Gewinn teilen wir beide. Redlich." Er sah Lucas fragend an.

„Und warum ist das besser als mein Geld auf einem Konto zu lassen? Wer sagt mir, dass die Steine echt sind?"

Sie lassen einige davon prüfen, von einem Fachmann Ihrer Wahl. Sie sind ungeschliffen und nicht erkennbar, wenn sie nicht sauber sind. Der erste Gewinn ist die Differenz zwischen Einkauf und Verkauf. Der zweite die Wertsteigerung beim Schleifen. Außerdem, gute Steine wachsen im Wert, wenn man Zeit hat. Wenn Sie Ihr Geld auf einem anonymen Nummernkonto, bekommen Sie keinen Pfennig Zinsen. Haben Sie ein Banksafe gemietet, zahlen Sie erhebliche Gebühren. Außerdem müssen Sie, wenn Sie niemanden ins Vertrauen ziehen können oder wollen, immer persönlich in die Schweiz, wenn Sie Geld brauchen."

„Das muss ich aber doch jetzt auch."

Das macht Norma für Sie. Die ist furchtbar gerne mal in der Schweiz",
lächelte van Myers.

„Das könnte Ihnen so passen. Ich würde bestimmt weder Norma noch
mein Geld wieder sehen."

Myers war nicht aus der Ruhe zu bringen. „Herr Bernauer. Ich sagte
Ihnen doch, dass ich absolut ehrlich bin. Ein notwendiges Prinzip
meinen Partnern gegenüber. Natürlich müssen Sie mir das nicht
glauben. Ich würde Ihnen eine Bankbürgschaft über die von Ihnen
genannte Summe besorgen. Die Bank, die diese Bürgschaft ausstellt
können Sie selbst bestimmen. Sie können also gar nichts verlieren. Eine
andere Möglichkeit wäre, ich kaufe Ihnen Ihr Konto samt
Geheimnummer zu 80% des Wertes ab. In dem Fall müsste ich Sie
allerdings bitten, so lange mein Gast zu sein, bis das Geld hier ist. Sie
würden sehr gut bei mir leben, allerdings könnten Sie da Haus nicht
verlassen." Er streckte Lucas die Hand hin. „Schlagen Sie ein."

Lucas war unheimlich zumute, als er hörte, wie Myers für jede
Gelegenheit die passende Antwort hatte, und vor allem, wie er mit
Geld umging. Dass es sich dabei um Millionen ging, wie er ihm
vorgemacht hatte, schien diesem Mann überhaupt nichts auszumachen.
„Ich werde es mir überlegen", meinte er, und Myers antwortete: Sie
haben zwei Tage Zeit. Danach können Sie alles vergessen. Und wenn
Sie in zwei Tagen wiederkommen, werden Sie meine Leute noch mal
untersuchen. Ich kann mir keine Fehler leisten."

* * *

Die junge Frau, die den Bungalow betreute, kam gerade auf das Haus
zu, als es Jenny und Adrian verlassen wollten. Sie hatten die Absicht,
ein bisschen rum zu hören, was in der kleinen Stadt gesprochen wurde,
und über wen. Irgendwie mussten Sie ja erfahren, ob Summers hier

war oder nicht. Adrian hielt Jenny am Arm zurück. Fangen wir doch erst einmal bei unserer Hausfee an. Die weiß doch bestimmt alles über Fremde, die sich hier einquartieren. Wie heißt sie?"

Jenny musste nachdenken. „Ich glaube Lucille, hat sie sich vorgestellt. Als wir hier ankamen, war ich so kaputt, dass ich kaum darauf geachtet habe."

Kremer machte ein freundliches Gesicht und sprach die junge Frau an. „Es ist wunderbar hier. Lucille war Ihr Name?" Sie bejahte. „Wissen Sie, Lucille, als wir hier ankamen, haben Sie uns angeboten, Frühstück zu machen. Gilt das noch? Oder haben Sie jetzt keine Zeit?"

Lucille lachte. „Natürlich habe ich Zeit, aber..", sie schaute auf die Uhr, „es ist jetzt halb zwölf. Wollen Sie wirklich jetzt noch frühstücken? Ich mache Ihnen einen ordentlichen Espresso oder einen frischgepressten Obstsaft. Sie essen einen Apfel oder eine Banane, und in längstens einer Stunde haben Sie ein Mittagsmenü auf dem Tisch. Ganz nach Ihren Wünschen. Was halten Sie davon?"

„Das ist wunderbar", schwärmte Jenny, „aber nur, wenn wir beide ein bisschen in der Küche helfen dürfen. Sie könnten uns ein wenig über Ihre schöne Insel erzählen, das drumherum und was man hier so alles anstellen kann."

Lucille war einverstanden, und nachdem alle drei einen frischen Juice getrunken hatten, gingen sie gemeinsam in die Küche. Lucille übernahm das Kommando und wies den beiden eine Arbeit zu, bei der sie nicht falsch machen konnten. Nebenbei erzählte sie, wie die Einwohner hier lebten und wovon, wie viele Inseln zu den Caimans gehören. Dass viele internationale Firmen hier eine Vertretung hatten, die sich aber hauptsächlich um Schreibkram kümmerten. Eine Fabrikation oder so etwas gäbe es hier nicht. Sie glaube sowieso nicht, dass diese Firmen überhaupt etwas produzierten. Esc seien wohl hauptsächlich Dienstleistungsbetriebe rund um Geldangelegenheiten.

Aber davon verstehe sie nichts. Adrian hatte Mühe, ihren Redefluss zu stoppen und das Gespräch auf diese Insel hier zu lenken.

„Nein", sagte sie auf die direkte Frage, „Tourismus gibt es hier wenig. Natürlich sind da eine ganze Menge exclusiver Hotels, aber die meisten Leute, die da absteigen sind wohl aus geschäftlichen Gründen hier. Wenn man dann die schönen Strände zum baden nützt, oder einen Tauchkurs bucht, ist das eine angenehme Nebensache, oder die Frauen der Geschäftsleute tun das. Auf den anderen Inseln gibt es schon einen geringen Tourismus, aber hier?. Warum sind Sie eigentlich hier?"

Jetzt musste Adrian aufpassen, dass er nicht Falsches sagte. "Wir sind reine Touristen, die sich ein paar schöne Tage machen wollen. Allerdings hatten wir gehofft, einige Gleichgesinnte zu finden, für Beachparties, ein bisschen Sport oder so. Wir haben gerade mal einen jungen Mann gefunden, der anscheinend das Gleiche suchte." Er sagte das, um eine Erklärung zu haben, falls jemand den Besuch von Lucas gestern Abend bemerkt hatte.

„Da müssen Sie mal in den Hotels rum schauen. Da gibt es sicher die eine oder andere Unternehmergattin. Aber das wäre wohl nur etwas für Herrn Kremer", lachte sie.

„Dem würde ich das Gesicht zerkratzen", spielte Jenny mit. „Oder haben Sie auch ein paar attraktive Herren in meiner Klasse?"

„Hier ansässig sind meist nur ältere Herren, die schon lange hier wohnen, und die von ihren, meist jüngeren Frauen gut bewacht werden. Halt, da fällt mir ein, in der Nähe des Yachthafens haben sich zwei gut aussehende Herren ein Haus eingerichtet. Anscheinend ein wohlhabender Mann mit einem Bediensteten. Aber die beiden kommen selten aus ihrem Haus. Manchmal fahren sie, vielleicht zum Fischen, mit ihrem Boot hinaus. „Da muss ich also mal alleine an dem Haus vorüber schlendern. Vielleicht falle ich auf", scherzte Jenny. „Hoffentlic dem Wohlhabenden, wie sie es nennen."

Adrian drohte ihr mit dem Finger. „Du wirst nirgendwo alleine schlendern. Ich begleite dich auf Schritt und Tritt. Oder ich sperre dich hier ein." Er umarmte Jenny und küsste sie liebevoll auf die Wange.

„Weiß man was die beiden hier tun?", fragte er beiläufig, „und wie sie heißen?" Der, dem das Haus gehört, heißt glaube ich Summers. Den anderen nennt er Charles."

Jennys Gesicht war aschfahl geworden. Sie musste aufstehen und die Küche verlassen, um Lucille nicht neugierig zu machen. Trotzdem fragte sie Adrian: „Ist Ihre Frau krank? Sie wurde ganz plötzlich blass. Soll ich mich um sie kümmern?"

Adrian fiel keine gescheite Antwort ein. „Wir glauben, dass sie schwanger ist." Das schien ihm die beste Erklärung für Jennys Verhalten. Hoffentlich hat sie das nicht gehört, dachte er.

Lucille war echt begeistert. „Ein Baby!", rief sie. „Da freue ich mich aber für Sie. Passen Sie gut auf Ihre Frau auf. Lassen Sie sie nicht schwer heben. Sie soll immer gut essen und viel schlafen. Ich werde jetzt öfter vorbeischauen und ihr jede Arbeit abnehmen. Ach ist das schön!", sagte sie noch mal.

Jenny hatte die Küche wieder betreten und die letzten Worte gehört. „Ja und wir möchten, dass es hier auf dieser Insel geboren wird", lächelte sie Lucille an. Und mit einem Blick auf Adrian setzte sie hinzu: „Ganz sicher bin ich mit allerdings noch nicht, aber ich gehe in den nächsten Tagen zum Arzt."

Adrian sah sie verständnislos an, und erst als sie ironisch die Mundwinkel verzog und mit den Schultern zuckte, begriff er. Unvermittelt stand er auf und umarmte sie zärtlich. „Komm ins Zimmer" ,sagte er und fasste sie vorsichtig um die Hüfte, als führe er ein Kranke. „Wir brauchen jetzt erst mal einen Cognac."

Lucille protestierte. „Trinken Sie mal einen Cognac. Für Ihre Frau mache ich einen Vitamintrunk. Alkohol ist jetzt nicht gut für sie."

Als sie alleine im Zimmer waren, nahm er ihr Gesicht in beide Hände. „Ist das wahr?", fragte er. „Bekommen wir ein Baby?"

Jenny wehrte verlegen ab. „Es gibt jetzt Wichtigeres. Summers ist tatsächlich auf der Insel."

„Im Moment ist mir Summers egal. Bekommen wir ein Baby?"

„Ich glaube schon, aber ich muss wirklich erst zum Doktor."

Wieder nahm er Jenny zärtlich in den Arm: „Wir sollten hier alles vergessen. Das ist das Schönste was ich mir vorstellen kann. Wir bekommen ein Baby. Dieser Kerl ist mir jtzt völlig schnuppe. Und das Geld auch."

Jenny war realistischer. Mir nicht. Ich will dass dieser Kerl seine Strafe bekommt, und das Geld brauche ich für unser Kind. Ruf sofort den Lucas an. Er soll herkommen. Wir müssen nachdenken, wie wir an Summers herankommen."

Adrian hörte anscheinend überhaupt nicht zu. „Wir bekommen ein Baby." Jenny schüttelte den Kopf und ging selbst ans Telefon. „Ich werde jetzt Lucas anrufen. Geh du in die Küche und sage Lucille bescheid, dass wir einen Gast zum Mittagessen haben. Sie soll ein bisschen reichlicher kochen."

Als sie den Hörer abnahm ging die Tür auf und Lucas kam herein. Noch bevor er grüßte sagte er: „Ich habe vielleicht eine Spur zu Summers", aber Jenny sagte: „Und wir haben Summers selbst. Wir wissen wo er sich aufhält. Er hat einen Partner oder einen bezahlten Angestellten. Er besitzt eine kleine Yacht und wir werden ihn uns greifen." Sie sprach wie ein General, der seinen Leuten die Taktik der

Schlacht erläutert. Die beiden Männer kannten die schüchterne, fügsame Jenny nicht wieder.

Lucas erzählte nun, dass van Myers ihm Diamanten im Millionenwert offeriert habe. Ich kann mir vorstellen, dass Summers diese Diamanten angeboten hat. Es ist erst mal gleichgültig woher er sie hat. Irgendwem hat er sie abgekeuft. Jetzt hat er einen Teil seines Geldes immer griffbereit in einem Ledersäckchen zur Hand. Diamanten kann man in jedem Land verkaufen. Wenn er sie jedoch van Myers angeboten hat, bedeutet das, dass er hier bleiben will. Außerdem kann er dabei noch ein Geschäft machen glaubt er, denn Myers sagte dass sie nicht ganz koscher sind, wie er sich ausdrückte. Also hat Summers sie billig bekommen."

Die drei besprachen nun, wie sie weiter vorgehen wollten, kamen aber zu keinem gangbaren Konzept. Eines war klar. Sie mussten sehr vorsichtig sein. Summers war gefährlich, das hatte er längst bewiesen. Er würde keine Hemmungen haben, wenn es um das Geld ging. Jenny riet, jetzt vor allem Suse zu über den Stand ihrer Ermittlungen zu informieren. Sie hatte immer gute Ideen gehabt, vielleicht konnte sie helfen. Adrian schickte sofort eine E-Mail an Suses Adresse.

Kurz darauf kam die Antwort. „Kommissar Hohlfelder durch Lohmeyer informiert. Interpool informiert. Wie kommen. Suse und Jonny."

„Siehst du", sagte Jenny. „Suse weiß immer was zu tun ist. Jetzt müssen wir Quartier für die beiden machen. Suse kann hier auf der Couch schlafen. Für Jonny musst du ein Zimmer in deinem Hotel reservieren. Wenn du sparen willst, dann nimm ihn doch mit in dein Zimmer." Jenny hatte das Kommando übernommen.

* * *

Jenny wollte, dass sie auf Suse und Jonny warten, ehe sie was unternehmen. Lucas widersprach ihr. „Van Myers hat mir zwei Tage Zeit gegeben. Ich muss also bis übermorgen etwas Konkretes gegen Summers in der Hand haben. Wenn nicht, muss ich noch mal zu van Myers. Er könnte sonst Verdacht schöpfen, dass ich nicht sauber bin, und mit dem ist wahrscheinlich auch nicht zu scherzen,."

„Wenn Interpool eingeschaltet ist, können wir doch beruhigt warten", meinte Adrian.

„Interpool ist keine Polizeieinheit, wie zum Beispiel das FBI. Die sammeln nur Informationen zur Weitergabe an die örtlichen, nationalen Instanzen. Wenn sie also aktiv werden, dann nur, indem sie ihre Erkenntnisse an das hiesige Ministerium oder an die Polizeidirektion melden. Eventuell leiten sie einen internationalen Haftbefehl weiter. Ich weiß nicht, ob die hier das alles so ernst nehmen, und wenn doch, wird es eine Weile dauern, bis vielleicht ein paar Beamte hier auftauchen. Wir sollten uns derweil schon selbst was einfallen lassen, oder ich muss übermorgen zu van Myers. Da ich aber die Millionen die ich ihm vorgegaukelt habe, nicht besitze, weiß ich nicht, wie er reagieren wird."

Jenny übernahm wieder das Kommando. „Mich kennt er Summers als Sabatini, Lucas als Keller. Nur Adrian kennt er nicht. Du gehst also mal die Lage peilen. Selbst wenn er dich sieht, kann er keinen Verdacht schöpfen. Die Hauptsache ist, dass wir konkret wissen müssen, ob er sich zur Zeit hier aufhält oder nicht. Du Lucas gehst jetzt in dein Hotel und buchst ein Zimmer für Jonny."

Jenny ging in die Küche. „Lucille, bitte sind Sie mir nicht böse, aber unser Mittagessen fällt ins Wasser. Es tut mir leid. Nehmen Sie es für Ihren Mann mit nach Hause."

„Bitte Frau Jenny. In Ihrem Zustand müssen Sie gut und regelmäßig essen. Essen Sie doch erst, wenn Sie etwas vorhaben. Es wird wohl nicht so dringend sein."

211

Eigentlich hat sie recht, dachte Jenny und überredete die beiden Männer erst mal ordentlich zu essen. „Wer weiß, wie das alles weiter geht, und wann wir die nächste Gelegenheit dazu haben."

Nach dem Essen blieb Jenny alleine im Haus.

* * *

Als Lucas vom Hotel zurückkam, traf er nur Lucille an, die mit dem Abwasch beschäftigt war.

„Wo ist Jenny?" fragte er, aber Lucille konnte es ihm auch nicht sagen. Adrians Laptop meldete sich, und es ging eine E-Mail von Suse ein. „Wir treffen heute Abend gegen zwanzig Uhr wahrscheinlich mit Charterfähre ein. Suse und Jonny."

Lucas wandte sich an Lucille. „Ich lege mich eine halbe Stunde hin. Bitte bleiben Sie im Haus, wenn es ihnen möglich ist. Wecken Sie mich aber, wenn Jenny kommt. Hat sie Ihnen nicht gesagt, wo sie hin geht?"

„Nein. Ich war nach dem Essen kurz in meinem Haus. Meine kleine Tochter hat ein bisschen Fieber. Sie bekommt Zähne. Als dann mein Mann kam, bin ich wieder herüber gekommen, um das Geschirr weg zu räumen. Da war niemand mehr hier. Vielleicht ist Frau Jenny ein bisschen spazieren gegangen."

Sie hätte aber doch eine Nachricht hinterlassen können, dachte er ärgerlich. Er legte sich auf die Couch. Er wollte ausgeruht sein, wenn Suse und Jonny ankommen. Es würde sicher spät werden.

Als er wach wurde sah er auf die Uhr. Er hatte eine ganze Stunde geschlafen. Jenny war immer noch nicht da. Lucille saß in der Küchen und polierte Gläser. Langsam begann Lucas sich Sorgen zu machen. „Hat sich Jenny nicht gemeldet, Lucille?"

„Nein, tut mir leid. Es wird ihr doch nichts passiert sein in ihrem Zustand."

„Und Adrian, Herr Kremer, auch nicht?" Erst als Lucille auch das verneinte, kam ihm ein anderer Gedanke. „Was meinen Sie, in ihrem Zustand?"

„Sie bekommt doch ein Baby. Da hat man immer mal kleine Beschwerden.

„Ein Baby?" Er konnte es nicht fassen. „Auch das noch!"

Er rief in seinem Hotel an. „Hat jemand nach mit gefragt? Eine Dame, oder vielleicht auch ein Herr?", aber die freundliche Telefonistin verneinte. Jenny kennt doch hier niemanden, dachte er. Da fiel ihm Myers ein. Auch dort rief er an. Vielleicht gab es für einen der beiden irgend einen Grund, Myers aufzusuchen, obwohl er sich das nicht denken konnte Norma meldete sich. „Nein, wie kommen Sie darauf?, fragte sie. „Ich vermisse meine Freunde, und da ich den Namen von Herrn Myers erwähnt ihnen gegenüber habe, kam ich auf die Idee, dass sie mich bei Ihnen gesucht haben. Vielleicht gab es etwas Wichtiges."

Norma war hörbar ungehalten. „Herrn van Myers wird es nicht gefallen, dass sie seinen Namen irgendwelchen Fremden gegenüber erwähnt haben."

„Aber das sind doch keine Fremde. Ich sagte Ihnen doch, dass es meine Freunde sind."

„Vielleicht Ihre! Unsere Freunde sind es nicht.." Sie legte einfach auf, aber das war Lucas jetzt auch egal. Dieser van Myers kann ihm auch nicht mehr sagen, als er jetzt schon weiß.

Lucas beschloss zum Haus von Summers zu gehen. Er musste es riskieren. Er konnte nicht einfach rum sitzen und nichts tun. Er ließ sich von Lucille den Weg beschreiben und als er hinkam fand er das Haus verlassen vor. Die Türen standen offen. Er musste jetzt einfach riskieren hineinzugehen. Er klingelte an einer Tür, aber niemand meldete sich. Jetzt setzte er alles auf eine Karte und ging durch die angelehnte Tür. Alle Zimmer waren leer. In einem der Zimmer, das nur mit Polstermöbeln ausgestattet war, setzte er sich in einen der Sessel und goss sich aus einer Flasche, die herumstand, einen großen Cognac ein. Er war entschlossen hier sitzen zu bleiben, bis sich einer der beiden Bewohner blicken ließ. Es war ihm egal, ob ihn Summers oder Keller, wie er ihn bei sich immer noch nannte, sehen würde. Plötzlich sah er etwas neben dem Sessel auf dem Boden liegen. Es war Jennys Armband. Er kannte es genau denn er hatte es zusammen mit Adrian bei einem Juwelier ausgesucht.

„Verdammt, sie war hier," sagte er laut. Aber wieso lag das Armband hier? Sie konnte es nicht verloren haben, es hatte einen Sicherheitsverschluss. Es konnte nur ein Hinweis sein, den Jenny absichtlich liegen ließ. Er suchte noch mal in allen Zimmern. Vergebens. Da fiel ihm das Boot ein von dem Lucille gesprochen hatte. Er stürzte durch die Tür aus dem Haus, ohne darauf zu achten ob ihn jemand sah.

* * *

Nach dem Essen saß Jenny in einem Sessel und goss sich einen Obstsaft ein. Wenn sie wirklich ein Baby bekam, sollte sie tatsächlich keinen Alkohol trinken. Da hatte Lucille schon recht. Sie wurde nervös. Hoffentlich war es kein Fehler gewesen, Adrian zu Summers Haus zu schicken. Er war manchmal ein bisschen unbeholfen. Da hörte sie ein Auto vorfahren. Es hielt genau vor der Tür des Bungalows. Ein Mann stieg aus und klopfte an die Tür. Sie öffnete und er trat ungefragt ins Zimmer.

„Wer sind Sie, Was wollen Sie?"

„Mein Name ist Summers. Ich will Sie abholen, wir haben in meinem Haus etwas zu besprechen. Machen Sie keine Dummheiten und steigen Sie einfach in meinen Wagen..

„Ich denke nicht daran. Sie sind nicht Herr Summers. Ich gehe keinen Schritt aus dem Haus."

Ich bin Summers. Und ich hätte gerne gewusst, warum sie mich suchen.

„Ja, ich suche Summers, und wenn Sie Summers wären, wüssten Sie warum. Verschwinden Sie." Der Mann verzog keine Mine. „Zeigen Sie mir Ihren Ausweis", schrie Jenny.

Er griff in die Brusttasche seine Jacke und zog eine Pistole heraus. „Genügt der?", grinste er Jenny an. Er fasste sie grob am Arm und zerrte sie vor sie Tür. „Du kommst jetzt mit, du kleines Miststück. Und wehe, du gibst auch nur einen Laut von dir, dann haue ich dir den Knauf über die Rübe, bis dir Hören und Sehen vergeht.

Ängstlich setzte sie sich auf den Beifahrersitz, aber der Mann schob sie weg. „Du fährst!"

Sie versuchte es mit einem Trick. „Ich kann nicht fahren" widersprach sie.

„Ach und was machst du in Leipzig mit dem kleinen roten Ford Ka, den dir Herr Sabatini geschenkt hat."

„Wer sind Sie, woher wissen Sie das."

„Lass das einfach!", fuhr er sie an und deutete auf den Zündschlüssel, der noch im Schloss steckte. „Fahr los! Du wirst dich wundern, was ich alles weiß."

215

Es blieb Jenny nichts weiter übrig, als den Wagen zu starten. Der Mann wies sie in kurzen Sätzen an, wie sie fahren sollte. Sie musste vor einem gepflegten Haus anhalten, und wenn sie die Wegbeschreibung Lucilles richtig im Kopf hatte, war es das Haus von Summers. Mit der Pistole in der Hand zwang er sie auszusteigen und in das Haus zu gehen. Er deutete auf einen Sessel und sie setzte sich ängstlich hin. „Sagen Siue mir, wer sie sind."

Er machte eine ironische Verbeugung. „Ich sagte bereits, ich bin Ronald Summers."

Das kann doch nicht sein, dachte sie. Wir waren doch so sicher, dass dieser Summers identisch ist mit Sabatini und Keller. Laut protestierte sie. „Das ist nicht wahr. Sie sind nicht Summers. Das glaube ich Ihnen nicht."

„Es ist mir egal, was Sie glauben". Er sagte plötzlich wieder Sie zu ihr und legte eine ironische Höflichkeit in seinen Ton. „Mein Fahrer wird es Ihnen bestätigen. Charles, Kannst du mal rein kommen", rief er über die Schulter, „die Dame zweifelt daran, dass ich Ronald Summers bin. Charles kam herein. Er trug eine graue Chauffeursuniform, eine große Sonnenbrille verdeckte seine Augen. Er nahm die Sonnenbrille und seine Mütze ab. „Die Dame ist klug. Sie hat recht."

Jenny war einer Ohnmacht nahe. Sein graues Haar war stoppelkurz geschnitten und auf seiner Oberlippe trug er einen eisgrauen Schnautzer. Vor ihr stand unbestreitbar Mario Sabatini.

„Wie geht es dir, mein Liebes? Ich würde ja gerne sagen, dass ich mich freue, dich zu sehen, aber es freut mich leider nicht. Du kommst mir in die Quere und das mag ich gar nicht. Ich hätte nie gedacht, dass du mich hier aufstöberst, aber das war wohl dein neuer Compagnon, dieser einfältige Bernauer. Hab ich recht? Aber auch dem hätte ich es nicht zugetraut. Man kann sich halt auch mal irren.

Jenny hatte sich inzwischen gefasst. „Du Schwein. Hast du keine Hemmungen, mich so zu belügen und mir mein ganzes Geld abzunehmen?"

„Ach mein Liebes..."

„Lass das", fauchte sie ihn an. „Wenn du mich überhaupt ansprechen musst, dann bin ich Frau Wellinger."

„Sieh mal an, aus dem kleinen Dummchen ist eine Wildkatze geworden. Du hattest doch keine Hemmungen, dich als verkorkste Tippse an einen vermeintlich vermögenden Mann heranzumachen. Du warst dumm genug zu glauben, dass ein gebildeter Mann mit Manieren, und das bin ich nun mal, Gefallen an einem biederen, spießigen Mädchen, und das bist du nun einmal, finden könnte. Hättest du nur einmal in den Spiegel geschaut, wäre dir ein Licht aufgegangen. Und im Bett warst du auch nicht gerade Spitze."

Jenny kochte vor Wut und spuckte ihm ins Gesicht. Und sofort gab ihr der angebliche Summers eine gewaltige Ohrfeige., dass ihr fast der Schädel geplatzt wäre.

„Tu das nie wieder", sagte Sabatini eiskalt. „Mein Chauffeur hat eine gute Meinung von mir und wird böse, wenn man mich beleidigt."

„Du bist das größte Schwein, das mir je begegnet ist", fauchte sie und fing sofort eine zweite Ohrfeige. „Und wenn ihr mich totschlagt bleibe ich dabei. Das größte Schwein." Der angebliche Summers holte wieder aus, aber Sabatini winkte ab. „Vergeude deine Energie nicht an diesem Dreckstück.", sagte er. „Hole einfach unseren Buffy. Er winkte dem anderen mit dem Kopf, und der verließ das Zimmer.

„Damit deine Neugier gestillt wird", meinte Sabatini, „will ich dir das alles ein bisschen erklären. Charles, so heißt der nette Mann, der dich hierher gebracht hat wirklich, kommt aus sehr gutem Haus. Leider ist er ein Zocker und auf die schiefe Bahn geraten. Mit ein bisschen Geld habe ich ihn überredet, auf meinen Namen zu reisen. Ich heiße tatsächlich Summers, aber jeder kennt mich hier unter dem Namen Charles, der Chauffeur."

„Dass du Summers heißt, wissen wir längst", zischte ihm Jenny ins Gesicht. „Wir wissen auch alles über Maria Melkow und Katharina Stiller, wer sie getötet hat."

„Alle Achtung, mein Liebes. Du solltest jedoch nicht so freizügig sein, mit deinem Wissen. Wenn ich nicht bereits die Absicht gehabt hätte, dir den Hals umzudrehen, müsste ich jetzt darüber nachdenken. Aber weiter in meiner Beichte. Ich dachte mir, wenn tatsächlich jemand meine Spur verfolgen könne, dann hätte Charles als Ron Summers jeden überzeugt, dass er auf dem Holzweg ist Kein Mensch ahnt, dass der kleine Chauffeur in der grauen Dienstkleidung und der braven Mütze, der eigentliche Boss ist."

„Du wirst es nicht wagen, mich hier zu töten. Bernauer und Kremer würden dir an den Kragen gehen."

„Ach ja, Kremer, mein Nachfolger. Du hast mit mir einen so guten Geschmack bewiesen, und jetzt dieser fade Kremer. Eigentlich müsste ich beleidigt sein. Aber du hast recht. Ich werde dich hier nicht töten. Wir machen eine kleine Schiffsreise. Das Wasser ist groß und kein Mensch wird dich je finden. Deine Freunde werden sich eine Weile bemühen und aufgeben, wenn sie nichts über deinen Verbleib erfahren. So einfach ist das."

„Du hast mein Geld hier auf der Bank, und du wirst es nicht im Stich lassen. So gut kenne ich dich." Sie wusste ja, dass das Geld längst weg war, aber sie war klug geworden und sagte nicht alles, was sie wusste.

„Sabatini holte einen großen Lederbeutel aus einer Tasche und schüttete eine Haufen großer, unscheinbarer Steine auf den Tisch. „Das sind Rohdiamanten. Sie sind soviel Wert, wie dein mickriges Erbe. Ich hab sie allerdings für den halben Preis bekommen. Über das restliche Geld habe ich einen Barscheck, der von der Bank of England akzeptiert ist. Steine und Scheck kriege ich in der ganzen Welt los. Du hast hier sehr viel Wind gemacht und mir ein anständiges Geschäft verdorben mit einem Herrn Myers, der mir das Zeug hier abkaufen wollte. Aber ich nehme die Dinger mit. Myers gibt es auf der ganzen Welt „

„Die Tür ging auf, und Charles der Chauffeur kam herein. An einer starken Kette zerrte ein Pittbull mit einem mächtigen Kopf Er knurrte böse und zwischen den Zähnen tropfte der Speichel auf den Fußboden.

„Mach ihn Los"!, befahl Sabatini und zu Jenny sagte er. „Das ist ein lieber Hund, aber Charles hat so seine Methoden, auch liebe Hunde scharf zu machen. Unser Buffy hört auf jedes Wort von Charles. Wenn du dich rührst, bist du erledigt. Kein angenehmer Tod. Glaube es mir. Wir werden noch einiges erledigen müssen, dann gehen wir zusammen auf meine Yacht."

Beide verließen das Zimmer. Der Hund starrte Jenny regungslos an, und Jenny traute sich nicht zu bewegen.

* * *

Adrian fand den Weg zu Summers Haus schnell. Er wusste nicht, was er jetzt unternehmen sollte und hatte sich etwas Abseits, hinter einer Hecke, einen versteckten Platz gesucht und behielt das Haus im Auge. Lange Zeit tat sich überhaupt nichts. Einmal war ein Mann aus der Tür getreten. Er hatte eine Uniform an und eine Mütze auf dem Kopf. Das musste der Chauffeur sein, dachte Adrian. Der Mann machte sich an einer Garage zu schaffen, dann fuhr er rückwärts ein Auto auf die Straße und ging wieder ins Haus. Nach einer ganzen Weile kam ein zweiter Mann heraus, setzte sich in das Auto und fuhr weg. Wenn der erste Mann der Fahrer war, dann musste dies Summers sein, folgerte

Adrian. Es dauerte aber höchstens eine halbe Stunde und der Mann kam mit dem Wagen zurück. Fast wäre Kremer aus seinem Versteck gesprungen, als er sah, wie Jenny aus dem Auto stieg und von dem Mann am Arm in das Haus geführt wurde. Dass er eine Pistole in der Hand hatte, konnte Adrian nicht sehen. Lange Zeit saß er hinter der Hecke und dachte verzweifelt darüber nach, was er tun könne. Sollte er einfach klingeln und nach ihr fragen? Das könnte Jenny aber schaden, Er konnte sich nicht erklären, warum Jenny in diesem Auto mitgefahren war. Vielleicht wollte Summers verhandeln.

Plötzlich öffnete sich die Tür. Zuerst kam Jenny heraus, neben ihr ging der Fahrer, der aber jetzt keine Uniform mehr trug. Ohne Mütze sah er älter aus. Das machten wahrscheinlich die kurzgeschnittenen, grauen Haare. Gleich dahinter ging der Mann, den er für Summers hielt. An einer Kette zog ein Hund so, dass ihn Summers kaum halten konnte. Sie gingen in Richtung des Yachthafens, der nur ein paar Minuten entfernt lag. Adrian wollte Jenny nicht aus den Augen verlieren, scheute sich aber zu nahe zu kommen, da ihn der Hund dann wittern konnte. Die beiden Männer hatten Jenny in die Mitte genommen. Jenny schien anstandslos mitzugehen. Er konnte nicht wissen, dass sie gedroht hatten den Hund los zu lassen, wenn sie Ärger mache.

„Das traust du dich nicht!", Hatte sie zu Summers gesagt, aber der hatte nur gelacht. „Sicher würde ich ein bisschen Ärger bekommen, wenn es überhaupt jemand bemerken würde. Aber so ein Hund kann unberechenbar sein. Das weiß doch jeder. Einen Unfall kann man da nicht ausschließen."

Zielgerichtet gingen die drei auf ein recht ansehnliches Boot zu, gingen an Bord und verschwanden unter Deck in der Kajüte. Kurz entschlossen rannte Adrian über die schmale Gangway und konnte sich gerade noch hinter einem Aufbau verstecken, bevor Summers wieder an Deck kam, um die Gangway einzuziehen. Kurz darauf sprangen die Motoren an und in einem Bogen fuhr die Yacht auf das offene Meer. Wenn sich nichts tun würde, ginge er einfach in die Kajüte, dachte sich

Adrian. Er packte eines der Spielleisen, die in einer Holzkiste lagen und ein kurzes Stück Seil, das daneben lag. Er war kein Held, aber für Jenny würde er alles riskieren. Vorläufig wollte er aber noch abwarten. Vielleicht schätzte er die Situation falsch ein, und alles würde sich irgendwie von selbst auflösen.

* * *

Jenny saß auf einer harten Holzbank an einem schmalen Tisch, der die Kajüte in der Mitte teilte. Sie überlegte verzweifelt, was sie tun könne, um hier herauszukommen. Es fiel ihr nichts ein. Ihr gegenüber saß Summers, der sich einen Whisky eingegossen hatte. Neben ihm, am Ende der Bank, passte Charles wie ein Luchs auf sie auf. Der Hund lag neben ihm auf dem Boden. Die Kette war an einem Haken festgemacht. Selbst wenn es ihr gelänge, einen der beiden zu überrumpeln, vielleicht mit der Flasche auf den Kopf zu schlagen, war der andere noch da. Sie bereute jetzt, dass sie niemals eine Pistole haben wollte, wie Lucas allen geraten hatte, aber die hätten die beiden sicher längst bei ihr gefunden.

Plötzlich wurde der Hund unruhig. „Aus! Buffy!", rief Charles, aber der Hund wollte sich nicht beruhigen. „Da stimmt was nicht. Ich werde mal oben nachsehen:"

„Quatsch", meinte Summers. „Was soll sein? Wir sind auf offener See. Denkst du, es wäre uns einer nachgeschwommen? Ein Boot, das uns verfolgen könnte, hätten wir gehört. Unsere Motoren laufen leise."

„Charles wiegte den Kopf. „Ich geh trotzdem mal hoch. Buffy hat irgendwas gewittert." Er nahm den Hund an der Kette und stieg mit ihm die steile Treppe hoch. Nach ganz kurzer Zeit kam er zurück. Vor ihm ging Adrian, dem er den Arm auf den Rücken gedreht hatte. Adrian blutete heftig an seinem linken Bein.

„Um Gottes Willen, Adrian, wo kommst du denn her?", rief Jenny.

„Der junge Mann hatte sich an Deck versteckt. Er wollte den Helden spielen. Als er mir ein Stück Eisen überziehen wollte, hat ihn Buffy ein bisschen angebissen. Hätte ich ihn nicht an der Kette gehabt, wäre der Mann jetzt tot.", grunzte Charles böse.

„Ach der Herr Kremer. Schön dass ich Sie auch mal kennen lerne. Herzlich willkommen. Sie nehmen wohl das Gerede der Pfaffen `bis dass der Tod Euch scheide´... ersnt? Das finde ich aber edel." Charles stieß Adrian neben Jenny auf die Bank. Die beiden fielen sich um den Hals, und Jenny liefen die Tränen an den Wangen herunter.

„Ist das nicht süß? Die beiden lieben sich ja wirklich", höhnte Summers. „Ich verspreche Euch, es geht ganz schnell. Ihr werdet nicht leiden. „Dabei legte er eine Pistole vor sich auf den Tisch. Charles griff in seine Jacke und legte einen Revolver daneben.

„Du machst mit keine Angst", Adrian war anscheinend ganz ruhig. „Jennys Geld wird dir kein Glück bringen. Man wird dich von einer Ecke der Welt in die andere hetzen. Du wirst ständig in Angst leben."

„Vor wem sollte ich Angst haben? Ihr habt mich durch Zufall gefunden. Ich würde ganz gerne wissen, wie Ihr das geschafft habt."

Jenny schaute ihn verächtlich an. „Wir waren nur klüger als du, und jeder der dich finden will, wird dich finden. Unsere Freunde werden keine Ruhe geben, bis sie dich haben. Adrian hat recht. Dein Mitwisser Charles, weiß genau wer uns umgebracht hat, und er wird immer mehr Appetit haben und immer mehr von deinem, von meinem Geld haben wollen. Dann wird er dich erpressen, oder er schießt dir einfach eine Kugel durch den Kopf."

„Du bist klüger, als ich dachte", lächelte Summers. „Dem muss ich vorbeugen, du hast recht." Im gleichen Augenblick hatte er seine Pistole in der Hand, hielt sie Charles an den Kopf und drückte ab. Das Blut spritze über das Kleid Jennys und sie schrie entsetzt auf. Adrian nahm ihren Kopf an seine Brust, dreht ihr Gesicht zur Wand und legte ihr die Hand über ihre Augen.

Gleichzeitig passierte jedoch noch etwas anderes. Der Hund knurrte bösartig, machte einen Satz über den Tisch und biss sich in Summers Hand fest. Summers schrie vor Schmerz auf und die Pistole fiel polternd zur Erde.

Adrian ergriff sofort den Revolver von Charles der von der Bank heruntergerutscht war. Durch diese Bewegung wurde der Pitbull wieder auf Adrian aufmerksam. Er ließ von Summers ab und flog mit einem kraftvollen Sprung auf Adrian zu. Jenny kreischte wieder, aber Adrians Schuss aus Adrians Waffe traf den Hund mitten im Flug. Sein Körper wurde durch die Wucht des großen Kalibers zurückgeschleudert und fiel auf Summers, der aufstöhnte. Mit einem Satz war Adrian bei ihm und hielt ihm die Waffe an die Schläfe.

„Schnell Jenny", er deutete auf den Strick, den er vorhin an Deck gefunden hatte, und der jetzt auf dem Tisch lag. „Knote ihm die Hände zusammen. Sei nicht zimperlich, ziehe fest zu. Hier nimm mein Taschentuch und binde ihm den Arm ab," sagte er nachdem Jenny Summers gefesselt hatte. „Der soll uns nicht verbluten. Der muss vor den Kadi."

Jenny tat was Adrian sagte, und das Blut aus Summers Hand kam nur noch in kleinen Stößen aus der Wunde und hörte dann ganz auf zu fließen.

* * *

Lucas war zum Hafen gerannt, und sah, dass die Yacht nicht mehr an ihrem Platz lag. Gestern hatte er sie noch hier aufgespürt. Er sah auf die Uhr und dachte, dass Suse und Jonny jetzt bereits unterwegs sein müssten, wenn sie ein Fahre gechartert hatten. Er konnte aber jetzt unmöglich auf die Ankunft der beiden warten. Da sah er Lucille angerannt kommen. „Mein Mann hat mit gesagt, dass sie mich suchen." Dann sah sie Lucas an. „Um Gottes Willen Herr Bernauer, wie sehen Sie denn aus? Was ist passiert?"

„Schnell Lucille, kennen Sie jemanden. Der ein Boot hat, ein schnelles? Ich glaube, Frau Jenny ist entführt worden. Ich kann Ihnen das jetzt nicht erklären."

„Kommen Sie, mein Mann ist da drüben, er wollte zum Fischen hinausfahren. Er hat ein Sportboot und kann Sie fahren."

„Schnell hatte Lucilles Mann begriffen, was man von Ihm verlangte. Lucas sagte ihm, dass es gefährlich werden könne, aber das hielt ihn nicht ab. Schon war sein kleines Motorboot startklar. „Bitte bleiben Sie hier, Lucille", bat Adrian. „Es müsste bald eine außerplanmäßige Fähre kommen. Eine junge Frau müsste drauf sein, und ein schwarzer Amerikaner. Sie sollen sich hier nicht weg rühren."

Er sprang in das Boot und der Mann ließ den Motor aufheulen Es war wirklich ein schnelles Boot. „Ich bin Fredo", sagte Lucilles Mann. „Sind Sie Lucas oder Adrian? Meine Frau hat von Ihnen erzählt."

Lucas sagte es ihm und erklärte was er vermutete. „Wir müssen uns beeilen, dieser Mann ist gefährlich. Wir können ihm zwei Morde nachweisen. Wenn wir ihn nicht erwischen, ist Jenny tot, Der hat keine Hemmungen." Wo bloß Adrian ist, fragte er sich.

„Wir werden ihn kriegen!"

Sie waren noch keine zwanzig Minuten gefahren, als sie am Horizont zwei Schiffe sahen, die ihnen entgegen fuhren.

„Das eine der beiden, von hier aus Steuerbord, ist das Boot von Summers", sagte Fredo.

* * *

Adrian hatte Summers an Händen und Füßen gefesselt und an die Bank gebunden. Bei jeder Bewegung des Schiffes stöhnte er und sah die beiden mit zornfunkelnden Augen an. Er musste schlimme Schwerzen haben. Der Pitbull hatte eine tiefe Wunde in seinen Arm gebissen.

Jenny hatte ein Tischtuch in Streifen gerissen und die Wunde an Adrians Oberschenkel verbunden.

„Jetzt müssen wir aber etwas unternehmen, sonst machen wir eine Erdumrundung." Adrian konnte schon wieder Scherze machen. Sie stiegen nach oben und Adrian überlegte, wie sie den Kurs nach Hause finden würden, denn das Schiff war auf Autopilot programmiert.

„Nimm erst mal das Gas weg. Dann haben wir Zeit zum überlegen. Wir müssen die automatische Steuerung blockieren. Summers hat den Kurs sicher vorher berechnet. Vielleicht finden wir eine Karte, nach der wir uns orientieren und den neuen Kurs eingeben können."

Adrian zog am Gashebel und würgte dabei den Motor ab. Er fluchte, aber darauf käme es jetzt auch nicht an, meinte Jenny. „Wir sind erst mal in Sicherheit."

Sie schaute sich auf dem Wasser um. „Da vorne kommt ein Schiff direkt auf uns zu", rief sie und deutete mit dem Arm zum Bug. „Vielleicht können die uns helfen. Wir müssen uns nur bemerkbar machen, dass die uns nicht übersehen und an uns vorbeifahren, oder uns rammen. Es wird schon dämmrig."

„Dort die Glocke!" Jenny lief hinüber und begann die große Schiffsglocke wie wild zu läuten. Das andere Boot schien sie zu bemerken und änderte leicht den Kurs, sodass sie jetzt direkt auf einander zufuhren. Am erhöhten Heck sahen sie einen Mann am Ruder stehen. Am Bug standen noch zwei weitere Männer, sowie zwei andere Personen.

„Komm her Jenny und sieh hinüber! Du wirst es nicht glauben, aber da stehen Suse und Lumumba."

Sie winkten aufgeregt hinüber, und plötzlich winkten die beiden ebenso aufgeregt zurück. Der Skipper legte sein Boot längsseits und stellte die Motoren ab. „Wo kommt Ihr denn her?" Suse konnte es nicht fassen dass sie sich mitten auf dem Meer zwischen den Caiman Islands trafen.

„Später", riefen die beiden wie aus einem Mund. „Das ist eine lange Geschichte. Aber wir haben Summers."

Der Kapitän warf eine lange Leine herüber, und Adrian musste sie am Bug seines Bootes festmachen. Dann schleppte er das Boot hinter sich her. „Bleiben Sie am Steuer. Ich ziehe Sie in den Hafen!"

Da kam ihnen aus der Richtung, aus der sie gerade gekommen waren und in die sie nun wieder fuhren, ein kleines Sportboot entgegen. Neben dem Lenkrad stand ein Mann, der durch ein Fernglas schaute und dann ein Tuch schwenkte. Als das Boot näher kam erkannten sie zur gleichen Zeit Lucas. Auch das Sportboot legte längsseits an und Lucas sprang ins Wasser, schwamm bis an die heruntergelassene Strickleiter und kletterte an Bord.

Freudestrahlend nahm er die beiden in den Arm und küsste Jenny so lange mitten auf den Mund, bis ihm Adrian am Ärmel zog und mit dem Zeigefinger auf sein Brust deutete.

„Du kriegst sie ja wieder", lachte Lucas, aber sag, wie kommst du hier her? Was hast du mit deinem Bein gemacht? Was ist mit Summers, ist er entwicht?"

Jetzt löste sich die Spannung und Jenny begann hemmungslos zu weinen. Auch Adrian tropften die Tränen in den Hemdkragen. „Langsam, langsam", lachte er. „Ich bin einfach mitgefahren, als sie

Jenny auf das Boot brachten. Ins Bein hat mich ein Hund gebissen und Summers liegt gut verschnürt in der Kajüte."

„Das muss ich sehen." Lucas ging zur Treppe und schaute hinab. Erstaunt sah er sich um. „Wer ist das?" Er zeigte auf den toten Charles. „Und was ist mit dem Pitbull?"

„Das ist Charles der Chauffeur von Summers. Den hat Summers erschossen. Der Hund hat erst mich gebissen und dann Summers. Da habe ich ihn erschossen. Den Hund, meine ich."

Lucas sah ihn verständnislos an, aber Adrian schüttelte den Kopf. „Später erkläre ich alles, wenn alle beisammen sind."

* * *

Die drei Boote fuhren hintereinander in den Hafen ein, aus dem Jenny und Adrian vor gut zwei Stunden hinausgefahren waren. Alle sprangen von ihren Booten auf den Kai und lagen sich gegenseitig in den Armen. Allen liefen Freudentränen über die Wangen. Sogar Jonny, der immer so cool tat, musste verdächtig oft schlucken.

Suse stellte die beiden Männer vor, die auf ihrer Fähre mit hierher gekommen waren, und die Adrian vorhin am Bug des entgegenkommenden Bootes gesehen hatte. „Dies ist Herr Neugebauer, ein Beamter des deutschen Konsulats und dieser Herr ist ein Kriminalbeamter der hiesigen Polizei, Herr Tullius. Die beiden wurden von Hohlfelder und Lohmeyer informiert , um uns beizustehen.

Beide lächelten, aber Tullius schüttelte abwehrend den Kopf. „Frau Marofsky hat uns da etwas erzählt, was wir zuerst nachprüfen müssen. Wir haben zwar festgestellt, dass dieser Herr Summers, er ist amerikanischer Staatsbürger, also dieser Herr Summers ist tatsächlich in den Staaten vorbestraft, hat seine Strafe aber verbüßt. Deshalb können wir ihn nicht auf eine unbewiesene Aussage Ihrerseits festnehmen. Es ist eine unglaubliche Geschichte, die Sie uns da erzählt haben. Befindet sich Herr Summers noch an Bord?.

„Moment", sagte Suse empört. „Heißt das, dass Sie uns nicht glauben?"

Der Konsulatsbeamte war verlegen. „Bis jetzt haben wir nur Ihre Aussage, die wir noch zu Protokoll nehmen müssen, und Herr Tullius sagte es bereits, die wir natürlich nachprüfen werden. Wir wollen keinesfalls irgendwelche diplomatischen Verwicklungen. Das müssen Sie doch verstehen."

„Das heißt also", wollte Kremer wissen, „Sie können ihn nur festnehmen, wenn er hier ein Verbrechen begangen hätte. Einen Betrug, einen Diebstahl, einen Mord, oder so."

„Neugebauer war erleichtert und nickte. „Ich sehe Herr Kremer, Sie haben Verständnis für unsere Situation."

„Dann nehmen Sie ihn fest. Er liegt unten verschnürt, und zur Abholung bereit, in der Kajüte. Wir, das heißt Frau Wellinger und ich, können bezeugen, dass Herr Summer, alias Sabatini, alias Keller vor unseren Augen seinen Kompagnon Charles, weiter weiß ich nicht, erschossen hat. Sie werden feststellen, mit einem aufgesetzten Schuß. Sie werden bei einer ballistischen Untersuchung weiter feststellen, dass sich auf der Waffe, mit der dieser Charles erschossen wurde, nur die Fingerabdrücke des Herrn Summers befinden, keinesfalls unsere. Die zweite Waffe, ein Revolver, habe ich benutzt, um den Hund zu erschießen, ich meine wirklich einen Hund, einen Pitbull, der mir an die Gurgel wollte.

Nachdem die beiden in der Kajüte waren, und die Situation geprüft hatten, bestellten Sie einen Krankenwagen und zwei weitere Polizisten. „Ins Krankenhaus", befahl Tullius. „Und eine Wache vor die Tür. Rundum! Den Toten und den Hund lassen wir später abholen. ZU dem

228

zweiten Polizisten sagte er: „Sie bleiben hier. Tatort absperren. Keiner geht an Bord. Vor allem keine Presse." Dann trat er zu den anderen. „Ich muss Frau Wellinger und Herrn Kremer bitten, die Insel vorläufig nicht zu verlassen. Ich komme mit Ihnen und ich muss Ihre Pässe zunächst einbehalten. Wenn die Spurensicherung Ihre Version bestätigt, steht Ihrer Abreise nicht mehr im Wege. Es wird allerdings wahrscheinlich nötig sein, dass Sie im Falle einer Verhandlung zu einer Aussage zur Verfügung stehen müssen. Ich hoffe, Sie haben Verständnis und machen mir keine Schwierigkeiten."

* * *

Alle saßen im Bungalow, auch Lucille und ihr Mann. Auf dem Tisch stand eine Flasche Dom Perignon, die Lucas gespendet hatte, und eine paar weitere im Kühler.

Anfangs hatten alle durcheinander geredet, bis Suse dem ein Ende bereitet hatte. „Mal einer nach dem anderen, bitte". Sie erzählte zuerst, wie Sie Hohlfelder und Lohmeyer berichtet hatte, dass Summers gefunden worden war. Beide seien sofort in Aktion getreten, hätten das BKA eingeschaltet und das Außenministerium. Die wiederum hätten die Kripo der Caimans informiert und das deutsche Konsulat. Sofort nach ihrer Landung, hätten sich Tullius und Neugebauer mit ihnen in Verbindung gesetzt. „Das Weitere wisst Ihr ja."

Dann berichteten die anderen ihre Erlebnisse, und als Jenny und Adrian an der Reihe waren, konnten alle die aufregenden Minuten miterleben. Erst dann ließ die Spannung nach.

Es wurde ein vergnüglicher Abend und Jonny erzählte, dass er nach seinem Auftritt, damals in der Disco, sich kaum noch vor Angeboten retten konnte. Er habe aber beschlossen, erwachsen zu werden. Er wolle eine Weile in Deutschland bleiben, und Suse erzählte, er habe den Wunsch in einer renommierten deutschen Computerfabrik, oder einem elektronischen Dienstleistungszentrum zu arbeiten, und sie habe

229

bereits einige Zusagen erhalten. Jonny müsse sich nur noch entscheiden. Alle beglückwünschten ihn.

„Wir haben beschlossen, bis zur Verhandlung auf der Insel zu bleiben," sagte Jenny. „Wir werden hier heiraten. Feiern können wir dann, wenn Ihr sowieso als Zeugen herkommen müsst. Es sei denn Summers wird ausgeliefert. Dann kommen wir zu Euch."

„Das wird aber eine teure Sache. Wir sind anspruchsvoll, und leben müsst Ihr ja auch. Vielleicht könnt Ihr im Bungalow von Lucille bleiben."

„Macht Euch mal um uns keine Sorgen", lächelte Lucas. „Ein paar Mark habe ich schon noch, und ich heirate ja eine reiche Erbin."

Da fiel Suse ein, dass über eine Sache überhaupt noch nicht geredet wurde. „Was ist mit dem Geld. Seid ihr an die Groschen gekommen?"

Jenny wurde vor Aufregung blass. „Ich hab`s in der Handtasche."

Außer Adrian machten alle erstaunte Gesichter. „Summers hat es uns einfach gemacht. Er hat einen großen Teil des Geldes in Juwelen angelegt, und über den Rest hatte er einen Barscheck in der Tasche. Wir konnten ihm das noch abnehmen, bevor Eure beiden Beamten kamen." Sie zog den Lederbeutel aus ihrer Tasche und schütte die Steine auf den Tisch.

„Die paar Scherben sind Millionen Wert? Sieht doch aus wie Milchglas."

„Das sind Rohdiamanten. Die müssen erst geschliffen werden".

„Und wie wollt Ihr die verkaufen?"

„Ich hab da so eine Idee", sagte Adrian. „Lucas hat uns doch von diesem Holländer erzählt, der die Dinger von Summers kaufen wollte. Ich denke mir, dem ist es egal, mit wem er das Geschäft macht."

„Hoffentlich werdet Ihr keinen Ärger bekommen, denn von Amts wegen gehört das alles doch dem Summers. Sicher müsst ihr erst beweisen, dass er dir das Geld gestohlen hat, Jenny."

„Aber das weiß doch keiner. Jenny hatte doch ihr Geld offiziell in die Schweiz transferiert. Dass Summers es in seine Tasche lanciert hatte, wissen doch nur wir, und Hohlfelder allerdings.. Ich hoffe, der vergisst das einfach, denn das hätte er ja schon damals melden müssen als er es von uns erfuhr. Wenn Jenny nun dem Finanzamt erklärt, dass sie ihr Geld angelegt hat, wenn sie die Erbschaftssteuer bezahlt, und mögliche Gewinne versteuert, kann ihr eigentlich nichts passieren. Die zweite Möglichkeit ist, dass wir einfach hier bleiben, oder irgendwo anders in dieser schönen Welt. Das war doch Summers Einfall. Aber darüber haben wir noch nicht entschieden."

Jetzt redeten alle wieder durcheinander. Jeder hatte eine andere Meinung. „Ihr seid aber ganz schön durchtrieben."

„Umgang prägt den Charakter", schmunzelte Adrian und nahm seine Jenny in den Arm. „Lassen wir es auf uns zukommen." Er hob sein Glas. „Trinken wir auf das gute Ende. Ganz gleich wie es nun weitergeht.

Alle stießen miteinander an.

* * *

Die Untersuchungen dauerten eine ganze Weile, wenn auch nicht so lange, wie sie unter der deutschen Justiz gedauert hätten. Die Amerikaner schickten Ermittler um den Tod der Maria Melkow aufzuklären, kamen aber zu keinem endgültigen Ergebnis. DieBulgaren kümmerten sich überhaupt nicht um die Aufklärung des Todes der Katharina Stiller.

Nach einem kurzen Prozess wurde Summers von einem einheimischen Gericht, wegen Mordes an Charles und wegen Entführung zu einer Freiheitsstrafe von dreißig Jahren verurteilt.

Jenny hatte sich entschlossen, die Steuern zu bezahlen, nachdem sie ihr Geld wieder in die Schweiz zurücküberwiesen hatte. Sie und Adrian blieben noch eine Zeit bei Lucille, kauften sich aber dann ein Haus auf einer Karibik-.Insel.

Jedes Jahr kamen Lucas und Suse, die längst gemeinsam frühstückten, in das Haus der beiden. Jonny der in Deutschland geheiratet hatte, eine eigene Service-Firma aufgebaut hatte und ein wohlhabender Bürger geworden war, schloss sich an. Er war sportlich geblieben, aber Break-Dance Auftritte gab es nur noch im Haus von Jenny und Adrian, wenn sich alle in der Karibik trafen.

Dann hieß er wieder Lumumba, stellte den CD-Player auf volle Lautstärke, zog die alten Hipp-Hopp Klamotten an, die Jenny für ihn aufbewahrte, und alle dachten an die aufregenden Zeiten, als sie noch gemeinsam hinter Summer und Jennys Millionen her waren.

ENDE